メガバンク全面降伏
常務・二瓶正平

波多野　聖

幻冬舎文庫

メガバンク全面降伏

常務・二瓶正平

メガバンク全面降伏

常務・二瓶正平

目次

メガバンク全面降伏　登場人物

東西帝都EFG銀行

二瓶正平（にへいしょうへい）
東西帝都EFG銀行の新常務。地方銀行再編等を成功させた。役員で唯一の名京銀行出身。融資先の処理を任される。

桂光義（かつらみつよし）
東西帝都EFG銀行の元頭取。投資顧問会社を設立、相場師として活躍している。

信楽満（しがらきみつる）
東西帝都EFG銀行の元筆頭プログラマー。システムコンサルティング会社『ラクーン』を経営している。

官僚

工藤進（くどうすすむ）
金融庁長官。

二瓶と桂を取り巻く人々

塚本卓也（つかもとたくや）
起業に成功し、現在は香港を中心に活躍するファンド・マネージャー。二瓶と珠季の同級生。

湯川珠季（ゆかわたまき）
銀座のクラブ『環』のママ。桂とは深い仲。正平の昔の恋人。

二瓶舞衣子（にへいまいこ）
正平の妻。パニック障害を患っていたが、快方に向かっている。

第一章　コロナの猛威

「新型肺炎？」

日本でその言葉を人々が耳にしたのは二〇二〇年一月のことだった。

中国武漢で流行、というニュースを対岸の火事と思っていたのも束の間、日を追うごとに大きな騒ぎへと急速に変わっていった。

ＣＯＶＩＤ-19、『新型コロナウイルス』と呼ばれるその感染症は、日本を含む様々な国へ広がりを見せたのだ。パンデミック、感染症の世界的流行だった。

その未知の感染症はインフルエンザの数百倍の致死率とされ瞬く間に世界中に拡散、二月に数千万人が罹患し数十万の死亡が伝えられた。

「一体どれほど恐ろしい病気なんだ!?」

新型コロナウイルスへの人々の恐怖は増すばかりだった。

各国は都市封鎖、ロックダウンでの感染食い止めに動き、日本も国民生活並びに経済活動を大幅に抑制する検討に入った。

目に見える経済活動の殆どが自粛の名の下にストップし、いつ正常に戻るか誰にも分からない。

「兎に角動かないこと。人との接触を避けること」

商業施設は医療品、日用品、食料品を扱う店舗以外は全て閉店となり飲食店も大半が営業を取りやめた。映画やコンサート、スポーツ観戦も全て中止となり東京オリンピック・パラリンピックは延期された。

「ステイホーム！　家にいて下さい！」

東京の銀座や渋谷、新宿から人の姿が消え、ゴーストタウンと化した。

株式市場は未曽有の大暴落となり、あっという間に弱気相場（高値から二割以上の下落状態）入りとなった。

「これが本当の暴落というものか？」

今を生きる人々が誰も経験したことのない状況に置かれてしまったのだ。

マスクやトイレットペーパーが買い占められて店頭から消えてしまったことで、人々の不安は募る一方だ。

「一体……どうなってしまうのか？」

皆の心の裡（うち）はただ暗く重くなるばかりだった。

丸の内に聳（そび）える東西帝都ＥＦＧ銀行（ＴＥＦＧ）本店ビル。

三十五階建てのそのビルの最上階に役員大会議室はある。

そこでは〝緊急全体役員会議〟が開かれていた。

ＴＥＦＧの役員会議には三種類ある。

専務以上の〝上級役員会議〟、常務以上の〝役員会議〟、そして執行役員を含めた〝全体役員会議〟の三つだ。

それぞれ月に一度、定例で行われ臨時でも開催される。

コロナ禍（か）を目の当たりにした今、緊急での全体役員会議が招集されたのだ。

〝全体役員会議〟では三十名を超える役員全員が集合する。通常であれば「日本最大の銀行ここにあり」といった威厳に満ちた空気が会議室全体を占めるが……今は違った。

三十名を超える役員ほぼ全員が、未曽有の事態に緊張を見せていた。

最大のメガバンクとして日本経済を支え、世界でも確固たる存在感を放つ銀行の役員たちが皆、これまで感じたことのない不安な様子を見せていたのだ。

しかし、その中にあって一人、どこか落ち着いた雰囲気を漂わせる役員がいた。

銀行員として様々な艱難辛苦を舐めて来た人物で昨年常務に昇格した、二瓶正平という男だ。

その場の全役員中、職業人として最も苦労を重ねているにも拘わらず……どこか飄々としている。

それはコロナ禍の今もそうだった。

二瓶正平、親しい友人はヘイジと呼ぶ。

瓶と平、へいとへい、〝ヘイの二乗でヘイジ〟という中学時代からのあだ名だ。

ヘイジにとってＴＥＦＧ常務への到達は、他の行員たちとは道のりが違っている。

「日本最大の銀行の常務になったと思ったら新型コロナ……どこまでも僕には苦難がついて回るということか」

そう思いながらも泰然自若の雰囲気をヘイジは漂わせていた。

メガバンク、いや今や〝スーパー・メガバンク〟とも呼ばれる東西帝都ＥＦＧ銀行、その誕生の経緯から日本経済の栄枯盛衰が見て取れる。

明治の時代から日本の産業界に君臨し続ける財閥、帝都グループ。

その帝都の扇の要である帝都銀行と外国為替専門の国策銀行としての出自を持つ東西銀行

がバブル崩壊後に合併、大小二つの都市銀行がひとつとなり東西帝都銀行が生まれた。

総合的な大銀行の強みと外国為替の高い専門性を併せ持つ〝理想的銀行〟と呼ばれたが、そこには巨大銀行を創りたいという金融当局の思惑があった。

帝都銀行は他行に比べ積極性に欠け、業界内で〝お公家さん集団〟と揶揄（やゆ）される行風が幸いして八〇年代に過剰融資に走らず、バブル崩壊後の不良債権は他行に比べ圧倒的に少なく、東西帝都銀行は〝健全銀行〟とされた。

「銀行は絶対潰れない」という戦後日本経済の神話がバブル崩壊後に消える中、金融当局は混乱を抑えるため不良債権を抱えた〝問題銀行〟を大きな〝健全銀行〟に吸収させる必要に迫られた。

都市銀行の中で〝問題銀行〟とされたのが、関西系の大栄銀行と中部圏を地盤とする名京銀行だった。

金融当局はその二つを合併させ、ＥＦＧ銀行（Eternal Financial Group）を誕生させた後、東西帝都銀行にＥＦＧを吸収合併させた。

こうして誕生したのが日本最大のメガバンク、東西帝都ＥＦＧ銀行だったのだ。

大に小を呑み込ませる形で生まれるのが、出身行員の間のヒエラルキーだった。

「帝都に非（あら）ずんば人に非ず」

ＴＥＦＧでは、帝都銀行出身者が圧倒的な行内支配を強めていった。しかし、大きな問題が次々と起こった。

五兆円の超長期国債の購入直後に国債市場が暴落、巨額の損失を抱えたことで破綻・国有化の危機を迎える。

瀕死の状態となったＴＥＦＧを巡って米国の巨大ヘッジ・ファンドが買収に乗り出し、株の争奪戦に発展したが辛（から）くも買収を免れることに成功した。

その後も中国巨大資本による買収という絶体絶命の危機を迎えたが、それも防ぐことが出来た。

それぞれの危機回避に尽力したのが東西銀行出身の役員、桂光義（かつらみつよし）だった。

桂は米国ヘッジ・ファンドとの攻防戦での勝利の功績から、頭取となった後に退社した。相場師としての気質の強い桂は頭取の仕事に馴染めず、相場に集中したいと独立し自分の投資顧問会社を設立したのだった。

しかし、中国資本による買収に際しては、再びＴＥＦＧを助けその危機を救った。

その桂に協力してＴＥＦＧを守った功労者が二瓶正平、ヘイジだった。

名京銀行出身でＴＥＦＧの中では絶滅危惧種などと揶揄されながらも、誰からも嫌われない不思議な魅力でしたたかに生き抜き常務にまでなったのだ。

三十名を超えるＴＥＦＧの役員の出身銀行を見ると実状がハッキリと分かる。

専務以上は全て帝都銀行出身者、五人の常務のうち三名が帝都出身であとは大栄出身者が一人と名京出身のヘイジ、そして十五名の執行役員の全てが帝都の出身者だった。

金融庁の主導で誕生した〝スーパー・メガバンク〟……それは地方銀行の再編によって誕生したＳＲＢ（スーパー・リージョナル・バンク）六行を、三つのメガバンクが買収する形で綺麗に成し遂げられる筈だった。

東西帝都ＥＦＧ銀行、敷島近衛銀行、やまと銀行の三つのメガバンクがＳＲＢを呑み込む形でスーパー・メガバンクを誕生させる。それが金融庁の目論見だった。

六つの巨大地方銀行、スーパー・リージョナル・バンク＝ＳＲＢ。

・北日本グランド銀行（北海道・東北）
・関東中央銀行（関東・甲信越）
・中部日本銀行（東海・北陸）
・関西セントラル銀行（関西）
・西日本ロイヤル銀行（中国・四国）
・大九州銀行（九州・沖縄）

その六つへのＴＯＢによる買収に、三つのメガバンクが挑んだ。

東西帝都ＥＦＧ銀行は関東中央銀行と大九州銀行に対し、敷島近衛銀行は中部日本銀行と関西セントラル銀行に対して、やまと銀行は北日本グランド銀行と西日本ロイヤル銀行に対してＴＯＢを掛けた。

結果として、敷島近衛銀行とやまと銀行がＴＯＢを成功させた。

だがＴＥＦＧは大九州銀行へのＴＯＢを下野していた桂光義に阻止され、関東中央銀行だけを手にすることになった。

その後、ＴＥＦＧは中国資本による買収危機を桂に助けられ虎口(ここう)を脱することが出来た。

ＴＥＦＧを救った桂は関東中央銀行をＴＥＦＧが呑み込むのではなく、ＳＲＢ『グリーンＴＥＦＧ銀行』として経営を行うように進言、それをヘイジに任せるようＴＥＦＧの頭取以下に約束させた後、再びＴＥＦＧを去った。

そんな複雑な経緯の後でヘイジは役員となり、任された『グリーンＴＥＦＧ銀行』内での難しい案件を短期間で処理した功績から常務に昇格していたのだ。

そこへコロナが襲来した。

コロナは世界経済を停止させた。

◇

東西帝都ＥＦＧ銀行、ＴＥＦＧの役員大会議室でのコロナ禍への対応の緊急全体役員会議はそれまで見たことのない光景から始まった。

室内には何台もの大型空気清浄機が設置され、三十名を超える全役員はサージカルマスクにフェイスガード着用、そして完全防護服姿の役員秘書たちが三十分毎に換気や除菌作業を行うという厳重さだ。

「未曽有の事態であることは御承知おきのことと思います」

頭取の岩倉琢磨（いわくらたくま）は独特の丁寧な言い回しで会議を始めた。岩倉は『ミスター帝都』と異名を取るほど〝帝都銀行マン〟としての特質を備えている。

東帝大学法学部卒、帝都銀行入行後は本店勤務の後、大蔵省（Ministry of Finance）に出向しその後はＭｏＦ担としてエリート畑を歩き、企画部長、人事部長、秘書役を経て役員となりその後も管理部門をずっと担当してきた。

岩倉は全てにバランスの取れたフェアな人物で、〝外様〟とされているヘイジを公平公正な目から高く評価し常務に抜擢（ばってき）していた。

その岩倉も不安を隠せないでいる。

「緊急事態宣言の発出が検討されているようですが、銀行業務は通常通り行わねばなりません。窓口に来られるお客様、そして行員の安全をどのように確保するか……まずそこに万全を期すことになります」

そこからは総務担当の専務が、本店および全支店に於ける業務の3シフト体制について説明した。

行内に感染者が出た場合に全停止を避ける為、全ての業務をＡＢＣの三つのチームに分けてのシフト勤務についてだった。

「業務の現場に出るのはワンチームのみで、残りはリモートとなります。その為のネット環境等のインフラは整えてあります」

さらに銀行の窓口業務について説明がなされた。

「来店されるお客様の安全の確保が最優先となります。店内の飛沫防止フェンスの設置、行員のフェイスガード、マスクの完備、お客様によるソーシャルディスタンス確保の為の諸々のマニュアルと備品は一両日中に全てに行き渡ることになります」

ヘイジはそれを聞きながら流石だなと思っていた。

（危機管理マニュアルが事前に整えられていたからだな。想定されるあらゆる危機への対処

は出来ているということだ）

ヘイジ自身、総務部長時代に危機管理マニュアルの充実に働いた経験がある。

地震や台風などの自然災害、原発事故やテロ、ＳＡＲＳやＭＥＲＳなど過去に海外で起きた感染症への初期対応は出来るようになっている。

（しかし、それでも……）

今回のコロナは、パンデミックで国内外が大混乱になる中、銀行が業務を問題なく遂行できるかは不透明だ。

ヘイジは担当常務として、本体と同じ危機管理マニュアルを関東の旧三地銀の集合体であるグリーンＴＥＦＧ銀行にも導入済みであったことから、初動に関しては遅滞なく対応を取っている。

（だが長丁場となると……どうなるか？）

それは誰にも分からない。そこが皆の不安の要因となっていた。コロナ禍がどこまで、いつまで続くのか……それが銀行という存在にどんな影響を及ぼすのか。

（世界全体で経済が停止しているんだ……このままだとあらゆる業種で倒産が続出するのは必至だ。株価の暴落で現金の価値は桁違いに上がっている。そのカネを扱う銀行がどんな態度を取るか……日本の銀行を代表するＴＥＦＧは責任重大だ）

そうヘイジは思って、頭取の岩倉を見た。

岩倉は緊張の面持（おもも）ちを続けている。

総務担当専務から当面のコロナ対応に関しての説明が終わると、続いて融資担当筆頭役員である専務の高塔次郎（たかとうじろう）が口を開いた。

「どのような状況に置かれても、ＴＥＦＧは銀行業務を遂行せねばなりません。それも日本の銀行を代表する存在として……手本となる内容を見せねばならないのです」

その言葉に、その場の全員の腹に力が入った。

専務の高塔は東帝大学経済学部卒で、帝都銀行入行後は融資畑のエリートとして歩んだ。帝都グループを若くから任されて実績を挙げ、融資第一部長、営業企画部長を経て役員となり、融資部門を統括している。

「このまま日本経済、世界経済の停止状態が続けば、世界恐慌以来の状況が訪れることは必至です。株式市場の暴落で昨年末にあった当行の保有株式の一兆二千億円の含み益は消えています」

リアルな数字に皆が息を呑んだ。

高塔は続けた。

「未曽有の状況下で、我々が取引先に対してどのような融資態度を取るのか。それが我々自身の将来をも決めることになります」

だがそこからの言葉にヘイジは愕然（がくぜん）とする。

「ここからの内容は厳秘（げんぴ）として頂きますが……ＴＥＦＧとしては融資先のクラス分けを明確にし、融資態度はそれに基づくものとします。企業融資に於いては帝都グループ企業を最高位クラスとし緊急融資の要請があり次第、満額融資を直ちに実行します。そして次のクラスは非帝都企業で当行がメインとなっている旧東西、旧ＥＦＧの企業……。そこには保証並びに担保が充足される場合に限り、要請額に応じることとします。そして最後のクラス、主にグリーンＴＥＦＧ銀行の取引先への対応ですがこれは是々非々とします。次に……」

ヘイジは言葉も出ない。

帝都グループを最優先で守ることは当然のことだと思われるが、ヘイジが担当するグリーンＴＥＦＧ銀行の取引先は二の次、潰れてもやむなしと言っているのだ。

ヘイジは立ち上がって声をあげた。

「高塔専務！　今おっしゃられた内容ですが……」

そう言ったところで頭取の岩倉がヘイジを制した。

「二瓶君、あとで私と高塔君と三人で話をしたい。今は全体役員会議ということで進めさせてくれ」

そう言われてヘイジは腰を下ろした。

周りのヘイジを見る目が冷たい。

(お前やグリーンTEFGなどどうだっていいんだよ)

全ての視線がそんな本音を言っている。

ヘイジは悔しさから唇を噛んだ。

高塔は続けた。

「個人向け融資、住宅ローンに関しては当行のレピュテーションリスク(世間の評判)を考慮して、半年の返済繰り延べまでは無条件で応じることとします。そして……」

ヘイジはもう何も聞いていなかった。

(帝都以外はどうでもいいということか……)

改めて、自分がいる組織の本質を垣間見たように思った。

最後にまた総務担当専務が言った。

「今後、行内での対面での話し合いは、ソーシャルディスタンスを守った形を厳守し四名までとします。そして会議は基本、全てリモートで行う事となりますのでご承知おき下さい」

会議終了後、頭取室でヘイジは頭取の岩倉、直属の専務となる高塔と三人だけの話し合いとなった。

岩倉が言った。

「二瓶君、緊急事態の中での我々のあり方を示しておくことが必要だった。今の我々の基軸は帝都グループだ。その安定と発展があってのＴＥＦＧだということを、役員全員に周知させる必要があった。分かってくれ」

ヘイジは小さく首を振りながら言った。

「今更ながら、ＴＥＦＧが帝都銀行であることを再認識させて頂きました。しかし、グリーンＴＥＦＧ銀行を含めたスーパー・メガバンクとしての経営をどうお考えなのか？　本当のところをお聞かせ願いたいと思います」

その言葉は怒気を含んではいるが穏やかだ。

専務の高塔が言った。

「二瓶君、この状況で銀行がどうあるべきかを考える前に、まずは我々の生き残りを考えなくてはならない。ある意味その為の態度表明だったんだ」

ヘイジはその言葉に反論した。

「専務、我々とは誰のことです？　それは帝都銀行出身者のことですか？　我々がスーパー・メガバンクであることは二の次ということなのでしょうか？」

高塔は薄く笑った。

「金融庁が勝手に描いたスーパー・メガバンクというものに乗っただけのことで、我々の本質は変わってはいない。君の質問に答えて言う。我々とはまだ帝都銀行だ」

ヘイジはその明け透けな物言いに呆れたが、高塔の「まだ」という言葉に何やら含みを感じた。

「では私はどうすれば良いのですか？　ＳＲＢ（スーパー・リージョナル・バンク）であるグリーンＴＥＦＧ銀行の経営責任役員として？」

そのヘイジに岩倉が言った。

「実は私と高塔君で過去一年、当行の営業を抜本的に変えようと考えて来た。それをこのコロナ禍を奇貨と捉えることで実践への途に就けると思っている。先ほどの役員会での言葉は帝都グループを安心させるカモフラージュだ。役員は皆、帝都企業とツーカーだからな。そしてグリーンＴＥＦＧ銀行として取引先への対応も万全を期す。それは安心してくれ」

その岩倉の言葉に高塔も頷いてから言った。

「これまでの営業方針を革命的に変える。コロナ禍が変革の障壁を取り除いてくれる。それはこれまでの帝都では出来なかった大胆なものだ。そこで君にも大きな役割を担って貰う」

ヘイジは驚いた。

◇

平日午後五時の丸の内仲通(なかどお)り。

オフィスビルやホテルが立ち並び、高級ブティックやカフェが路面を賑わすそこは、いつもなら大勢の人が行き来している場所だ。

だがコロナ禍の今、全ての商業施設はクローズとなり買い物に歩く人はなく、冷たい風だけが吹き抜ける。

丸の内の多くの大企業はリモート業務となっている為に、ビジネスマンの姿も殆どない。

ディストピア小説に描かれるような景色だ。

(死の街……その言葉が比喩(ひゆ)ではなく現実なんだ)

「こんな丸の内を見るとは夢にも思わなかったな」

クルマで晴海通りから仲通りに入り、そんな街の様子を見ながら桂光義は呟(つぶや)いた。

映画好きの桂は映画『バニラ・スカイ』の冒頭シーンを思い出した。

トム・クルーズ演じる富豪の主人公がニューヨーク、マンハッタンのコンドミニアムで朝、目を覚まし、ビンテージのフェラーリを運転して地下駐車場から外に出ると……どこにも人がいない。タイムズスクエアまで来ても人っ子一人いない状況に恐ろしくなった主人公は……クルマから降りて猛然（もうぜん）と走り出すというものだ。

「あれは夢だったが、これは現実だ」

桂はそう呟いて、誰も歩いていない通りに目をやりながらクルマを走らせ、自分のオフィスが入るビルの地下駐車場に入った。専用スペースに駐車すると、エレベーターで五階まで上がった。

そこにあるのはフェニックス・アセット・マネジメント（Phoenix Asset Management Co,Ltd）通称フェニアム、桂光義の投資顧問会社だ。

「生涯、一相場師（いちそうばし）」と言って憚（はばか）らない桂がマーケットの世界で生きるために創った会社だ。

しかし運用の大半は、桂のノウハウをプログラム化したＡＩの判断によって行われている。

「勘と度胸が必要な時が来れば俺が最前線に立つが……平時はＡＩにやらせた方が着実に結果を出せる」

桂は周囲にそう言っている。

しかし、今は異常事態だ。

「いよいよ俺の出番だな」

コロナによる未曽有の株暴落、世界の主要株式市場はあっという間にベアマーケット、最高値から二割以上下落した弱気相場に入っているのだ。

(ひと月も経たないうちにここまで下がるとは……。世界経済が全て停止したんだ。当然と言えば当然だが……)

フェニアムのＡＩは桂の予想を遥かに超える性能を見せ、見事に暴落局面を乗り切り殆ど損を出していない。

(誰よりも早く先物での売り建て指示をＡＩは出し……俺もそれに従った)

桂は自分の運用ノウハウをＡＩに移植し、ディープラーニングを併用して現実の相場で運用成果を挙げていることに自信を深めていた。桂の分身ともいえるＡＩが日々、運用能力向上のために天文学的回数の仮想の相場を張る。そこで学習したことが、現実の相場で見事に嵌まることに桂は驚きを隠せなかった。

(それにしても、これほど上手く弱気相場を避けるとは……)

相場が大きく下がる前に売り抜けるのと同じことを、ＡＩは指示し桂は実行した。

だが桂はその結果に違和感を拭えないでいる。それは相場師としての桂の独特の哲学から来るものだった。

（負ける時は皆と同じように負ける。人を出し抜き抜け駆けすることを……相場の神様は許さない）

〝相場の神様〟という観念……それは他にもある。桂はインサイダー取引を相場の神様は絶対に許さず「生まれてきたことを後悔するほどの報いを受けさせる」とも考えている。

それは桂が考える相場の持つ神性だった。

桂が宗教を持っているわけではない。

それは桂の〝宗教心〟……相場の世界に生きる者として〝相場への畏(おそ)れ〟と呼べるものだ。ファンド・マネージャーとしてそんな風に考える人間は桂以外にはいない。

（俺はＡＩの指示で暴落を免れた。だが、それは結果として人を出し抜いたことにならないか？）

何とも嫌な感覚が桂から抜けない。

オフィスには桂以外、誰もいない。

元々メンバー全員がリモートで運用業務を行えるようにしてあった為に、コロナ禍でも何の支障もなく仕事は行われている。

桂もその日、自宅がある広尾のマンションの端末から売買を行った後で出社したのだ。

桂はオフィスに入ると自分のデスクに着く前に、フロアーの隅に設(しつら)えてある小型のオーデイオシステムに歩み寄った。

立てかけてあるCDの中からエリック・ドルフィー『アウト・ゼア』を選んだ。

軽快なリズムに乗って、弦と管が複雑なインプロビゼーションを奏でる。

♪

「……♪……」

モダンジャズ好きの桂は五〇年代、六〇年代のアルバムを好んで聴く。

エリック・ドルフィーを聴くのは、いつもどこか迷いがある時だ。

桂は自分の机につくとコンピューターを立ち上げ、十二面あるディスプレーに映し出される指標やチャートを眺めた。

「何度も強烈なマーケットを経験したが……同じものはひとつもない」

そう呟いて、これまでの自分の相場人生を振り返った。

一九八五年九月のプラザ合意による急激な円高、一九八七年十月のブラックマンデーによる株の大暴落、二〇〇八年九月のリーマン・ショック……。

（それらに匹敵、いやそれ以上のことが今起きている）

パンデミックという……今を生きる全人類が経験したことのない、未曾有の状況なのだ。

それによる株価の暴落を桂は免れたのだが、釈然としない。

桂は端末を操作してＡＩの指示を確認した。

ＡＩはここで売り建てを全て買い戻すことを指示している。

「ここで？　確かに短期的には下げ過ぎだが、大底はまだ先だろう？」

桂は迷った。

今桂が運用している顧客の資金は暴落前の水準で円換算五千五百億円になる。

「先物の売り建てで一千億以上の損を回避出来ている……」

売り建てを閉じる。つまり売りによる利益を確定し、ＡＩが予想する反転上昇に乗るかどうかという判断にファンド・マネージャーの桂は迫られているのだ。

「いや、この売り建てを儲けで回収することは出来ない！」

桂はそう決めた。

「売り建ては続ける。ＡＩが示すように相場は短期的には下げ過ぎだ。反発を見せるだろうが……それは捨てる！」

桂はそう決心した。

「株価が戻りを見せて、売り建てからの利益がゼロになったところで売りは解消する。それで相場とはイーブンになる。それでいい」

それが相場に対してのフェアなあり方だと思うのだ。

だが桂には納得が出来ないことがあった。

それはこの暴落の原因となった新型コロナウイルスそのものだ。

「何だか……人為的な臭いがする」

それも桂独特の感覚だった。

桂は流行りの陰謀論に与するような男ではないが、相場師としての感覚からコロナウイルスというものがあまりにも出来過ぎたものに思えて仕方がない。

「誰かが……仕掛けたものという感じが拭えないのは何故だ？」

コロナウイルスは世界を変えた。

それまでの人類の歴史を変えたと言えるインパクトを持って登場して来た。

パンデミックが、グローバリゼーションを極限まで推し進めた人類に与えたもの……世界経済が一瞬で止まるという誰も予想しえない事態……もしそれが人為的に行われたとすると見事な一手、究極の布石と言える。

「ある意味、グローバリゼーションが進んだ世界だから可能ということ。感染症の権威がずっとその警鐘を鳴らしていたのは事実だ」

桂はファンド・マネージャーとして様々な分野の書物を読み、あらゆる情報にアンテナを張っている。

「全人類の活動を止めるのはテロでも戦争でもなく疾病（しっぺい）、感染症であること。もしそこに目をつけていたものがいたとしたら……」

凶暴なウイルスを人工的に創り出すのが決して難しいことではないのを桂は最先端の分子生物学の文献を読んで知っている。

「もし、そうだとしたら……」

桂はこの状況で何が最も力を持ったかを考えてみた。

それは国家であり官僚組織、つまり厳格な命令や管理を行う存在だ。

ロックダウンや非常事態宣言……その全てを管理する者、支配組織の力の誇示だ。

桂はふとその時、メトロポリタン美術館のマーク・ロスコの抽象画を思い出した。

それを見ている時、闇の男が現れて言った。

「人間社会がある限り官僚組織はなくならない。それは永久運動機械としてあり続ける。『何』をするではなく、常に『ある』ということなのです」

闇の官僚組織を動かすその男は言った。

「まさか!?」

桂は嫌な予感を覚えた。

丸の内はしんと静まり続けている。

◇

グリーンＴＥＦＧ銀行、スーパー・リージョナル・バンクとしてのそれは元々三つの関東の地方銀行から出来ている。

　武蔵中央銀行、北関東銀行、そして坂藤（ばんどう）大帝銀行だ。

　ヘイジはＴＥＦＧの常務であると同時に、グリーンＴＥＦＧ銀行の頭取でもある。頭取としてのヘイジの経営方針は、徹底した地域密着と中央からの支援。ＴＥＦＧ本体から様々な営業面での支援を引き出し、これまでの地方銀行には出来なかった充実したサービスを顧客に提供するというものだ。

「三行の持つ強みを活かしながらＴＥＦＧの強力な営業体制によって業務の底上げを図る」

　旧三地銀はそれぞれを武蔵中央本部、北関東本部、坂東大帝本部とし、各行頭取に代えて本部長を置いている。

　ヘイジは各本部長には、旧三地銀時代にＴＥＦＧに出向して合併作業に協力した三人を置いた。

　旧武蔵中央銀行の古山恭二、旧北関東銀行の頭山（とうやま）仁、そして旧坂藤大帝銀行の深山（みやま）誠一だった。

旧三地銀の人事体制はまだ旧来のままにし、ＴＥＦＧとのシナジーが銀行業務でどのように生まれるかを第一に考えた上で本部長制度を取り入れたのだ。

実質的に各本部長の権限は、旧三地銀ではＴＥＦＧの意向を受けたものとして最強のものとなるが、名目上はそれをひけらかさず、それぞれの本部の行員たちが安心して働ける環境作りを目指してのことだ。

メガバンクの中で弱小銀行出身のヘイジは、巨大銀行成立過程で斬り捨てられてしまったものの中に大事なものが沢山あったという信念がある。

「どんな銀行であっても、必ず広がりと深みのあるノウハウを持っている。それを上からまとめようとすると消えてしまう」

ヘイジは決してメガバンクというものが銀行業務の、ビジネスの成功形態と見ていない。

「コロナの前から『銀行という業態にもう将来はない』と言われていた」

現実にメガバンクは、成長産業から遠い存在となっている。

日本経済全体が低成長なのだから仕方がないとして、環境に甘んじてしまうのは間違いだと思っている。

メガバンクが成長していない原因は、巨大銀行という器を造ることだけに固執した経営の根本にあるとヘイジは思っている。

「大事なのは各々の銀行の行員が大事にしているビジネスだ。そのビジネスを少しずつ大きな器に移していきながら育てることが出来るかを考えないといけない。上から空っぽの器を押し付け、中身の詰まっていた小さな器を捨てさせるメガバンクのやり方は間違っている」

それはヘイジの信念となっている。

「グリーンTEFG銀行を理想の銀行にする。銀行が真に顧客の生活と密着し、顧客の人生を豊かに、安心出来るものにするお手伝いをする。そういう存在にする」

だがそうして動き出したところにコロナが襲って来た。日本全国あらゆる業態で生産や営業が止まってしまっているのだ。

「じゃあ、始めようか」

グリーンTEFG銀行の各本部長との会議はリモートで行われた。

各本部長からは、まずコロナ対策での危機管理マニュアルの遂行状況が発表された。

ヘイジはどの本部も抜かりなくコロナ対応を実施していることに安堵した。

武蔵中央本部の古山が言った。

「TEFGさんの完璧な危機管理マニュアルがあったからこそ、問題を起こすことなく対応出来ました。昔の銀行の体制だったらどうなっていたことかと思うとぞっとします」

ヘイジはそれに対して笑顔になりながらも厳しさを忘れない。

「古山本部長、『TEFGさん』は止して下さい。同じ銀行ですから呼び捨てで結構です。何にせよ、皆さんがちゃんと対応して下さったお陰です。でも油断はしないで下さい。コロナ対策は念には念を入れて、行内でクラスター発生など、絶対に許されないことだと思って下さい」

三人は頷いた。

グリーンTEFG銀行の地域でも感染者は出ている。

ヘイジはコロナ対策での各本部の現状を把握すると、次に取引先の現状報告を受けた。

製造業が多い北関東本部はグローバルのサプライチェーンが止まっている中、関連取引先は休業状態だと言う。

「こんな経験を誰もしたことがないですから、途方に暮れているというのが正直なところです。中小の業者からは緊急融資の要請が殺到しています。政府の給付金では追いつかないのが現状です」

北関東本部の頭山がそう報告した。

そしてどの地域も飲食店は休業や時短、席数縮小などでの売上激減で事業の継続が困難になっている取引先が殆どだ。

「あと半年この状況が続くと……殆どの飲食関係は倒産してしまいます」

武蔵中央本部の古山の言葉に、全員が緊張の面持ちを強めた。

ヘイジは言った。

「日銀がコロナオペとして全銀行にバックアップを行うとの情報はありますが、グリーンTEFG銀行は先手先手で行きます。担保や保証が十分でなくても、既存取引先に対しては緊急融資の要請には必ず応じるようにして下さい。我々は銀行として、断固として地域を守るという姿勢を見せなければなりません」

三人の顔はそのヘイジの言葉でパッと明るくなった。

「このような事態だからこそ、銀行のあり方を示さなければなりません。スーパー・リージョナル・バンクとしての矜持は地域密着、地域を守り豊かにすることへの貢献です。今こそそれを見せる時だと頑張りましょう」

そうして次に、坂藤大帝本部長の深山が報告を行った。

（予想した通りだな）

ヘイジはそう思った。

坂藤大帝本部、旧坂藤大帝銀行は元々二つの銀行が合併して出来ている銀行でその二つは明確に性格を異にする。

旧大帝銀行の取引地域は他の地方と同様にコロナ禍をまともに受けているが、旧坂藤銀行地域はその特殊性から殆ど影響がない。いや寧ろその特殊性から強みを発揮している。

「管理経済都市として、地域を維持してきたことの強みが出ている」

坂藤の地は坊条雄高という人物が、戦後創設した同族企業によって支配されてきていた。坊条グループは各種製造業から流通、飲食業まで幅広く展開し坂藤では大帝券、D券というクーポンが市民の間で通貨として流通を続けている。

日本の中で極めて特殊な存在として治外法権のようなものを維持し、存在を続けてきていたのには理由があった。

それは戦前の満州国、大日本帝国がその傀儡として創り上げ運営していた国家に起源がある。

満州国・国務院総務庁で経済統括部長であった坊条雄高の父、坊条雄二郎は昭和二十年四月、日本の敗色が濃い中、ソ連侵攻を察知して満州中央銀行が保管していた膨大な金塊を関東軍機密部隊の助けを借りて日本の坂藤の地に移送、その金を元手に経済官僚が理想とする管理経済都市を誕生させた。

その特別な地域の維持を担保する為、関東一円を覆う地下水脈に猛毒の化学物質をいつでも流せるようにし、中央官庁とそれを裏で動かす闇の官僚たちをも黙らせていた。

しかし、化学物質による汚染除去などが自力では難しくなり、隠蔽された都市のままでいることが限界に来て、グリーンTEFG銀行の誕生を機に坂藤は変革を迎えたのだった。

ヘイジはその変革に立ち会い、難しい問題を仲間たちと共に解決の方向に向かわせた。

「そして今、コロナ禍にあって坂藤の管理経済都市、閉鎖都市の特質がその価値を高めている」

大帝券、D券という金券、クーポンの発行によって狭い経済圏の中で消費生活に必要な通貨は賄（まかな）えてしまうこと……ヘイジはこれはコロナ禍の日本でも形を変えて採用されることになるだろうと思っていた。

坂藤大帝本部長の深山は言った。

「コロナはある意味、坂藤にとっては想定されていた状況です。ですから市民生活も経済生活も大きく変化はしていません」

全ての商品やサービスを単品、個別というミクロでの係数管理によって徹底させる。そしてその集約をマクロ政策に反映させる管理経済都市にとって、今の状況は水を得た魚だった。

そうしてグリーンTEFG銀行のリモート会議は終了した。

「ん？」

深山だけが画面の中から退出しない。

「二瓶頭取、実はお話ししたいことがあります。直接お会いしたいのですが、可能でしょうか？」

そう言う深山はどこか落ち着きがない。

「分かりました。東京に出て来られますか？」

深山はそのつもりですと返答した。

ヘイジはその深山が気になった。

そうして翌々日、深山は本店にヘイジを訪ねて来たのだ。

本店内のグリーンTEFG銀行統括室で、ヘイジは深山と会って話を聞いた。

「何ですって!?」

ヘイジは深山の言葉が信じられない。

深山は緊張した面持ちで言った。

「本当です。御前(ごぜん)は亡くなる前にそう言い残されていたということなんです」

故坊条雄高の信じられない言葉だった。

◇

東京、銀座並木通り。

路面に外国時計店や高級ブティックが続くその通りは、特別な贅沢さを感じさせる場所だ。昼から夜になると別の姿が現れる。通りの両側に建ち並ぶ雑居ビルには高級クラブが多く入り、昔から社用族の接待と憩いの場になっているのだ。

その並木通りが死んでいた。

路面店舗は全て閉じ、ビル内のあらゆるクラブや飲食店は営業を行っていない。夜に灯が点ることがないのだ。

通りを行き交う人は殆どなく乾いた風だけが吹き抜ける。

「コロナという名の死神だけがいく」

湯川珠季（ゆかわたまき）は夕刻、その並木通りを歩きながら呟いた。

いつもならこの時間は美容院で髪を整えた後、着物姿で歩いている筈が今は普段着なのが腹立たしい。

クラブ『環(たまき)』のオーナーママである珠季は、コロナがもたらした現実を受け入れられないでいた。殆ど客がなくても営業を続けていたが……事態の悪化には抗(あらが)えなくなって店を閉めた。

銀座の殆ど全てのクラブはホステスと黒服を解雇していた。

「失業保険で暮らした方が確実だから……」

他店のオーナーたちのそんな声に耳を貸さず、珠季は二十人全ての従業員を雇い続け給料を払い続けている。それは珠季に資産があるから出来ることだが……毎月家賃を含め数千万円の赤字になる。

「また開けられるようになったら雇い直せば良いだけなのに……」

そんな声もある。

だがそこには珠季の意地があった。

「合理だけで仕事は出来ない。人を雇うことには覚悟がいる。自分の身を切れるうちは切っていく」

そういてこそ銀座有数のクラブを維持出来ると思っていた。

だが不安は大きい。

その不安は今誰もが抱いているものだ。

「いつまでこれは続くのか？」

誰も経験したことのない感染症の広がり、目に見えない恐怖ほど底の知れない恐ろしいものはなかった。

珠季は自分の店が入っているビルの前に来た。

夕暮れ深くなる中、どこにもネオンは点いていない。

エレベーターに乗り込んで自分の店のフロアーで降りた。

「！」

冷気を足元に感じる。

「誰もいないと……こうなるのね」

そうして廊下を歩き自分の店の鍵を開けて中に入った。

全ての照明を点けてもどこか暗い気がする。

人の気配がないとこれほど寂しい空間になることに……今更ながら感慨を覚えた。

「商売が出来るということがどれほど有難いことだったのか……」

水商売には様々な動きがある。人の動き、衣装の動き、酒の動き、言葉の動き、男と女の駆け引きの動き、お金の動き……。

ヒト、モノ、カネの動き。その全てが止まってしまったことが空っぽの自分の店のフロアーを見れば一目瞭然なのだ。

そうしてまた考えてしまう。

「これがいつまで続くのか？　どうやったらこの状態が終わりになるのか？」

珠季は涙をこぼした。

「こんな銀座、我慢出来ない！」

泣くことなどない気丈な珠季が声をあげて泣いた。

銀座は珠季にとって特別な場所だ。

クラブの経営……水商売の中でも特殊なビジネスの最高峰が銀座だ。

珠季の人生は波乱万丈だった。

珠季の祖父は大阪・北浜で最後の相場師と呼ばれた人物で、仕手戦の成功で得た金を様々な資産に分散して殖やし豊かな余生を送った。

その一人息子である珠季の父は相場師の祖父に反発して学究の道を選び、京帝大学文学部で日本中世史の教鞭を執るまでになった。

幼い頃、祖母が祖父の相場の仕事を心配するあまり神経を病み自殺したことが反発に繋がっていたのだ。

父は仕事も結婚も全て自分だけで決めた。

珠季の母は父の大学の同僚だった。

その母は珠季が小学五年生の時に病死し、それ以来、父と二人きりで京都東山で育った。

質素ながら品の良いものを好む父との生活は、珠季には快いものだった。

しかし、その父も珠季が高校二年生の時に病で急逝してしまう。

そして翌年、祖父が息子を追うように亡くなり、たった一人の孫である珠季が、天涯孤独の身となる代償に莫大な遺産を相続した。

珠季は自分が相続した財産目録を弁護士から見せられた時、虚無を感じた。

カネの持つ闇を覗いたように思い……その闇の深さにぞっとした。

そして、高校を卒業すると大学には進学せず、日本を離れ世界中を旅して歩いた。

日本を離れたのは理由があった。

失恋したのだ。

高校の同級生、どうという男の子ではなかったが……初めて会った時から二人は惹かれあった。しかし若い彼には、珠季に訪れた深い孤独を受け入れるだけの度量がまだなかったのだ。

その同級生がヘイジ、東西帝都ＥＦＧ銀行常務となっている二瓶正平だ。

その後、長い年月を経てヘイジと再会し友情は復活するのだが……若き日の二人の恋は終わった。

高校を卒業した珠季は、莫大な財産を手にして感じた虚無と失恋の喪失を埋める旅に出た。

それは何年もかけた旅になった。

珠季は世界のあらゆる場所を旅した。

豪華で冒険に満ちた旅の記録はそれだけで一代記(いちだいき)といえるものになった。

そして、日本に戻ると銀座で働いたのだ。

素姓も過去も全て隠せて都合がいい。

何故、銀座か？

世界の次に人間を知りたいと思ったからだ。

「銀座は世界のどこにもない特別な場所。銀座にいることでしか分からないこと、人と人の間にある貴重なこと……様々な欲も徳もが渦のように、そう『方丈記』の冒頭のように〝絶えず〟動いている」

珠季はそんな銀座の本性を知りたいと思った。接客が自分に向いているのも分かっていた。

不思議な魅力と端整な容姿、そして何より欲のない爽やかさがたちまち珠季を人気ホステスにした。優雅な余裕と特別な気品……それは他のホステスが絶対に持ち合わせないものだった。そのうえ話題が豊富で頭の回転が速い。多くの筋の良い客が珠季につき直ぐに銀座ナンバーワンになった。

身持ちの堅さも有名だった。

そんな珠季が勤める店のママがバブルの頃、東西銀行御用達の店にいた関係で当時の東西銀行の役員たちがよく店を訪れた。

その中に桂光義がいた。

一目見た時から、珠季は他の客との雰囲気の違いが気になった。

酒やクラブがそれほど好きではないのが直ぐに分かった。

珠季は自分から桂に近づいた。

桂も、他のホステスとは全く違う個性を持つ珠季に興味を持った。

カポーティの小説『ティファニーで朝食を』の主人公ホリー・ゴライトリーのようだと桂は思った。

珠季と桂が関係を持つまでにはそれほど時間はかからなかった。珠季は自分の過去を桂には全て語ることが出来た。

恋人であると同時に父でもある存在、それが桂だった。

桂が東西帝都ＥＦＧ銀行で珠季の若き日の恋人である二瓶正平と上司と部下として協力し、銀行を襲う様々な難事を解決していく姿を見るとは思ってもいなかったが、今ではそのことも好ましい。珠季を巡る男たちが真剣にそれぞれの立場で闘っているのを見るのは爽快だった。

「だけど……」

世界は変わってしまった。

コロナという疾病が全ての景色を変えてしまったのだ。

桂は桂でヘイジはヘイジで頑張っている。しかし、自分を取り巻く世界が、銀座が、死んでしまったことに珠季は無力感を拭えないのだ。

どこの誰にこの思いをぶつければ良いのか分からない。しかし、日本の、いや世界の多くの人間が珠季と同じ思いに沈んでいるとも言えるのだ。

重く伸し掛かる先の見えない不安、どうしようもない苛立ち、動くことが出来ないことの辛さというものは珠季のような闊達な人間には拷問に等しい。

「ただこうやって黙ってじっとしている。そうとしかしてはいけないなんて……」

珠季はフロアーを見回した。

凝った内装のクラブがまるで書き割りの舞台装置のような白々しさを感じさせる。

その時だった。

「あれッ!?　やってないと思ったら開いてるやんか！」

その関西弁に珠季は驚いた。
そこに見知った男が立っていた。

第二章　闇の侵略

桂光義は早朝から丸の内にある自らの投資顧問会社、フェニックス・アセット・マネジメント、フェニアムの自分の席で十二面あるディスプレーが映し出す様々な指標を眺めながら考えていた。

他のスタッフはリモートでオフィスには桂しかいない。

しんと静まり返ったオフィスの中で桂は相場観をまとめようとしていた。

ＡＩではなく自分の頭で徹底的に、このコロナ禍の相場をどう考えるべきかを思案していた。だがそれが進まない。

「やはり何かおかしい」

〝嫌な感触〟としか呼べないものがまとわりついて離れないのだ。

〝嫌な感触〟は桂が自分の運用をＡＩによるものに移行した理由と共通する。

桂はあることが始まってから、自分の相場の感覚と実際の市場の動きにズレが生じるのを感じるようになった。そしてそのズレは、時を経てどんどん大きくなっていった。その〝ズレ〟を生じさせるものこそが、桂をして相場から距離を置かせたものだ。それは日銀による、株価操縦ともいえる大量のETF買いだ。

ETF（Exchange Traded Funds／上場投資信託）の略称で特定の指数、例えば日経平均やTOPIX（東証株価指数）などの動きに連動して運用成果を目指す投資信託のことで、東京証券取引所などに上場されている。

対象となる指数と全く同じ銘柄、比率で株式を保有する方法や、定量的な分析によって株式の保有比率を工夫する方法、派生商品を使うなどの方法がある。

だがそこには個別銘柄の保有判断、つまり株を発行している企業の業績や株価の割高、割安を分析して売るか買うかという大事な判断はない。

味噌もクソも一緒に、市場にある全ての株を買うということをやっているのだ。

「株式市場は、不特定多数の市場参加者が膨大な情報をもとにして〝売り〟と〝買い〟を行う。その〝売り〟と〝買い〟がぶつかって値段が付くことで情報が処理される。この世に存在する膨大な情報を処理する能力……それこそが資本主義という制度の中で株式市場が持つ最も重要な役割だ。それ故、株式市場は誰も侵すことの出来ない神聖なものなのだが……」

その株式市場を、まるで我が物顔で官製市場にしているかのような日本銀行による株の爆買い……ETFというパッケージでの大量の株買いは……市場を、情報処理の場としての市場のあり方を歪め、桂のようなファンダメンタルズ（経済の基礎的要因）を重視するファンド・マネージャーの株価と市場への感覚をおかしくさせて来たのだ。

二〇一〇年の十月から日銀はETFの購入を始めた。

不特定多数で自由な売買を行うべき市場で、官という特定かつ巨大な存在が、金融政策の一環として株価を下支えするために手当たり次第に株を買い占めるという図式、そんな歪んだ構図がもう十年になろうとしている。

日銀のETF保有額は約三十五兆円、東証一部の時価総額の約６％になり、数年後には一割を超えることが予想されている。

「多くの企業で大株主に日銀がなる異常事態……」

異形の金融政策、欧米の主要中央銀行は決して行おうとしない株式購入を、金融政策という大義名分で日銀は行い続けている。

「市場の持つ情報処理の機能、資本主義社会で最も重要な機能が特定の巨大な存在の一方的買いで歪み続けている。その歪みは蓄積され……必ず大きなしっぺ返しを経済全体が受けることになる」

それが桂の考えだった。

そんな考えを持っている桂は、日本株を扱うことが嫌になった。

それは好きだった異性を嫌いになる感情に似ていた。

「俺の本質は変わらない。しかし、日本株の、相場の本質が変わってしまった。惚れていた……惚れ抜いていた相場の純粋さが失われた。だから付き合いが嫌になり、離れた」

しかし、自分が運用会社を運営していく以上、日本株を扱わないわけにはいかない。そこで次善の策として、自分の感情が入らないで済むAIによる株式運用に任せるということにしたのだ。

そのAIは見事にコロナでの暴落を切り抜けた。だが桂は〝嫌な感触〟を拭えない。

現実にはAIに助けられたのだが……納得いかない。

それはコロナが起こる前から桂が予測する、『近未来の世界経済』と関係がある。

そして、AIと深く結びついている。

「誰も指摘していないが……今は一九二〇年代と酷似している。それも……途轍もなく恐ろしい酷似だ」

桂は不安げに口にする。

一般的に語られる一九二〇年代は、自動車や電信など新興産業が勃興したアメリカ経済に代表される黄金時代で、株価は上昇を続け経済はスパイラル的に上昇を続けた。しかし、一九二九年十月二十日、暗黒の木曜日に株価が暴落、それが大恐慌を招いたというものだ。

「一九二〇年代を本当の意味で構造的に分析している者は少ない。皆、現象に囚われているが、一九二〇年代に人類が過去依存して来た巨大産業で、革命的な構造変革が進行していたことが最も重要なんだ」

それは第一次産業、農業のことだ。

二十世紀初頭まで大多数の人類は、数千年に亘(わた)って自給自足に近い農業構造の中にいた。

しかし、それが劇的な変化を見せる。

一九二〇年代、農薬や化学肥料が発明され、コンバインやトラクター、冷凍技術、大型の貨物船など……農作物の生産や保管、流通に革命的な技術が導入されるようになったのだ。

それは農業の生産性の革命的な上昇をもたらした。単位面積当たりの農作物の収穫量は増大し結果として農作物の価格は下落、同時に農業従事者の数も激減していった。

それまで最も重要であった産業から、失業者が構造的に増え続けていたのだ。それはつまり、大恐慌の原初的な蓄積が行われていたということだ。

「株価の暴落はきっかけに過ぎない。問題はその前に起こっていた農業の生産、保管、流通の大革命だったんだ」

そして桂はそれと同じ構図がちょうど百年後の今、二〇二〇年代の世界で見られると思っている。

それがＡＩだ。

ディープラーニングという天文学的回数で自己学習を繰り返す技術によって、ＡＩは飛躍的に性能をあげ、その応用はあらゆる産業に及んでいる。

「一九二〇年代は農業分野だけだったが、このＡＩによる革命はあらゆる産業に及ぶ。製造業、流通業、金融、証券、各種メディア、そして医療も……」

資産運用の世界では人が指示しないコンピューターによる運用が既に全体の二割を超え、二千兆円に達している。

「俺自身も機械に任せているが……おそらく数年のうちに、ＡＩでの運用が過半数を占めるだろう」

そこに人間はいらないのだ。

そして桂は自分が嘗て勤めていた銀行のことを考えてみた。

「銀行の中核業務である融資……その審査などＡＩが行った方がずっと早く正確だ。それ以外の銀行業務、そして証券業務……ＡＩに代替出来ないものなど殆どない」

人と人とが触れ合わなくてはならないものが、どれほど実際の仕事の中にあるのか……そうでないものがどんどんＡＩに置き換えられるとすれば……何が一体残るのか。

「情緒的な問題でなく人はいらなくなる。つまり潜在失業者の数は膨大なものになっている。それは一九二〇年代の比ではない」

新たな大恐慌の原初的蓄積……それが進行していると桂は考えているのだ。

「コロナが新たな大恐慌のきっかけとなることは十二分にある」

多くの経済学者や人類学者がその可能性を指摘している。

「コロナは象徴的だ。感染防止の為には人間同士が接触しないことが必要になっている。密を避ける。人間同士の直接的触れ合いがなくなる。その延長線上で……さらに人間はいらなくなっていく」

日々テレビで映し出されるひっ迫する医療現場の大変な様子、それと対照的な死んでしまったような街の様子……それを比較する度、桂はやりきれなくなる。

ＡＩによって人間が必要でなくなる構造、巨大失業の原初的蓄積が着々と進む中での感染症の蔓延(まんえん)という事態……それはあまりにも出来過ぎているようにも思える。

「？」

電話が掛かって来た。

着信名を見て、桂は張り詰めていた気持ちが緩んだようになって嬉しくなった。

「おう、二瓶君。いや、今や東西帝都ＥＦＧ銀行の二瓶常務だったな。どうした？」

だがその桂に応えるヘイジの声は、緊張で震えたものだった。

「桂さん、大変なことが起きている可能性があります！」

桂は笑った。

「大変なことって、コロナでもう十分に大変じゃないか」

ヘイジのそこからの話は桂を驚愕させる。

ヘイジは坂藤大帝本部長である深山誠一と共に急遽、坂藤の地に向かっていた。

深山は内容を告げることに非常に慎重で、電話やメールも使いたくないとして上京し二人きりになったところでヘイジに告げた。

そしてその内容を知る人物の口からさらに詳しく聞くことをヘイジに促したのだ。

「班目先生から直接、是非直接聞いて下さい」

坂藤の地を治める坊条グループの顧問弁護士である班目順造、故坊条雄高の長年の右腕であった人物だ。

ヘイジは坂藤の地の秘密を巡って、坊条一族と様々なやり取りをする際に会っている。

「御前がお亡くなりになってから班目先生は気力が萎えてしまわれ臥せりがちになりました。今も坂藤市民病院に入院されています」

そうして二人は坂藤に入ると直ぐに病院に向かった。

最上階にある特別室、故坊条雄高も嘗て闘病していた病室で班目は過ごしていた。

ヘイジたちが病室に入ると、班目は電動ベッドを起こした形で読書をしていた。

「二瓶さん、ご無沙汰しました。御足労かけて申し訳ありません」

班目は手にしていたモンテーニュの『エセー』をベッドサイドのテーブルの上に置きながら慇懃な態度で頭を下げた。

「こちらこそ、御具合が悪い中を失礼します。深山さんから大変な話を伺ったものですから……」

そのヘイジの言葉に班目は頷きながら暗い表情をした。

「御前がお亡くなりになる前日でした。私は枕元に呼ばれてその話を聞いたのです。御前は最後の最後まで奴らとのことを話すのは逡巡されていましたが、語っておかなくてはならないと思われたようでした」

ヘイジと深山はじっと班目を見ていた。

「坂藤の地には様々な秘密が隠蔽されて来ていた。その大部分は皆さんもご承知の通りです。

皆さんのご尽力で坂藤に隠蔽されていた問題は解決した。しかし、もう一つ、御前だけが抱えてらっしゃった秘密があった。それが……」

ヘイジがそこで言った。

「例の闇の組織とのことですね？　嘗て坂藤銀行を使って坂藤の地に介入しようとした」

班目は頷いた。

「御前の話によると……闇の組織との関係は戦後直ぐから続いていたということです。坂藤を理想の管理経済都市としようとした御前たちはあの猛毒、サルサピリジピンを用いた首都圏壊滅装置を盾に中央の、そしてその中央を操る闇の組織からの、介入を防いでこられていた。同時に御前はサルサピリジピンが流出した場合の都市封鎖に耐えられるように、坂藤という都市の設計を行われた。それがこのコロナ禍で坂藤の社会、経済を全く問題なく動かしているということです」

ヘイジは訊ねた。

「闇の組織というのは一体、どのようなものだと坊条氏はおっしゃったのですか？」

班目は首を振りながら実体は分からないものの、と前置きした。

「明治の初め頃から大蔵省の中に存在したと……元勲(げんくん)・井上馨(かおる)が国家の裏金を作る目的で当初作られた組織だとか……。しかし、それが時代を経て変貌を遂げながら力を増していったと……」

ヘイジと深山は班目の言葉に聞き入った。

「闇は歴史の重大局面でその力を発揮したといいます。ある時には政権を替え、ある時には霞が関を大きく動かす」

疑問を持ったヘイジが訊ねた。

「実体は分からないとはいえ組織の人間は具体的に存在しているわけですよね。坊条氏は組織のどんな人間を知っていたのですか？」

そこが大事なところだと班目は言った。

「御前が、闇の組織に属す人間だとハッキリ分かったのは二人だとおっしゃいました。一人は坂藤銀行の嘗ての頭取です。大蔵省から天下(あまくだ)って来て、不良債権問題を演出し銀行の株を外資系ファンドにタダ同然で譲り渡して、坂藤への介入を目論(もくろ)んだ男です」

それを聞いて深山が訊ねた。

「その頭取は自殺しましたね？　確か……焼身自殺でした」

班目は一旦頷いてから首を横に振った。

「名目上は死んだということになっています。しかし、実際には生きていると御前はおっしゃいました」

ヘイジと深山は驚いた。

「御前は自分の命のある間に、闇との決着をつけるために東京に出向かれた。そして東帝大学病院に検査入院の名目で滞在された折、闇の組織の人間たちが現れたというのです」

淡々と語る班目も、恐ろしさを感じているのが分かる。

ヘイジが訊ねた。

「その時、死んだ筈の頭取が現れたと？」

班目は頷いた。

「そしてもう一人の闇の組織の人間も現れたとおっしゃいました。それは大蔵省内で〝魔術師〟と呼ばれていた男だったと……」

ヘイジは〝魔術師〟という言葉に聞き覚えがあった。桂がある男のことを指してそう言っていたことを思い出した。

「まさか⁉　金融庁長官だった五条、五条健司（けんじ）‼」

班目は続けた。

「御前がおっしゃるには〝魔術師〟は表で出世を遂げた人物だったそうです。バブル崩壊とその後の長期不況を追い風として……」

経歴から五条に間違いないとヘイジは思った。

「夜、明かりが落とされた御前の病室に〝頭取〟と〝魔術師〟の二人が現れた。ただ、明確にその顔を確認することは出来なかったそうです。ですが闇の中の声は間違いなくその二人だったと……」

ヘイジはゴクリと生唾を飲み込んでから訊ねた。

「そこで二人が言ったのですね？　今起こっている大変なことについて？」

頷きながら班目は言った。

「御前の記憶力は人並み外れています。本当に聞いたことを、一字一句正確に覚えてらっしゃいました」

そう言って在りし日の坊条雄高を思い出し、暫く遠くを見るような目をした。

ヘイジと深山は、ここから班目が語ることの全てを記憶しようと耳を傾けた。

班目は言った。

「御前は御自身の人生の締め括りとして、中央を動かし坂藤の問題を表沙汰にすることなく綺麗に処理されました。皆さんもご存知の通り、何一つ報道されることはなかったでしょう？　それには闇の組織は一切干渉しなかったそうです。坂藤という管理経済都市が、自分たちの目指すべき理想が、守られるとして……」

ヘイジは驚いた。

「彼らの？　闇の組織の理想？」

　班目は頷いた。そして一呼吸置いてから続けた。

「首都圏壊滅装置という切り札を失った坂藤への、闇の組織による介入を誰よりも恐れていたのは御前です。その御前に〝魔術師〟は言ったそうです。『敗戦後に闇の組織と坂藤が結んだ不可侵協定は遵守する。それほど管理経済都市という存在は貴いものである』と。そしてここからが大事なことです。彼らはこう言ったそうです。『管理経済都市の魅力はさらにこれから増す』と……」

　何故ですかとヘイジは訊ねた。

　班目はその言葉がまだ信じられないという風にして語った。

「そこで短い詩のような言葉が〝魔術師〟から発せられたそうです」

　　地獄の門が開き世界経済は破壊される
　〝コロナ〟という言葉と共に
　その後に君臨するのが我々死者たちの王国

「!?」

ヘイジは驚愕して訊ねた。

「それは坊条氏が生きていた時に聞いたことで今の話ではないんですよね？」

班目は当然そうだと言った。

一年以上前から闇の組織はコロナを知っていたことになる。

ヘイジは震えながら言った。

「つまり……今のコロナ禍は闇の組織が創り出したものだと？」

班目はゆっくりと頷いた。

「私も御前から聞いた時には〝コロナ〟とは何のことか分かりませんでした。何かの組織、テロリスト集団の名前か何かを想像していたのです。しかし、それが今世界を襲っている感染症だったとは……」

ヘイジも深山も唖然（あぜん）とするばかりだった。

「班目さん！　坊条氏は他に何かおっしゃっていたのですか？」

少し考えてから班目は言った。

「柳城（りゅうじょう）流茶の湯、日本の権力者たちを裏で動かすもう一つの存在から闇の組織の人間は全て破門されたとおっしゃっていました」

ヘイジは嘗ての部下で柳城流宗匠（そうしょう）である桜木祐子（さくらぎゆうこ）のことを思い出し、その力の凄さを改めて思った。

しかし、そこからの班目の話にぞっとする。

「その破門について〝魔術師〟が言ったそうです。『柳城流茶の湯など意味のない存在になる。表も裏もない一つの世界。それが〝コロナ〟の後にやって来る』と……」

ヘイジは嫌な汗が背中に流れるのを感じながら訊ねた。

「それは闇の組織が表に出てくるということですか？　コロナによる世界経済の混乱を使って？」

分かりませんと班目は首を振るだけだった。

◇

桂光義はずっとヘイジの話を聞いていた。

ヘイジは坂藤から東京に戻って直ぐに桂に連絡を取った。そして有栖川宮(ありすがわのみや)記念公園に面した桂のマンションを訪れたのだ。

桂は何ともいえない表情になって言った。

「嫌な予感がしていたんだが……当たっていたようだな」

コロナにどこか人為的な臭いがすることと、闇の組織が関与しているのではないかということ……桂の相場師としての勘だった。

「確かに〝魔術師〟とされる男がコロナという言葉を使ったんだな？」

ヘイジは頷いた。

「間違いなく言ったそうです。コロナによって地獄の門が開き、世界経済は破壊される。そして、コロナの後で表も裏もない世界がやって来ると……」

桂は暫く黙った。

「何が奴らの狙いなんだ？　世界経済の破壊か？　株価の暴落を創り出しての究極のインサイダー取引による莫大な利益か？　おそらくそれは実行に移しただろう……しかし、狙いはそれだけではない筈だ」

ずっと考え続けている桂をヘイジは見詰めていた。

桂はメトロポリタン美術館のマーク・ロスコの絵の前での、男の言葉をまた思い出していた。

「人間社会がある限り官僚組織はなくならない。それは永久運動機械としてあり続ける。『何』をするではなく、常に『ある』ということなのです」

闇の官僚組織を動かすその男は言った。

コロナによって、世界各国で行政機関による管理や統制が人々に無条件に受け入れられていく現状は、男の言葉そのもののように思える。ロックダウンや非常事態宣言、命令や規則で人々から自由を奪う措置を実行するのは、感染症ではなく官僚組織だ。

「一見それは当然の、最善の措置に見える。感染症拡大という緊急事態であると人々が納得しているから国の官僚組織に全面的に従う。欧米では『感染症との戦争だ』と政治のリーダーが表明するだけで法律上の戦争条項が適用され、自由主義、民主主義の国家であっても人権は制限される。それを人々は良しとせざるを得ない」

桂は、そこに闇の組織の狙いがあるのではないかと思った。

「二瓶くん」

桂は口を開いた。

「このコロナが人為的なもので闇の組織の仕業だとしたら……ある意味世界的な規模で闇の組織は動いているということだ。そして奴らは今やその最大の武器、行政を操るという武器を使って何でも出来る。コロナ禍という状況、ここからどんな力でも奴らは使える」

ヘイジは桂の言葉に緊張した。

「各国政府がこれからどんな施策を出してくるか、特に金融・経済関係でどんなものが出てくるかが鍵だ」

そう言って桂は金融庁長官の工藤進のことを考えた。闇の組織の人間で表に出て活動するただ一人の男、『砂漠の狐』の異名を持つスーパーテクノクラート。そして途轍もない闇を抱えた男。昭和五十年代に起こった極左暴力集団による企業連続爆破事件の首魁で、死刑囚として東京拘置所に収監されている工藤勉、その実弟が工藤進なのだ。

「闇の組織にとって工藤は表の切り札だ。日本の金融行政を通じて必ず何か仕掛けて来る。だがある意味、工藤の動きを見ることで奴らの狙いを知ることが出来る」

桂はニヤリとした。

ヘイジはそんな桂を見て頼もしく思った。

そしてヘイジはもう一つの大事な話をした。

「柳城流茶の湯のことは桂さんもご存知ですよね？」

桂は勿論だと頷いた。

「俺もＴＥＦＧの頭取になった時に、門人として迎え入れるという知らせが来た。だが断った。日本を動かす裏の組織、そんなものに関わることは俺の性に合わないからね」

ヘイジは桂らしいと思いながら自分と柳城流茶の湯との関係を全て話した。

桂は驚いた。

「君の嘗ての部下が柳城流の宗匠!?」

ヘイジは頷いた。

「本名は桜木祐子、東帝大学文学部から当行に入行し、融資業務を経てスタンフォード大学でＭＢＡを取得、エリート街道まっしぐらで役員は勿論、初の女性頭取候補と言われていた女性でした。グリーンＴＥＦＧ設立を助けてくれて……坂藤の案件処理を共に行っている時にその事実を知りました。その後、退職し柳城流第十三代宗匠、柳城武州（ぶしゅう）となっています」

桂はそのヘイジを見て考えていた。

（二瓶正平……不思議な男だ。大変な実力の持ち主ではないが、実直に物事に取り組み、逃げることをしない。正直に真面目に、しかしそこから無手勝流の強い力を発揮して多くの人間を味方にしていく。この男、ひょっとしたらここからまだどんどん上に昇っていくかもしれない）

そんなことを桂が思っているとは露しらずヘイジは心配げな表情を見せた。

「これから、コロナで世界の経済が止まってしまったこれから……どうなると桂さんはご覧になっていますか？　そして闇の組織は何を考えているか想像がつきますか？」

桂は我に返って考えてから言った。

「恐らく奴らは株価の暴落で大きな利益をあげただろう。奴らにとってカネは最も大きな武器だ。ここで膨大な利益を得てさらにその力を発揮する。その資金作りをまずは小手調べのように行った筈だ」

ヘイジはその言葉に驚いた。

「まだ〝小手調べ〟なんですか?」

桂は頷いた。

「奴らの狙いは恐らくもっともっと大きい。場合によっては世界の全ての官僚組織を牛耳り、国家を乗っ取ることを考えているかもしれん。このコロナを操っているのが奴らであるとすれば……それはあり得る」

ヘイジはぐっと腹に力を入れた。

「奴らの強みは、官僚組織に深く食い込んでいることだ。まずここから日本政府がどんな対策をコロナに対して打っていくか。そこに不自然なものがないかどうか。それがまず大事なところだな。だが見極めが難しいのはこれが前代未聞の事態ということだ。何が自然で何が不自然かの判別は難しい。全てがイレギュラーということ……そんな状況こそが国家権力と官僚組織の絶対的な力の発揮のしどころになる。各国が行う事で何が正しくて何がおかしいか……見極めをつけるのは極めて難しい。それだけに敵ながら凄いと思うよ。このコロナという感染症を自分たちの世界支配戦略の武器に使っているとしたら……」

ヘイジは訊ねた。

「やはり日本の場合は金融庁の動きになりますね。工藤長官がどんな行動を取るか？」

その通りだと桂は言った。

「君からの話を聞いてコロナが闇の組織……死んだとされている五条健司やその一味が絡んでいると考えて、俺の人脈で情報を集めてみる。君の方はグリーンTEFGトップとして旧三地銀への気遣いで大変だろうな」

そう言ってから桂はあっと気がついたようになった。

「闇の組織に関する話は君と俺限りにしておこう。TEFGの誰にも話さない方がいい。メガバンクのどこに奴らの手下が潜んでいるか知れないからな」

ヘイジは分かりましたと頷いてから、重い口調で言った。

「実は……グリーンTEFGだけではなく、TEFG本体の地方案件も僕が担当することになりそうなんです」

桂は驚いた。

「どういうことだ？」

そこからヘイジは頭取の岩倉と専務の高塔との話をした。

「営業方針と体制の大幅変更？　その真意はどこにあるんだ？」

ヘイジは説明した。それはTEFGが全国の融資を地域ごとではなく、規模に応じて営業体制を変えるというものだった。

「これまでの銀行業務の本店支店という地域ベースとした考え方ではなく、顧客の規模に最適に対応出来る営業体制を作るということです。大中小の融資規模に取引先を区分けして、最適最良なサービスで即応出来る体制にするということです」

頭の回転の速い桂は頷いた。

「なるほど……そうするとこのコロナ禍を上手く使えるな。リモートが進めば、常に対面で行って来た業務を全てリモート化出来る」

その通りですとヘイジは言った。

「そして岩倉頭取はこれによって、帝都グループとの特別な関係からの脱却を目指していると仰っています」

桂は怪訝(けげん)な顔つきになった。

「帝都グループからの脱却？　本当にそんなことを岩倉は言ったのか？」

ヘイジは頷いた。

「岩倉頭取は過去十年の帝都グループ関連の収益の悪化に対して非常な懸念を持ってらっしゃいます。これまで通りＴＥＦＧを帝都グループの金融の中心とすることを第一義に掲げて営業を行っていては……じり貧になるという危機感です」

桂はその言葉に納得した。

「岩倉は帝都銀行エリートだが、骨のある奴だとは思っていた。帝都グループがパッとしないことは、日本経済の長期低迷の一因だからな」

その桂にヘイジは頷いて言った。

「銀行は受け身ではもう生きていけません。それを変えるのにコロナを奇貨とする。僕もそこで全力を尽くそうと思っています」

金融庁では新型コロナウイルス対応のリモート会議が行われていた。

実際に本庁にいるのは長官の工藤進だけであとは庁内の別室や自宅からという……徹底して人的接触を避けたものになっている。

工藤は個別の銀行や証券会社のコロナ対応が、どのようなものとなっているかの説明を聞いていた。

「工藤長官が主導してお進めになった、スーパー・メガバンク構想の実現が今回のコロナ危機で奏功（そうこう）したといえます。スーパー・メガ傘下となった旧地方銀行も、メガバンクの完璧と言っていい感染症対応マニュアルを使ってコロナ対応を行っています。ある意味粛々と進んでいて銀行業務に関しての支障は出ていません。見事なものです」

工藤は満足そうに頷いた。

「証券会社も大手は銀行同様に危機管理マニュアルを用意しておりましたから、人員のシフト体制を含めてきちんと対応出来ています。問題は地方の中小でしたが……当庁から早期に指導に動きましたから、クラスターの発生も含め問題は起きていません」

監督局長の言葉に工藤は言った。

「日本の金融行政は民間の管理能力を最大限に発揮すべしとの方針で、SRB（スーパー・リージョナル・バンク）、SMB（スーパー・メガバンク）と進んできたことの正しさの一端がこれでハッキリとしました。やはり大が小を呑み込む形、トップダウンでこの国の金融を整えたことが正解であったということです。神は細部に宿る。非常時にこそ本質は露わになる。まさにコロナは我々の行政指導の正しさを証明してくれました。ですが油断は禁物です」

その工藤の言葉に、大型ディスプレーに映し出された金融庁の幹部たちは頷いた。

さらに監督局長は言った。

「銀行・証券の業務はシフト体制に加えてネットを通じたリモートでの業務となりますが

……こちらについてはどこまで認める形と致しますか？」

工藤はそれに対して明確に答えた。

「今のスーパー・メガバンクの対応を見る限り、リモートで行いたいとする業務は全て認めるようにして下さい。その障壁となる全ての規制の撤廃ないし緩和を実施する方向で行きます。ネットにおける民間の業務拡大を最大限尊重すること、そして顧客と行員の健康を最優先する意味で金融庁はその方針を堅持します。証券会社にも同様の措置を願います」

皆は少なからずその工藤の意見に驚いた。

（ここまで長官が踏み込むとは！　それほどスーパーメガを信頼しているということか！）

次に総合政策局長が発言した。

「現状を見る限り、銀行・証券の業務を介しての新型コロナウイルス拡大の懸念はないものと思われます。次に重要な事案ですが、金融・証券を取り巻く経済環境の劇的な悪化、それによる影響と対応についてご意見を頂きたいと思います」

リーマン・ショック時を上回るのは勿論、場合によっては大恐慌以来の世界経済の落ち込みとなる可能性があるのだ。

工藤がそれに対してまず口を開いた。

「金融庁としては、国民の金融を介しての生活を守る義務があります。それは政府・日銀も同様です。日銀はコロナオペとも呼べる緊急融資を行うことを表明しています。金融庁としても支援が速やかに、個人並びに企業に届くように注視する必要があります。貸し渋り貸しはがしなど言語道断、各銀行に対しては銀行産業全体へのレピュテーションリスク（世間の評判）を勘案して、資金支援の要請に対しては速く、そして十二分な対応をするように申し伝えて下さい」

総合政策局長が工藤に訊ねた。

「連鎖倒産、大型倒産の可能性もあります。そうなった場合には銀行そのものの経営が揺らぐ恐れが出てきます。その場合の対応は如何（いかが）致しますか？」

工藤の目が光った。

「日銀オペや政府保証などの支援を超えるものは、全て自己責任です。それが大原則です」

その冷たい口調に皆はぐっと気持ちが引き締まった。

「世界の歴史を振り返った時、戦争や感染症はその後の産業の変革を招いています。この新型コロナウイルスは、人類に新たな産業の始まりを知らせる号砲（ごうほう）となるでしょう。社会的弱者は福祉において救済されねばなりませんが、産業社会に於いてここから立ち現れて来るのは……真の競争、弱肉強食、適者生存の徹底した姿です。我々はそこを履き違えてはなりません」

皆の緊張した顔つきをディスプレーの中に見ながら、工藤は続けた。

「銀行はメガバンク、スーパー・リージョナル・バンク、そしてスーパー・メガバンクへと規模を拡大させてきた。しかしどうです？　彼らの収益性はそれによって改善ないし拡大していますか？」

厳しい指摘だ。

「日本経済はバブル崩壊と失われた二十年、三十年へと推移しようとしている。私はその原因の中核に金融があると考えています。ゾンビ企業やゾンビ産業を維持させてきたのは銀行の存在があるからだ。嘗ての財閥支配のあり方からずっと変わって来ていない。皆さん、そうは思われませんか？」

突然の激しい内容に皆は驚いた。

工藤は続けた。

「我々は、官僚組織は、甘すぎたんです。銀行や証券会社に対して甘すぎた。護送船団方式をある意味で今も維持させ甘えさせている。そうは思われませんか？」

皆は工藤が何を言いたいのか分からない。

「この新型コロナウイルスは世界の経済を、そして政治を変えます。日本は変わることを根本で恐れてきた。それを新型コロナウイルスは許さないでしょう。弱者救済の社会主義的政策と徹底した産業競争社会の併存、そこに日本の未来がある。新たな産業の創造、それは旧来型産業の破壊、いやこのコロナによって自滅するということでしょうが、それによって未来は開かれるということです」

総合政策局長が訊ねた。

「長官はこのコロナ禍をきっかけに、日本の産業構造の変革を促そうとされるのですか？」

工藤はニヤリとした。

「促さなくてもそうなりますよ。その時に我々は今までの、甘々の官僚組織であってはならないということです。適者生存、弱肉強食の徹底を金融行政で行う。市場原理主義を徹底させるところでは徹底させる。スーパー・メガバンクが潰れても構わんという気持ちを皆さんには持って貰いたい」

会議室には工藤だけでリモートの世界はしんと静まり返ったものだが、全員の心の裡までがしんとなっていった。

会議が終了し、工藤は長官室から私用のスマートフォンで電話を掛けた。

厳重に通話が暗号化される回線で、海外にいる相手とのやり取りを行うためだ。

呼び出し音三回で相手は出た。

工藤は嬉々とした口調で言った。

「凄いですね。コロナというものの凄さがここまでとは……日本の〝魔術師〟は今や世界の〝魔術師〟になられましたね」

そう言った工藤に相手は笑った。

「その称号はそろそろ返上したいね。〝魔術師〟ではなく〝創造主〟という風にね」

工藤も笑った。

「遂に〝創造主〟……THE GODに、神になられるわけですね」

相手はまぁそう慌てるなと言った。

「私ではなく我々の組織が〝神〟となるんだよ。ハド、HoDが新たな時代の創造主となるということだ」

「そうですか……ハドは〝闇〟のままで良いのですか？　表に出るのでは？」

良い質問だと相手は言った。

「表に出て貰うのは工藤くん、君だ。それだけに君の存在は大きい。君が闇の組織の人間だと知る者は沢山いるんだからね。まぁ、それだけ度量と胆力を備えているのは君だけだということだ」

工藤はお褒めに与り光栄ですと言った。

「ハドは世界的な株の暴落で天文学的な資金を手にした。そしてそれをここから更に大きくする。自分たちはまともだと考えている健全な投資家たちを駆逐するやり方でね」

それを聞いて工藤は少し驚いた様子で訊ねた。

「ここからまだ資金を拡大するんですか？」

相手はその工藤の問いに含み笑いをしながら言った。

「我々の組織の力はカネだ。それは百年以上に亘って変わっていない。カネがあるからヒトもモノも動かすことが出来る」

工藤は訊ねた。

「今回の暴落で、日本の国家予算の一割以上儲けられたのではないですか？」

相手はそれを三倍四倍にすると言った。

「楽しみですね。それで……ここからの私の役割はご指示通りでいいんですね？」

工藤の問いに相手は少し間を置いてから言った。

「金融機関を心胆寒からしめる。頼んだよ。それが出来るのは官僚組織を直接動かせる君だけなんだからね。今回は羊の皮を被ってスーパー・メガバンクに接して貰うことになる」

分かっていますと工藤は答えた。

「表に出る人間は大変だが、君にはその見返りは十二分に与える。いや、それがまた大変な武器になるかな？　なんにせよ、ここからの鍵を握るのは君だ。工藤くん」

　そうして電話は切れた。

　工藤は呟いた。

「闇の組織、ハド、ＨｏＤ……」

　暫く考えてまた呟いた。

「……〝Heart of Darkness〟〝闇の心〟」

◇

　桂光義は、遅くまで丸の内仲通りにあるフェニアムのオフィスにいた。

「？」

　スマートフォンが鳴った。

　着信画面を見て直ぐに出た。

「どうした？　こんな時間に？」

　相手は湯川珠季だった。

「銀座にいるの。今から桂ちゃんのマンションに行っていい？」

桂は「今俺はオフィスだが直ぐに出るよ」とクルマでピックアップしやすい場所を指定した。

そうして銀座四丁目の和光の前で珠季を乗せた。

「ごめんね。まだ仕事があるんじゃなかったの？」

桂はニューヨーク市場が開くのを待っていたが、自宅でチェックすると言ってから訊ねた。

「店は閉めてるんだろ？　なんでテレサが銀座にいたんだ？」

桂は珠季をテレサと呼ぶ。カラオケの十八番（おはこ）がテレサ・テンというところから来ている。

珠季は勝手知ったる桂のクルマのオーディオパネルを操作して、自分の好きなＡＯＲを選んだ。

♪

ボズ・スキャッグスの『ジョジョ』の軽快なイントロが流れる。

珠季はそこから、意外な人物と食事をしていたことを話した。

「塚本（つかもと）？　エドウィン・タンが日本にいるのか？」

塚本卓也（たくや）……珠季や二瓶正平とは中学高校の同級生、ドラッグストアの経営で大きな成功を収めた後に香港へ渡り、香港財閥の総帥デビッド・タンに見初められてヘッジ・ファンド、ウルトラ・タイガー・ファンドを任されて成功、世界的なファンド・マネージャーとなっている人物だ。

「奈良の実家で薬局を営んでらっしゃったお父様がコロナで亡くなって……でも隔離で御遺体にも対面出来なくて……お葬式も本当に簡単にやらざるを得なかったんだって……塚本君は悔しそうだった」

桂は改めて、コロナ禍にある今の現実を思い知らされるように感じた。

「そうか……それは気の毒だったたな。それで東京に来たのか？」

珠季は塚本との話を思い出した。

「親父が危篤やと聞いて香港を出る時は大変やった。航空機は全部飛んでないから無理にプライベートジェット雇てな……それでも出る時、日本に入る時、検査ではえらい目におうたわ」

珠季は店に来た塚本をたまたま開いていた馴染みのビストロに誘って、酒を飲みながら食事をしたのだ。

ヘッジ・ファンドの成功で香港でも有数の富豪となっている塚本は当局にも顔が利くために、特別措置で出国出来たと説明した。

「大変な思いして帰って来たのに、お父様に対面でけへんかったって……あんまりやね」

珠季は同級生とは関西弁になる。

だが塚本にとって珠季はただの同級生ではなかった。学生の頃からそして今も、珠季のことを思い続けているのだ。

そのことは珠季も知っている。

学生時代、珠季はヘイジと恋愛関係にあった。当時の塚本はそれで珠季を諦めていたが、ヘッジ・ファンドで成功した後、その思いを告げたくて珠季を探したのだ。

塚本はTEFGの買収危機に際してヘイジや桂に協力して助けながらも、珠季を巡ってはヘイジや桂に対してライバル心を燃やし続けていた。

父親を亡くした塚本は言った。

「親孝行、したい時には親はなしってよう言うたもんや。ほんまにそうやで。親父やお袋にはもっと贅沢さしてやりたかったのに……」

塚本の父親は、ファンド・マネージャーなど博打うちだと言って香港で成功した塚本のことを認めず、奈良の田舎で小さな薬局の経営を母親と二人でやり続けていた。

使命感の強い父親は、具合の悪くなった馴染みの客を親身に世話していた為に新型コロナウイルスの犠牲になったのだという。

「……ほんまにお気の毒やね」

珠季の言葉に塚本は頷いた。

「真面目な人やったからな。実直を絵に描いたような……ある意味、親父は戦死やったと思うんや」

テレビに映る医療従事者の大変な状況に、珠季はその話を重ね合わせて聞いていた。

「お母様はお一人になってお寂しいでしょう？　どうするの？」

塚本は少し困ったような顔つきになった。

「お袋も頑固でな。働けるうちは一人で薬局やるというんや。俺が幾らでもカネは送ったるからゆっくりしい言うても聞けへん」

珠季はそこに古き良き日本人を見るように思った。

「香港には直ぐに帰るの？」

塚本は首を振った。

「帰りたいんやが……なんやその香港の様子がおかしい。中国政府が世界中がコロナで騒いでる最中に、どんどん香港に介入して来てる。一国二制度は守られると思てたけど……去年もえらいデモがあったんは知ってるやろ？」

珠季もニュースで香港の民主的制度を守ろうとする人々のデモのことは知っている。

「香港の人間も、ここまで露骨に中国本土の介入が激しなるとは思てへんかった。甘かった。

諦め感も漂い始めているし、イギリスやカナダに出て行こうとしてる金持ちも多いわ」

香港が第二の故郷となっている塚本には、今の政治状況はコロナ以上に深刻だった。

「どうすんの？　塚本君は？」

塚本は個人資産はスイスの銀行に移してあると言う。

「そやけどウルトラ・タイガー・ファンドは香港のファンドやからな。莫大なカネの監視は香港政府、いや今や中国政府が睨みを利かしているからどうしようもないわ。俺が嫌気差して香港から出ていくか、俺を追い出して中国人のファンド・マネージャーに首を挿げ替えるか……時間の問題やな」

珠季は事態の深刻さに驚いた。

塚本は続けた。

「もう……なんか、嫌になって来たんや。香港のええとこがどんどん奪われていく。これ以上香港の空気が変わることが俺には耐えられんのや。完璧な監視社会、管理社会のモデルのように香港はなりつつある。そんなとこで生きていくのは嫌や。世界的ファンド・マネージャー、エドウィン・タンから引退して、奈良で細々と畑でも耕しながらお袋の薬局を助けたろかとも……本気で思てるんや」

珠季はその塚本の言葉で十代の頃、世界中を旅した時の東欧を思い出して言った。

「ソ連が支配してた当時の東欧の国々の人たちの何とも言えん息苦しさみたいなもんは……実際に行ってみんと分からんかったもん。自由にモノが言えることがどれだけ有難いことか……日本人には分からんもんね」

塚本は頷いた。

「皮肉なことに今のＩＴの発達は、政府が完璧な市民監視体制を簡単に敷けるようにしてしもた。俺なんかも香港にいてる間はどこでどんなことをしてるか、ネットでどんなやり取りをしてるか、どんな情報にアクセスしてるか、全部見られてる。下手に政府の批判をした日には、あっという間に拘束されてしまうんや。そう考えると、嫌な疲れというか……どれだけカネを稼いでどれだけ香港に貢献しても徒労感だけが残るわ」

そして塚本は遠くを見るような目をした。

「俺は香港が好きやった。雑然としてて活気に溢れてて猥雑(わいざつ)で……どんな人間も自由気ままに生きてる。そんな香港がほんまに好きやった。そんな香港はもう……ない」

珠季はその塚本をじっと見詰めた。

塚本は言った。

「好きな香港がない……そんな中で親父が死んでこうやって日本へ帰ってきたら……自分の好きなもんは……ちゃんとこの日本にはあることが分かった」

塚本はそれで銀座に来てみたと言ったのだ。

「……」

珠季は塚本が言いたいことを十二分に分かっている。塚本の珠季への気持ちは十代の頃からずっと続いていることも知っている。

だが珠季の心はヘイジ、そして桂へと移り、そのことは塚本もよく分かっている。

「人を好きになるちゅうのはどういうことなんやろな？」

塚本の言葉に珠季はえっと思った。

「国でも場所でも仕事でもなく人を好きになるということ……俺は香港が嫌いになってからそのことをいつも考えるんや。相手は自分を受け入れてくれんのに、何でその人のことを好きでいる自分の心は変わらんのか……」

「塚本君……」

珠季は何も言えなかった。

塚本はそこから表情を明るく変えて言った。

「俺は暫く日本にいてる。これから自分のファンドをどうするか……桂さんに相談したいことがあるんや。それと……なんやおかしなことがあってな……」

桂は塚本の話を珠季から聞き、いつでも会うと伝えるように言った。

「塚本、エドウィン・タンの気持ちはよく分かる。香港は変わる。完全に中国のものになった時、国際金融都市としての発展は終わるだろうからな……」

そう言った桂に珠季は塚本が最後に語ったことを話した。

「塚本君が言ったの。桂ちゃんはハド、ＨｏＤというものを知っているかどうか？」

桂は怪訝な顔つきで知らないと言った。

「それが……塚本君に近づいて来たらしいの」

第三章　ＡＩと新人

ヘイジは頭取の岩倉と専務の高塔と三人、頭取室で話していた。

ＴＥＦＧでは新型コロナウイルス感染防止対策として、対面でのリアル会議は四人までと制限されている。

グリーンＴＥＦＧの状況をヘイジが報告し終わると、岩倉が言った。

「コロナ禍というものの悪影響は全国に伝播（でんぱ）しているが、坂藤だけは別ということか……やはり閉鎖都市としてのあり方がこの状況ではアドバンテージとなっているということだな？」

ヘイジは頷いた。

「坂藤が持っている究極の内需主導型経済……生産、流通、消費の循環は全く問題なく普段通り機能しています。そこに大帝券、Ｄ券と呼ばれる期限付きクーポン、いわゆる地域通貨の存在があります。発行された通貨が消費と直ぐに結びつき、早く循環するように出来ていますから……マネーの停滞や退蔵が起こりません。それによってコロナ禍でも変わらず経済が順調に回っているということです」

岩倉は坂藤のＤ券のあり方を、コロナ禍による経済停滞からの脱却手段の参考として官邸に紹介したいとヘイジに告げた。

「官邸って、首相官邸ですか？」

岩倉は頷いた。

「新首相は以前から多くの人間と会って話を聞いていてね。私も色々と意見を求められるメンバーの一人なんだ」

コロナ禍の直前に、政権与党の総裁が新しい人物に替わって新政権となっていた。

ヘイジは納得し直ぐに報告書を纏（まと）めますと言った。

そこから高塔が話した。

「前に君にも言った、当行の営業方針と体制の抜本的見直し。これまでの銀行の本店支店という地域をベースとした考え方ではなく、顧客の資金需要規模に最適対応できる営業体制に作り変えること。大中小の融資規模に取引先を区分けし各々に最適なサービスで素早く対応出来る体制にするという話……実はそれには大きなバックボーン、いやブレインと言った方が良いな。それが存在する」

ヘイジは一体何の話かと思った。

「独立行政法人『工業科学研究院』を知っているかい？」

名前だけは知っていますとヘイジは答えた。

「工科研と略称されるが……最も有名なのはスーパーコンピューター『霊峰（れいほう）』だ。世界最高の演算速度を誇っている」

それはニュースなどでヘイジも知っている。

「実は『霊峰』を使ったＡＩの実用化に向けて、当行が過去数年に亘り協力してきている。その為に毎年巨額の寄付も行ってきた。『霊峰』は日本が科学立国として生き残れるかどうかの希望の星ということで、政府からも強い要請があってのことだ。新首相も様々な産業分野のＩＴ化、ＤＸ（デジタル・トランスフォーメーション）の推進に力を入れていくということで当行への期待は大きい」

ヘイジは頷いた。

そこから岩倉が言った。

「『霊峰』によるＡＩは他のスーパー・メガバンクに先んじて、当行が独自で工科研と共同で行ってきた極秘のプロジェクトだ」

ヘイジは疑問に思って訊ねた。

「そんな極秘の話を何故私になさるのでしょうか？　グリーンＴＥＦＧと関連があるということでしょうか？」

岩倉と高塔が顔を見合わせてニヤリとした。

そこから高塔が信じられないことを言った。

「君は選ばれたんだ。その『霊峰』に……」

ヘイジは何を言われているのか分からない。

岩倉が説明した。

「工科研とＡＩ『霊峰』の共同開発を行って来た最大の目的は、当行のＡＩ導入にある。どの銀行よりも、早くＡＩを高度業務で使用することを考えていた。それも経営全般で、だ」

ヘイジは怪訝な顔つきになって訊ねた。

「私が思いつきますに……審査業務などにＡＩを使うだけでなく、当行の経営の全てに関わることにＡＩを使うということですか？」

岩倉は頷いた。

「当初は君が言ったように、要件チェックするような業務だけをＡＩに代替させることを想定していた。しかし、ディープラーニングを取り入れて能力を桁違いにした『霊峰』は、我々の想像を遥かに超える結果を出せるようになった。当行の経営状態をマクロ・ミクロ両経済の全要素を使って過去三十年に亘って検証させた結果に我々は驚いた。いかに我々が、帝都グループとの取引で収益性を落として来たかが明確になったんだ」

ヘイジはそこで岩倉たちが言っていた抜本的な営業構造転換の話が腑に落ちた。

そして高塔が言った。

「『霊峰』による当行の経営実態の精査は外部との関係、つまり取引先とのビジネス関係だけでなく、内部、つまり我々の組織や人事のあり方の精査にまで及ぶことになった。その結果を見て愕然とした」

ヘイジは緊張の面持ちでじっとその高塔を見詰めた。

「現在の決算規模を維持するだけなら……当行の行員数は三分の一でいいという結果を『霊峰』は弾き出したんだ」

高塔の言葉にヘイジは唖然となった。

「銀行員の仕事はＡＩに相当数置き換えられるだろうと想像はしていましたが、まさかそこまでの結果が出るとは……」

そこから高塔はさらに驚く話をした。

「ＡＩに当行の過去の個別の行員の業績、評価のあり方全てを精査させた。その結果、今の役員で必要とされる人間はたったの三人。岩倉頭取と私と君、二瓶君。その三人だけという結論だったんだ」

　ヘイジは目を丸くした。

　その高塔の話を岩倉が引き継いだ。

「君を早く常務にしろと推したのは私ではなくてＡＩだったんだよ、二瓶君。しかし、ＡＩの推奨を見て私も高塔君も改めて君の能力の高さを教えられたという訳だ」

　ヘイジは頭を振った。

「素直に喜んで良いものか分かりませんが、頭取も専務もここからそのＡＩをどのように使っていこうと考えてらっしゃるのですか？」

　岩倉がヘイジの目を見据えて言った。

「ＡＩは……もしこのままの営業、人員体制でＴＥＦＧが行けばあと五年で経常利益は半減、そして十年で債務超過に陥ると結論を出した。その結論はコロナ前のもので、コロナ禍を考えると事態は悪化している」

　ヘイジは愕然とした。

「それほど銀行というものの業態収益性は加速度的に落ちるということなんですか？」

　二人は頷いた。

「それだけじゃない。『霊峰』は証券会社も同じという結果を出している。当行のグループ証券会社を含め、証券業界の将来は極めて暗いという結果を出して来た」

ヘイジは漠然と納得が出来る気はしたが、そこまで銀行や証券の成長力が失われているとは思っていなかった。

(自分のことは自分が一番分からないということか……)

ヘイジは嘗て自主廃業を発表する記者会見で、社長が泣きながら「悪いのは自分たち役員で社員は悪くありませんから!!」と言った証券会社のことを思い出した。

その証券会社の社員が直前に「ウチが潰れるのは日本が潰れる時ですから、どうぞ安心して下さい!」と顧客に本気で言っていたのを思い出した。

ヘイジは岩倉に訊ねた。

「それで頭取はTEFGをどうしようと思われているのですか?」

岩倉はヘイジの目を見詰めて言った。

「AIを営業、内部業務、人事の中心に据えて経営を推進する。それでないとTEFGは生き残れない。人員をここから五年で三割削減し十年で現在の半分以下にまで落とす」

ヘイジは目を剝いた。

「と、途轍もないリストラを行うということですか?」

そのヘイジに高塔が言った。

「銀行が真に身を切る経営をやるということだ。まず隗（かい）より始めよ。来期の役員数を大幅に減らす。我々の決意を全行員に示すと共に取引先、特に帝都グループへの当行の今後の営業のあり方を示すものにする」

　それはヘイジにも分かる。

「それで？　私はグリーンＴＥＦＧ担当として、そして新たなＴＥＦＧ本体の営業体制の見直しの中で、何をやれば宜しいのでしょうか？」

　そのヘイジの問いに岩倉が答えた。

「ＴＥＦＧ本体の小規模事業者向け融資の問題案件を君に担当して貰いたい。どの案件が問題案件かはＡＩがリスト化した。それを見てくれ。ＡＩが優先順位をつけている。それに沿って処理し……そして大事なことだが、処理した後、その業務に関連したＴＥＦＧの人員のリストラ計画を策定して欲しい。私と高塔君は同様に帝都グループ、そして大中企業向けの問題案件に取り組む」

　ヘイジは驚いた。

「お待ち下さい！　私にグリーンＴＥＦＧの経営をやりながらＴＥＦＧ本体の案件まで片付けろということですか？」

　岩倉は頷いた。

「大変な仕事になる。しかし、このコロナ禍はある意味それをやり易いものにすると思っている。私も高塔君も場合によっては殺されることになるかもしれない。しかし、ＴＥＦＧの将来を考えればここで決断しなくてはならない。君も腹を括って欲しいんだ」

ヘイジは反論した。

「そ、そんなこと、私ひとりで出来る筈ありません！　どう考えても不可能です！」

そう言うヘイジに高塔が微笑んだ。

「大丈夫だ。我々には強い味方がついている。ＡＩの『霊峰』がついているんだ」

ヘイジはその言葉に啞然とした。

「二瓶君！　じゃぁ、頼んだよッ！」

人事担当専務からの電話はそう言って切れた。

「まったく……」

相変わらずの下っ端扱いを他の役員から受ける自分をヘイジは感じた。

ヘイジを特別な存在として見ているのは、頭取の岩倉と専務の高塔だけだ。

「合併した弱小銀行、名京あがりはどこまでも変わらないということ。僕のことはＡＩだけが認めてくれているということか……」

ヘイジは頭取の岩倉と専務の高塔との話を思い出して呟いた。そしてここからの自分の立場と仕事の大変さを、改めて感じていた。

「グリーンＴＥＦＧの経営をしながら、ＴＥＦＧ本体の小規模事業者向け融資の問題案件の処理、そしてそこには本体の人員リストラまで込みになっている……本当にそんなことが出来るのか？」

そう思うヘイジに一つ心強いことがあった。

それは妻の舞衣子(まいこ)だ。

舞衣子は結婚してから銀行の合併による環境の激変が原因で精神を病み、パニック障害から拒食症になって長期の治療を受けていたが……半年前に退院出来ていた。そして自宅に戻ってからは快復の度合いを高めてヘイジとの生活を元気に送ってくれている。そのことがヘイジを何より力づけていた。

ヘイジが嬉しかったのは舞衣子が自分の出世を素直に喜んでくれていることだ。

常務になると銀行の行き帰りはハイヤーが用意される。

「平ちゃんが黒塗りでお迎えされるようになるなんて……」

そんな風に妻が喜んでくれることにサラリーマンとしての幸せを感じ、それが妻の体調を良くすることに繋がっているかと思うと誇らしい。

「単純だがよく出来ているのがサラリーマンの世界かもしれないな」

そのサラリーマンのやっつけ仕事のためにヘイジは廊下を急いで歩いていた。

「無茶振りもいいとこだよ」

そうして役員会議室に入ると端末を操作して、人事部研修課とリンクさせリモート会議のモードに入った。

つい先ほどのことだ。

「二瓶君ッ!! 大変申し訳ないが今から新入行員への訓示をお願いしたいんだ!!」

人事担当専務からだった。

新入行員の研修がリモートで行われていて本来なら担当常務の訓示の予定だったのが、発熱で急遽検査を受けることになってしまったのだという。

「私は今から頭取への報告があって無理なんだ。申し訳ないが頼む！ 相手はつい先日まで学生だった連中だ。適当に……とは言わんがなんとか一時間！ 二瓶君！ じゃぁ、頼んだよッ！」

専務はそう言って電話を切ったのだ。

あと十五分しかない。

ヘイジはバインダーのレポート用紙に話のポイントを書きつけていった。

「新入行員、新人かぁ……」

そう呟いて自分が新人の時のことを思い出してみた。

「バブルの真っ盛りで超売り手市場、そんな中で僕は何も考えずに銀行に入った。銀行がどういうものかもよく分かってなくて……今思えばいい加減なものだったなぁ」

ヘイジは新人研修の時の記憶をたどりながら、働く場としての銀行というものを考えてみた。……が、そこで自分が新人に何を語るべきか浮かんでこない。

「銀行の仕事は千差万別、担当して初めて分かるものばかりなんだよな」

自分の新人研修の時にも、偉い人の訓示はあったが何一つ覚えていない。

「新人なぁ……考えてみたら長い間新人と直接仕事で関わることなんてなかったなぁ」

ヘイジは複雑な案件を扱う仕事ばかりだった為に新人が身近にいて教育しながら……などという機会はなかった。

「そんな僕が何を喋ればいいんだ？」

レポート用紙は白紙のままだ。

ヘイジの良さはどんな状況でも仕事に実直に取り組むことだ。

新入行員への訓示も〝仕事〟だ。

仕事の向こうには必ず人間がいる。人間に対して、人間を考えて仕事をする、そんな態度で常に取り組めば必ず結果はついて来るとヘイジは思っている。

「新入行員……」

通例、役員は銀行を代表して彼ら彼女らに組織として望むことを訓示として語る。今のＴＥＦＧに求められる理想の行員になって貰うキックオフのホイッスルのような常套句が求められる。

「でも本当にそんなものを新人たちは聞きたいのだろうか？」

自分の時代は入った銀行に一生勤めるのが当たり前で、途中で辞めることなど考えられなかったが、今や転職が当たり前の時代だ。

「僕らの時代、就職は一つのゴールだった。そして都市銀行はある種憧れのゴールの職場だった。でも今は違う……」

メガバンクも今や彼ら彼女らの、ステップアップの第一段に過ぎないのかもしれないのだ。

「優秀な人材であればあるほどＴＥＦＧがゴールなどと考えてはいないだろう……そんな若者に対して何を言えばいいんだ？」

ヘイジは考えた。

「ここでこうして僕がいる。新入行員たちはリモートとはいえ、これから僕の話を聞こうとしている。つまり同じ場にいるということ……同じ船に乗った仲間ということは違いない。そうだ！　仲間ということを考えよう。上から目線、訓示などと偉そうなのは止めて、仲間に語りかけるようにしよう」

そうしてヘイジはレポート用紙にまず〝仲間〟と書いた。

さらにヘイジは考えた。

「彼らは何を聞きたいだろう？　入った銀行の〝偉い人〟……何をしているか分からないが〝役員〟と呼ばれる人から何を聞きたいと思うか？」

冷静に考えれば役員、経営陣など、今の新人たちが働き盛りとなった時には皆いなくなっている存在だ。ある意味、存在意義の薄い、遊離した存在で……将来を約束してくれる人間たちではない。

「!?」

将来という言葉が頭に浮かんだ瞬間、ヘイジは頭取の岩倉と専務の高塔との会話を思い出した。

「ＡＩ『霊峰』が予測している銀行という業態の暗い将来、その代表であるＴＥＦＧ、スーパー・メガバンクに明るい将来がない……」

ヘイジたちは沈みゆく運命が予言されたＴＥＦＧを救うために、真の意味での構造改革をやろうとしている。

「乗っている船……それがこのままではタイタニックになる」

〝偉い人たち〟はそこから逃げられる。船が沈んでも残りの人生をまずまずの豊かさで穏やかに過ごすことが出来る。

ヘイジは総務部時代から行内に蔓延する〝逃げ切り症候群〟を危惧していた。

〝逃げ切り症候群〟……それは若い行員たちに向かって「僕らは逃げ切れるけど君たちは大変だなぁ」と冗談めかして言う年配の行員がウイルスのように蔓延させるものだ。

そんな言葉が発せられて生まれる雰囲気が周りのモチベーションを下げ、若い人たちがやる気を無くし組織に対して期待を持てなくなる。

それがスパイラル的に広がることで、銀行全体が活力を失っていくのだ。

「そんなことを冗談でも言えなくなる時が来る。それをＡＩが示したということだ」

だがヘイジは決して逃げない。

「常務に出世したからじゃない。生きざまとして、弱小銀行から這いあがって来た自分が一旦乗った銀行という船でどこまで行けるかを、その景色を見てみたい。それが銀行員として生きる僕の本音だ」

ヘイジに〝本音〟という言葉が浮かんだ。

「そうだ！　新入行員に〝偉い人〟が自分の人生と銀行に対してどんな本音を持っているかを話せばいいんだ。皆、人の本音には耳を傾ける」

そうして次に〝本音〟と記した。

そして改めて今の若者、新入行員のことを考えてみた。

「？」

頭に浮かぶのは自分の新人の頃のイメージばかりで全く〝今〟を想像出来ない。

「エッ!?」

ヘイジは今の若者について何も知らないことに愕然とした。

過去十年以上複雑な仕事に従事して行内の目上の者とのやり取りに終始し、若い行員とは殆ど接点が無かったことに改めて驚いた。

〝訓示〟の時間は近づいている。

「まずいな……」

ヘイジは仕事をする上で一番大事なことは『知る』ことだと思っている。

「『知る』ことなしに仕事は成り立たない。相手を知る。問題の本質を知る。取り巻く環境を知る。知らないと何も始まらない」

突然振られた新入行員への〝訓示〟というものもヘイジは実直に仕事と捉えている。

「『上から目線』や『今の若者は』『自分が入行した時は』などと偉そうな態度と言動、勝手な思い込みや自己撞着は絶対にダメだ。それでは〝仕事〟にならない。どうする？　どうしようか？」

リモート会議の準備が整ったという表示が画面上に出た。

ヘイジは参加へのリターンキーを押した。

役員会議室の超大型ディスプレーに四百名を超える総合職の男女の顔がモザイク状に映し出された。

◇

「新型コロナウイルスの影響で、新入行員の皆さんにこんな形でお話しすることになったことに正直戸惑いを感じています」

ヘイジは自己紹介の前にそう言った。

「鴨長明（かものちょうめい）の『方丈記』に記されているような天変地異の頻発と疫病の蔓延……まさにこの世は無常、つまり常ではいられないということを考えます」

オンラインとはいえ相手の反応は感じることは出来る。ヘイジは新人たちが「この人はどこか違うな」と思ってくれていることを期待した。

「私の名前は二瓶正平、ＴＥＦＧの常務取締役でありグリーンＴＥＦＧ銀行の頭取でもあります。いわゆる役員、ＴＥＦＧの経営層の人間ということですが……皆さんからすればどこか遠い人という感じだと思います」

そこまで言ってヘイジは奇妙な違和感を持った。

（なんだこれは？）

画面の向こうから全く反応のようなものを感じない。ヘイジが喋り出してから、ずっと水槽の中の魚でも眺めているような四百人超の目だけがあるのを感じるだけだ。

ヘイジは自分に気合を入れようと思った。

（よしッ！　仕事をしよう！）

ヘイジは笑顔を見せた。

「今から役員らしい訓示をしようと思っていましたが、止めます。いえ、実は最初から訓示のようなものは止そうと思ってはいたんですが、それも止めようと……皆さんの顔を見て決めました」

ようやくそこで画面の多くの顔に変化が見られるようにヘイジは感じた。

「僕は皆さんのことを知りません。知らないのは当然だろうと思われるでしょうが、皆さんの世代、大学や大学院を出て就職した今の二十代の世代の人たちのことを何も知らないということです」

そしてヘイジは一呼吸置いた。

「僕は今、仕事をしているつもりです。こうやってTEFGの行員となった新入行員の皆さんに向けて話をするという重要な仕事です。ボランティアでも暇つぶしでもありません。仕事です」

そう言ってみると全員に少し緊張感が走ったようにヘイジは思った。

「仕事をきちんとやる為には『知る』ことが大事です。僕は常にそう考えています。プロフェッショナルとして何かをなそうとするときに最も重要なのは『知る』こと。仕事には必ず相手がいる。つまり人間です。仕事で関係する人間のことをまず知る。それが最も大事なことだと考えています。しかし、僕はこうやって皆さんにお話をする機会を仕事として与えられながら、一番大事なことをしていないことに直前になって気がついたのです。つまり僕は自分の過去二十年近い年月で若い人たち、皆さんのような世代の人たちと仕事上で接点がなかった為に全く何も知らないということです。でもお笑いですよね。銀行の仕事って皆さんの世代のことを全く知らなくても、やっていけるということなんですから。少し失礼なことを言いました。許して下さい。だから、恥ずかしながら、今から知ろうと思います。でないと僕の仕事にならないからです。大変申し訳ないですが、今から僕に皆さんのことを知らしめてやって欲しいと思うんです。幸いこのリモート会議のシステムは皆さんの名前も出ています。無作為に指名しますので僕の質問に答えて下さい。それは僕が知ることを助けてもらう為です。宜しいですか？」

そう言ってヘイジはモザイクの中から一人を選んだ。

「佐久間翔さん。佐久間さんは何故銀行に就職しようと思ったのですか？」

そう指名された男性の新人は全く物怖じすることなく答えた。

「銀行であればビジネス上、様々な業種業界にたずさわれる機会を持て、それによって社会や経済の発展に貢献出来ると考えたからです」

ヘイジは笑ってざっくばらんな口調になって言った。

「いいんだよ。これは採用面接じゃない。本音を聞かせて欲しいんだ。僕は本当の皆さんのことを知りたいんだ。どんなことを聞いてもこの場限りのことにする。『問題発言だ』と後でどうのこうの言うケチな根性は持ってはいない。兎に角、本音を知りたいんだ」

佐久間は少し考えてから言った。

「じゃあ……言います。メガバンク出身であれば非常に転職し易い。そういうことです」

エッとヘイジは思ったが、画面に映し出された四百名近い若者たちが一斉に笑みを浮かべ頷いているのが分かった。

「すまない。どういう意味か具体的に教えてくれないか？」

ヘイジがそう訊ねると、悪びれもせずに佐久間は答えた。

「メガバンク出身だと転職の受け皿があって転職し易い。そういう環境にあるということです。メガバンクの場合は採用の際の〝身体検査〟がしっかりしていると見做されますから……バックグラウンド、具体的には反社会勢力関連などの懸念が少ない。そういうことからです」

唖然となったが、ヘイジはありがとうと言って次の新人を指名して訊ねてみた。

「じゃあ、次は山本冴香さん。銀行の将来についてどんなイメージを持っていますか？」

山本はそうですねと少し考えたようにしてから、先ほどの佐久間の発言の流れに乗ろうと思ったのか明確な本音を告げた。

「ハッキリ申し上げますが、銀行が時代の変化に対応している成長企業というイメージは持っていないです。私も先ほどの人と同じように銀行を見ています。ある程度のビジネス知識と技術を身につけたら、次へと転職し易いファーストステップとしての踏み台。それには最適の就職先だったということです」

ヘイジは言葉も出ないほど驚いていた。

（ここまで今の若者は割り切っているのか！）

少し間を置いて自分の心を落ちつかせてからヘイジは言った。

「ありがとう。ではちょっと視点を変えて皆さんに訊ねたいんだが、メガバンクというブランドや銀行員としてのプライドについてはどう考えるか？　江口航平君、どうかな？」

江口は首を傾げた。

「メガバンクのブランド？　プライド？　そんなものは時代遅れというのが我々の世代の共通認識ではないでしょうか。メガバンクと同じくらいの所得で、よりストレスの少ない仕事は幾らでもあると思いますが……」

この発言にも全員が賛同している反応が画面の向こうから伝わって来る。

ヘイジは嫌な汗が背中に流れるのを感じた。

（今という時代はここまで銀行がその地位を社会的に下げているのか……）

そう思うと同時に自分が井の中の蛙、そして浦島太郎になっていたのを知った。

（合併合併の中で日々の仕事に明け暮れている裡に、銀行自身も銀行を取り巻く環境も大きく様変わりしていた。ＡＩが銀行に未来がないと予測しているのは、達見ではなく今の〝常識〟だったのか……）

若者たちの言葉に差し込まれたようになったヘイジに、逆に一人が訊ねて来た。

「二瓶常務は、ＴＥＦＧのどこにブランド価値があるとお考えなのでしょうか？　そしてどんなプライドをお持ちになっていて、どうそれをモチベーションにされているのでしょうか？　先ほど『知る』ことがプロフェッショナルの要諦だとおっしゃられたので、我々も役員が、経営層がどうお考えなのか知りたいと思います」

鋭い質問にヘイジはぐっとなった。

時間を置いてからヘイジは言った。

「ＴＥＦＧのブランド……それは日本の産業界の中では明確に存在する。もっとハッキリ言うと帝都に非ずんば人に非ずという、帝都グループの中核組織であるという……」

そこまで言ってフッとヘイジは冷たく笑った。画面の向こうの若者たちは、そのヘイジの冷淡な笑みに怪訝な表情を一斉に見せた。

そして次にヘイジは厳しい顔つきになって言った。

「帝都ブランド……そんなものクソ喰らえだと思う。僕はそのブランドとプライドの為にどれだけ煮え湯を飲まされてきたか分からないからね。弱小銀行の名京銀行、と言っても君たちはもうそんな銀行の名前は知らないだろうけど……その銀行の出身者はメガバンク形成の合併の後、苛め抜かれたからね」

〝苛め〟という言葉に新人たちは息を呑んだ。その言葉には皆が生の感覚で同調出来るものがあり、人間の本音があったからだ。その源泉にあったのが、帝都というブランドと歪んだプライドだった。

「それは凄まじいまでの苛めだった。だがね……」

そこからのヘイジの顔つきには凄みが宿っていた。

「その途轍もないブランド、帝都ブランドやプライドというものが高い壁のように障害物になってそれを越えたお陰で僕はいる。化け物のようなブランド、プライドが襲い掛かって来てくれたから僕は鍛えられた。そう……それが今分かったよ」

据わった目でヘイジがそう言うと新人たちはゴクリと唾を飲み込んだ。

「ここにいる皆に言っておく。ＴＥＦＧを舐めるな。ステップアップの梯子の一段目にするのは結構だが、今から本気でＴＥＦＧに戦いを挑んでくれ。銀行に未来がないなら、自分たちがその未来を創ってやるという気概を見せてくれ。そうでないと……ステップアップした後の未来も全てＡＩに奪われてしまうぞ」

日曜日の夕方、ヘイジは自宅で妻の舞衣子と夕飯の準備をしていた。

舞衣子は前菜とサラダを作り、ヘイジはパスタを作ることになっている。

「平ちゃん、またカルボナーラなんでしょ？」

舞衣子はそう言いながらキャベツを包丁で刻んでいる。ヘイジはパスタ鍋を棚から取り出してコンロに掛けようとしていた。

「う～ん……自信があるのはカルボナーラだからなぁ」

ヘイジは大学時代に伊丹十三(いたみじゅうぞう)のエッセイ『女たちよ！』に出ていたカルボナーラの作り方に痺れて以来、何皿カルボナーラを作ったか知れない。

「これでも徐々に進化はしてるんだよ。今日は生クリームを足して濃厚な味に仕上げようと思っているし、なんと言ってもこれがあるからね」

そう言ってベーコンの塊を誇らしげに舞衣子に見せた。午前中に銀座の百貨店で買った、量り売りのイベリコ豚の高級品だ。

「今日のは特別美味しいと思うよ」

そう言うと舞衣子も笑って「楽しみ♪　楽しみ♪」と鼻歌まじりに言った。

百貨店は一斉休業になっているが食品売場は開いている。午前中ヘイジは一人で出かけて買い出しをしたのだ。

(不要不急ではないし、買い物は一人で、短時間で済ませた)

コロナ禍の中でそんな生活のあり方が呼びかけられている。本当は舞衣子と一緒に行きたかったのを我慢してのことだ。

（メガバンクの常務が、非常事態宣言下で奥さんと銀座で優雅に買い物なんて言われたくないからな）

ヘイジは模範的な銀行員であり、社会人でなければならないと考えている。少なくとも表面上はそうしなくてはならない……と。

仕事はリモートで自宅で行うのが半分、あとの半分は大手町まで出かけている。

グリーンＴＥＦＧ銀行の仕事に加え、ＴＥＦＧの新たな業務構造改革の一翼も担っている。頭取の岩倉と専務の高塔と三人で面と向かっての話し合いも多いことから、どうしてもリモートだけでは済まないのだ。

（それにしても……）

ヘイジは一昨日の新入行員たちの言葉を思い出し気分が沈むのを感じた。

――自分の存在意義が仕事で感じられないと思ったら辞めるつもりです――

――何が起きても十年経ったら辞めるつもりです――

新入行員たちが銀行について口々に語る本音は、あからさまに自分のことばかりだった。

自分ファースト、銀行員として組織の中で生きていくという意識は無く、キャリアを身につけステップアップにどう活かすか、総じてそんな言葉ばかりヘイジの耳に残った。

そしてヘイジを驚かせたのは、そんな考えを実践していると思わせる彼ら彼女らの勉強のあり方だった。

(自分が大学生の時にあんな風に就職先を見る学生などいなかった……)

多くの新入行員たちが、ROE(自己資本利益率)やPBR(株価純資産倍率)などの株式投資指標をあげながらTEFGの現状を語り、どうあるべきかを話す。

(まるで投資家やファンド・マネージャーのような目で自分の組織を見ている)

そこには冷徹な視線があり、自分とは別世界から銀行を見る彼ら彼女らの真剣さを感じヘイジは感心した。

「だけど……」

違和感はずっと拭えない。それを良しとする自分はヘイジの中にはいない。

ヘイジがTEFGのブランドやプライドについて語った時……本音を態度と共に口にした時、新入行員たちはこれまでのTEFGのどんな人間からも感じたことのない〝熱〟をヘイジから感じた。

「この人はどうやら違う」

そう思わせた。

だからと言ってそこから熱いやり取りが行われることはなかった。

（ずっと冷めている。あれは何なんだ？）

ヘイジはそれを考えていた。

「平ちゃん‼　平ちゃん‼　お湯が沸騰してるよッ‼」

舞衣子に言われてヘイジはごめんごめんとコンロの火を小さくした。

「パスタを茹でて大丈夫かい？」

舞衣子は前菜の小海老のフリットの準備に、あと少し時間が掛かると言った。

「じゃあ、フリットが揚がってからパスタを茹でるよ。それから十五分もあれば出来るから……」

そうしてヘイジはベーコンを切り玉葱を刻んでパスタの具の準備をした。

そのヘイジに舞衣子が言った。

「平ちゃん、何考えてたの？」

「うん。それがね……」

ヘイジは素直に全て話した。舞衣子に訊ねられたことは、どんなことでも全て正直に話すことにしている。それが舞衣子を安心させ、精神状態を落ち着かせるからだ。

「そう……今の若い人たちって凄いんだね」

ヘイジは頷いた。

「何だか別の生き物というか、モンスターのような怖さを感じる瞬間があった。もっと悪い言い方をするとゾンビのような正体の摑めなさから来る恐怖というか……銀行というものは彼ら彼女らにとって一体なんなのかと……そればかり考えてたんだ」

そしてヘイジは皆に人生の目的は何なのかと訊いた時の様子を話した。

「兎に角、沢山お金を儲けたいと言うんだ。将来の為に稼げるだけ稼ぎたいと……」

舞衣子は目を丸くした。

「そんなこと、あからさまに言うの？」

ヘイジは頷いた。

「お金が一番ハッキリしているって。プロフェッショナルへの対価として一番分かり易いってね」

舞衣子は頭を振った。

「それじゃあ平ちゃんが、『銀行ってなんなんだよ』と言いたくなる気持ちも分かるな」

そうだろとヘイジはフライパンを温めながら言った。

「でも、平ちゃんが本音を言った時、何か反応を感じたんでしょ？」

そこにヘイジは、ようやく人としての反応を見たように思ったと言った。

「まぁ、常務が帝都なんてクソ喰らえだと言ったんだからね。新入行員たちからすれば驚きだったと思う。そして、その常務がずっと組織の中で苛め……」

そう言いかけてヘイジは慌てて止した。

舞衣子が嘗て苦しんだパニック障害の原因は、社宅の中での帝都銀行出身者の家族による苛めだったからだ。

だがそれを察して舞衣子が笑って言った。

「大丈夫。もう私は帝都の苛めに勝ったと思ってるから。だって平ちゃんは常務さんなんだもん。役員なんだもん」

「単純だなぁ」とヘイジは言いながらも嬉しかった。自分が弱小銀行の出身者であったことで家族に苦労をかけたが、曲がりなりにも頑張った甲斐があって役員になった。そう思うと銀行員も悪くないと思える。

そしてまた新入行員たちのことを考えた。

(彼らは僕のような苦労はしないだろうが、別の大変なものが待っている。明るい未来を描けない現実が待っている。だがそれも彼らは分かっている。だから凄く勉強もし、金を稼いで生き残っていこうとしている。そう思うと彼ら彼女らのことが納得出来る)

ヘイジはベーコンと玉葱を炒め始めた。

「オーケー！　フリットは全部揚がった。平ちゃん、パスタを作ってくれて大丈夫」

「了解」とヘイジはパスタ鍋の火を大きくして沸騰させて塩を一つまみ入れると、キッチンタイマーを回してからパスタを鍋に投入した。

「幸せだなぁと思うんだ。こうやってパスタを作る時……学生の時からそうだった」

舞衣子が笑った。

「じゃあ、パスタのお店をやれば良かったのに、なんで銀行員になったの？」

そう言われて、ヘイジはいかに自分がいい加減な学生だったか改めて思った。

「それに比べれば新入行員たちは、本当の意味で真剣だと思う。バブルの時代に就職した僕らとは正反対だと思えば、昨日のやり取りも全部納得出来るよ」

そうしてカルボナーラが出来上がり、テーブルの上に全ての料理が用意されヘイジは赤ワインを抜栓した。

「チリワイン。昔はもっと安かったけど今は結構いい値段になった。でも美味しいよね」

ワイングラスに注ぎ二人は乾杯した。

「美味しいッ！　この小海老のフリット。隠し味が利いてる！」

舞衣子はスパイスに工夫したと言った。

そしてカルボナーラを食べて舞衣子は嬉しそうな顔になった。

「美味しぃ！　やっぱり高級ベーコンは違うねッ！　生クリームも利いて濃厚ッ！　凄く美味しいよ。平ちゃん、腕上げた！」

それを聞いてヘイジも喜んだその時だった。

「!?」

舞衣子が急に口元を押さえて立ち上がった。

「どうしたッ!?」

舞衣子は洗面所に駆け込んだ。

ヘイジは心の底から嫌なものが込み上がるのを感じた。

「まさか……また」

◇

翌日早朝、ヘイジは新幹線で大阪に向かっていた。一週間の出張の予定になっている。

スマホで妻の舞衣子と話した。

「あぁ……そうか、コロナで今は病院も大変なんだね。でも、必ず診て貰うんだよ」

そう言って電話を切った。

「──」

ため息を一つついて周りを見回してから座席に深く座った。新幹線の中で電話をする場合はデッキでというのが当然のマナーだが、車両の中にはヘイジ以外誰一人乗っていない。

役員になってグリーン車に乗れることもあるが、出張は殆どの企業でよほどのことがない限り自粛となっている。

ただヘイジは、どうしても大阪に向かわなければならない仕事があったのだ。

前日、食事の最中に舞衣子に異変が起こり、ヘイジは舞衣子の精神的な病がまた現れたのかと心配した。パニック障害から拒食症となり長い入院を経て快復した舞衣子だからだ。

舞衣子は嘔吐したが、その後は落着きを見せ、今朝も普段と変わりはなかった。

「大丈夫、拒食症の時と感じが違うから……昨夜は胃の調子がおかしかったんだと思う」

それでも念のため病院に行くように言ってヘイジは家を出たのだった。だが舞衣子が病院に連絡するとコロナで混乱していて直ぐには診られないと伝えられたと言う。

(今まで当たり前だったことが出来なくなっているのか。簡単に病院にも行けなくなっているということか……)

舞衣子からの電話で改めてそれを知って、ヘイジは舞衣子を心配しながらも世の中の今に暗い気持ちを強めた。

ヘイジは仕事用のタブレット端末の画面を開いた。

そこには今回の出張の内容が具体的に記されている。

「こういう現状なのか……」

ヘイジが担当することになるＴＥＦＧの小規模事業者向け融資、これまで支店管理であったものを本店で一括管理して営業を行うようにしていくものだ。

頭取の岩倉は言った。

「ＴＥＦＧ全体の融資先を大中小の三つに分けて集中的に本店で一括管理を目指す。その先にあるのは……支店の廃止だ」

ＡＩの導入と並行して人間によるサービスを対面ではなく、ネットを通じたものにどんどん移行させるのが狙いだ。

「コロナをこの営業構造改革を加速させる好機だと捉えている。ＡＩは今のままの数の支店を維持することの費用対効果は、ゼロに近いと結論している。これは極秘だが……国内に八百ある支店を十年後には百にまで絞る」

ヘイジはその数に驚いた。

「あらゆるサービスを、対面での窓口業務からネットに切り替えさせていく。だが君も知っている通り、小規模事業者向け融資に関しては手間が掛かりなかなか難しい。そこでだ

「……」

そこからの岩倉の話に、ヘイジは自分の責任の重さを感じた。

「ＴＥＦＧとしては将来的に小規模事業者向け融資から撤退し、個人向けローンに集中することも選択肢として持っている」

ヘイジは訊ねた。

「小規模の事業者は捨てる……ということですか？」

岩倉は頷いた。

「場合によっては他行に譲渡することも考えている。それぐらい、今検討している大中小での営業体制の抜本的見直しは突っ込んだものだということを理解して欲しい」

そして岩倉はヘイジに言ったのだ。

「君にここで小規模事業者向け融資に新たな可能性があるか、それとも今私が言ったようにＡＩが指示するとおり切り捨てるべきか……その見極めを行って欲しいんだ」

ヘイジは嫌な感じを覚えて訊ねた。

「頭取、明確におっしゃって頂きたいのですが……」

何故自分が担当役員に選ばれたのか分かったと、ヘイジは思ったのだ。

「小規模事業者向け融資は旧ＥＦＧ銀行に圧倒的に多い。最終的にそれらを切ることになった場合……決断を下したのが、帝都銀行の出身でない方が良いだろうとお考えでのことですか？　旧ＥＦＧから恨みを買う役は旧ＥＦＧ出身の方が良いだろうと？」

岩倉はそうだとハッキリ言ってヘイジを驚かせた。

「私と高塔君は帝都グループを切る役割を担う。場合によってそれで殺されることになるかもしれないが、ＴＥＦＧの将来を考えてやろうと腹を決めている。旧ＥＦＧ出身者で役員は君だけ、そしてＡＩは君を選んだ。覚悟を決めてくれ」

岩倉のその目は澄んでいた。

（こんな綺麗な目の人だったのか……）

ヘイジはそう思いながら、岩倉たちの決意には敬意を表して言った。

「頭取がそこまでＴＥＦＧの将来に危機感をお持ちなのでしたら、私は何も申しません。私も覚悟を決めます。但し……」

そう言ってヘイジは岩倉を見据えた。

「本当に切るべき小規模事業者とそうでないものの棲み分け、線引き、それがどのような形で出来るか……まだ私にも分かりませんが、ＡＩにやらせるのではなく、まずは私にやらせて頂けませんでしょうか？　融資は単に数字があるだけでなく、人間というものがある。私は小企業向け融資に若い頃どっぷり浸かってきています。手前味噌や身びいきではなく将来の銀行の大きな成長に繋がる小規模事業者はいる筈です。それをどうやったら見つけられるか？　こう言っている段階で見えてはいませんが、やらせて頂けないでしょうか？」

岩倉もじっとそのヘイジを見詰めて言った。

「グリーンＴＥＦＧも抱えてのことだが、出来るかね？」

ヘイジは何故か自信があった。

「グリーンＴＥＦＧがあるからこそ、この案件への取り組みは意味があるように思えます。それもまだ具体的には見えていませんが……」

岩倉は頷いた。

「期間は一年、それで二瓶君から具体的な線引き、棲み分けのガイドラインが出て来なければＡＩの判断に任せることにする。それでいいね」


そうしてヘイジは大阪に向かったのだ。

関西圏には旧ＥＦＧ銀行の小規模事業者向け融資の七割強がある。

「この中から必ず将来に繋がるものが、新しいＴＥＦＧの成長の種がある筈だ。ＡＩなんかに切り捨てられてたまるか」

そう思っている時だった。

「？」

業務メールの受信が大量にあると表示が出ていることに気がついた。

そして受信メールの一覧を見てヘイジは驚いた。

「な、なんだこれはッ!?」

物凄い数の行内メールが入っている。

それも先週ピンチヒッターでやらされた〝訓示〟の相手、新入行員からのものだった。

その数は百近くにのぼっている。

（なんでこんなに？）

その内容は様々だが、ヘイジの言葉に触発された新入行員たちが寄せた感想や質問だった。

ヘイジは驚きながらも一つずつ読んでいった。

「本当かよ？」

ヘイジの言葉が強く響いたという内容が多い。自分が弱者で行内で苛められてきた話に心を打たれたという者が圧倒的なのだ。

――自分も子供の頃に苛められ、それが心の傷になっていたが、常務の言葉で頑張りに変えられることに気づかされました――

――帝都ブランドやプライドにクソ喰らえとおっしゃった常務はカッコよく、自分もそうありたいと思いました――

――こんな人も銀行にいるのかと正直驚きました。TEFGがステップアップの一段目という考えは変わりませんが、常務の言葉を聞いて良い一段目を選んだと、こんな人のいる組織を選んだことは間違いなかったと思いました――

「本当に……そんな風に」

ヘイジは驚きながらも人間の本質は今も昔も変わらないと思った。

「ちゃんと心を開けば、いや、ただ正直になってぶつかればいいんだ。只管打坐（しかんたざ）、そこに坐ってちゃんとその場で懸命に打ち込めば、どんなものからでも良いものは得られるんだ」

メールの中には厳しい内容も多々ある。

――どう我々が銀行員として経営の拡大に資するべきかを伝えるべきなのに、出身銀行での差別や苛めなどの前時代的な話には正直しらけた感じがしました――

――ハッキリ言って常務のパフォーマンスだったように思います。もっと実務的な話が聞きたかった――

「誰も強制されている訳でもないのに……こうやって僕にメールを寄こした。これこそ明確な将来への手応えというやつだ！」

新幹線の窓から富士山が見えた。

冠雪したその姿はどこまでも美しい。

ＴＥＦＧの新しい何かをヘイジは感じた。

そこには愚直に実直に、物事をしっかりと自分の目で見て進めようとする銀行員がいた。

それが本当の〝銀行員〟だ。

第四章　京都の『大公』

ヘイジは大阪、淀屋橋にある東西帝都EFG銀行大阪支店の支店長室にいた。

大阪支店は旧大栄銀行本店だが、そこにもう大栄出身者は誰一人いない。執行役員である支店長も帝都銀行の出身者だ。

「二瓶常務はTEFG立志伝中の人物ですね」

支店長室の応接用の椅子に座り、マスクをしながら支店長はヘイジにそう言った。

「TEFGが生んだ突然変異、いや単なる異物なんじゃないですかね。本店ではずっと絶滅危惧種の名京出身者と呼ばれて来ました」

ヘイジが笑いながらそう言いつつ、目が笑っていないのが分かって支店長は緊張を覚えた。

「いえ、二瓶常務は銀行マンの鑑です。『情実の帝都』の中にあって実力だけで役員になられているんですから……」

ヘイジはそれを聞きながら、帝都根性ここにありということか……と思った。

（そんな帝都根性を根底から覆さなくては生き残れない。頭取は強い危機感を持って動いている。それを知るのはたった三人）

ヘイジは岩倉と専務の高塔との三人で進める極秘プロジェクトを改めて思った。

話題を変えるようにヘイジは支店長に訊ねた。

「大阪のコロナの影響は如何です？」

支店長は首を大きく横に振った。

「酷いものです。大阪はずっと経済の地盤沈下が続いていたのが……外国人観光客の急増によるインバウンド効果で息を吹き返したのが実情でした。それがコロナで完全に飛んだわけですから……」

ヘイジはテレビで道頓堀から人が消えた様子が映し出されていたのを思い出した。

「東京も同じです。銀座や渋谷は完全にシャッター街になってしまってしまっていますから……。でも完全にインバウンド仕様にしてしまった小売り関係は、ここからかなり厳しいでしょうね？」

支店長は頷いた。

「持続化給付金はありますが焼け石に水。当該取引先の多くから緊急融資の要請を受けています。それには直ぐに対応をしています。ですがもし、この状況があと半年続いたら……完全に資金繰りが詰まって倒産は必至です」

そうだろうとヘイジも思った。

「ところで、今回の常務のコロナ非常時下での御来阪、火急の案件ですか？」

支店長は本店専務の高塔からヘイジの今日の来阪を先週知らされ、内容は本人から直接聞くように指示を受けていた。

ヘイジは重々しい口調で言った。

「リモートではお話し出来ない重要な内容になります。ＴＥＦＧの抜本的な収益構造の見直しに関わることです」

支店長は緊張の面持ちを強めた。

ヘイジはそこから地域割りではなく融資規模に応じての営業体制への方針転換を「これはまだ極秘ですが……」として語った。

大阪支店長は高塔の子飼いで直ぐに高塔に確認を取ることは分かっている。ヘイジは帝都グループからの脱却という最重要機密には触れず、自分に与えられた仕事の範囲で支店長と話をしていった。

「場合によっては、関西圏の小規模事業者向け融資残高を半減させる決定をしなければならないかもしれません」

支店長は驚いた。

「そこまで!?」

ヘイジは頷いて言った。

「ただ、私自身は小規模事業者向け融資には、大きな潜在成長力を秘めたものは多いと思っています。このコロナで大変な状況に置かれていることを奇貨として、〝本当に力のある小規模事業者〟に対して新たな営業体制で臨むTEFGが、どう未来志向で取引出来るかを考えていきたいと思っています。今日明日でそれが分かるとは当然思ってはいませんが、まず隗より始めよ。自分がこの大変な状況下で実際に関西に入ってみて、肌で知ることが大事と思ってのことです」

支店長は出来ることは全て協力すると言った。

「では、これらの経営指標に該当する関西圏の融資残高で、一億以下の先を全部リストアップして頂けますか？　当行のシステムを使えばそれほど時間は掛からないと思いますが……今、支店長の端末の方に送ります」

そう言ってヘイジは自分のタブレット端末を操作した。

支店長はそれを確認し「一時間後にワークシートをファイルで送ります」と言った。

「それでお願いします。僕はこれから大阪の繁華街の様子を見て回って来ます」

支店長はヘイジの為にクルマを出すと言ったが、ヘイジは自分の足で回ると言って大阪支店を出た。

そうしてヘイジは御堂筋を淀屋橋から本町、心斎橋、難波へと南に向かって歩いた。

「完全にゴーストタウンだな」

商業施設は全てクローズし、人は疎らでドラッグストアとコンビニ以外開いていない。

「実際に目にしても現実感がないな」

それは想像を超えた光景だった。

「？」

タブレット端末にメッセージが届き、支店長からのファイルが添付されている。

ヘイジは地下鉄なんば駅近くのコンビニでコーヒーを買い、地下街のベンチに座ってファイルを開いた。

そこには、過去二ヵ月の間に取引先の手形が不渡りとなったことで、資金繰りがつかなくなっている小規模事業者の一覧があった。

（やはり……インバウンドの小売り関係が直撃されている。関連の卸や製造業も……）

殆どがコロナ関連と思われる中で、一つ大きな不渡りを受けて【要注意取引先】に指定されている会社があった。

その会社名におぼろげな記憶があった。

（？）

（ひょっとして？）

その会社の詳細な情報にアクセスし、経営者の名前で記憶がハッキリした。

「やっぱり！」

ヘイジは支店長に電話を掛けた。

「今から京都に向かいます。明日また連絡を入れますので……」

そう言ってから地下鉄に乗り、淀屋橋から京阪電車の特急で京都に向かった。

（歳月は色んなものを変えてしまう。コロナでその変化は加速する）

美しい内装の車両の中に殆ど人は乗っていない。

「関西の私鉄は相変わらず綺麗だ」

そうヘイジは呟いた。

ヘイジは関西と縁が深い。

転勤族の息子として父親の関西赴任時に京都の京帝教育大学附属中学・高校に学び、大学は同じく京都の私立陽立館大学だ。

卒業後は当時の都市銀行で中京地区を地盤としていた名京銀行に就職、京都支店、大阪支店で働いている。

転勤族の親を持った宿命で子供の頃から転校続きだった。それでどんな人間にも合わせる術を自然に身につけたのと、生来の人に好かれる気質がヘイジの強みだった。特別イケメンでもないのに子供の頃からモテて、老若男女から不思議と助けられる徳のようなものがある。

幼い頃からクラシック音楽好きの父親の影響でヴァイオリンを習い、高校では弦楽合奏部に所属、大学ではオーケストラのコンサートマスターを務めた。

車窓の景色を見ながら、ヘイジは高校時代のことを思い出していた。

当時交際していた湯川珠季のこと、そして部活での演奏練習が思い出される。

高校の弦楽合奏部はレベルが高く、全国大会にも出場し準優勝を獲得したほどだ。

「あれは部長の、カーちゃんの力があったからだ」

それは同級生でチェロ奏者だった宇治木多恵のことだ。あまりにも演奏が上手いので、周囲が彼女を尊称してチェロ奏者の巨匠パブロ・カザルスの〝カ〟を取って〝カーちゃん〟と呼ぶようになったのだ。

ヘイジはカーちゃんの演奏するバッハの無伴奏チェロ組曲を聴いて、鳥肌が立ったことがある。

「カーちゃんの演奏から京都の景色が次々に浮かんだ。薄く霧のかかった東山、鴨川の静かな流れ、五山の送り火……」

　実際、宇治木多恵は京都を代表するような女性だった。喜怒哀楽は決して顔に出さない。いつも無表情で何が楽しくて生きているのか、そしてどこか同級生を睥睨(へいげい)しているような雰囲気を漂わせる。文武両道に優れ学校の成績も良い上に、子供の頃から習うチェロは高校生離れしていてスポーツも万能だった。

「他人に対して直接的な意見は絶対に言わない。本音を絶対口にしない京都人の典型だった。全てが婉曲の極致。でも……」

　人を導く統率力を見事に発揮した。穏やかに婉曲的に話しながら、見事に部員全員の力を向上させて纏めていく。

　ヘイジは何度もヴァイオリンの演奏にダメを出された。

「なんかなぁ……エエねんで、ヘイジの演奏はエエんやけど……なんかなぁ」

　そういう言い回しをするのだ。

　誰もがカーちゃんは芸大の音楽科に進むと思っていたら、同じ芸大でも日本画科に進学して周囲を驚かせた。

「家継(いえつ)ぐん、当たり前やし」

　カーちゃんは淡々とそう言った。

カーちゃんの実家は京友禅の染織業の老舗だった。一人娘のカーちゃんは子供の頃から弦楽器だけでなく、織物の柄を描く修業の為に日本画も学ばされていたのだ。

ヘイジはタブレット端末を取り出して先ほど見ていたファイルを開いた。

――要注意取引先―― 京都市下京(しもぎょう)区【(株)宇治木染織】代表取締役社長・宇治木多恵。

ヘイジは、京阪電車を祇園四条駅で降りてタクシーを拾った。

「四条町、友禅ビルまで」

タクシーは四条通りを西に走り出した。

「！」

夕闇迫る四条大橋に人がいない。

(分かってはいても……コロナの景色は驚きだな)

大阪と同じように大通りはコンビニとドラッグストアしか開いていない。

(この通りも外国人観光客目当てのインバウンド仕様にした店が多い。これでは……目も当てられないな)

少し前までは東京・原宿の竹下通りのような混雑が見られた祇園四条の周辺が、静まり返っている。

十分ほどでタクシーは目的地に着いた。

ヘイジはタブレット端末で住所を確認しながら歩き始めた。

「ここだな」

『宇治木染織』の看板は直ぐに見つかった。

大きな敷地に平屋の工房が並んでいる。

「ごめん下さい」

ヘイジは本社入口の表示のあるドアを開けて中に入った。

京都特有の薄暗さを室内に感じる。

「はい」

中年の男性が応対に出て来た。

「どちらさんですか？」

ヘイジは名刺を出さずに言った。

「宇治木多恵さんはいらっしゃいますか？　多恵さんの高校の同級生で二瓶と申します」

ウジキタエ、ウジキタエ……と男性は繰り返し言ってから、

「あぁ！　社長ですな。社長は今日は西陣の方ですわ」

宇治木染織は西陣の織物会社も経営している。

「今から行かはるんやったら社長に連絡入れときますわ」

ヘイジは西陣の住所を教えて貰って再びタクシーを拾った。

ヘイジは車内で、宇治木染織の経営情報をタブレット端末で見た。

（そうか……リーマン・ショックの後で傾いた西陣の織物会社を買収したのか……）

ヘイジは宇治木染織の現状を、会社の沿革と決算数字の推移から読み解いていった。

（元々、京友禅の専業だったのが十年前に西陣織も手掛けるようになった。時代の流れで着物需要の減少傾向は止まらない。その中で伝統産業をどう維持し発展させていくか？　数字はその難しさを明確に示している）

伝統を守るだけでは完全にじり貧で銀行からの後ろ向き融資が増えている。何か成長の道筋を与えるのも銀行の役割ではないかと〝銀行員〟のヘイジは思う。

（政府の補助金を期待しての伝統維持など本末転倒だ。伝統であろうと最先端であろうと産業は産業、企業は企業、どこまでも利益を獲得することは必要なんだ）

そう思っている裡にタクシーは西陣に着いた。ヘイジは教えられた住所を目指した。

「？」

工房らしい建物の前に誰か立っている。

「ヘイジ？　ホンマにヘイジかいな？」

デニムのオーバーオールの女性がそう声を掛けて来た。

「カーちゃん？　久しぶりッ!!」

そう言ってヘイジは女性に近づいた。

年齢を思わせない。相変わらず無表情の京女がそこにいたが……ヘイジは無表情の奥に笑顔があるように感じた。

「卒業以来やな。なんでまた？」

宇治木多恵は高校の時と変わらない口調でそう訊ねた。

「カーちゃんに会いたくなった……というのが半分、そして仕事が半分」

そう言うヘイジに宇治木多恵は不思議そうに訊ねた。

「仕事？　あんた今なにしてんの？」

ヘイジは名刺を差し出した。

「東西帝都ＥＦＧ銀行……常務取締役！　あんたが？　あのヘイジが？」

呆れたという口調で宇治木多恵は言った。

「単刀直入に言うよ。当行お取引先である宇治木染織の社長に会いに来た。でもそれは半分で……カーちゃんに会いたくなったんだ。それで京都まで来た。本当だよ」

そう言うヘイジを相変わらず無表情で宇治木多恵は見詰めた。

ヘイジは何を考えているのか分からない、沼のようなその顔を見ながら高校の時のことを思い出していた。

「た、『大公』ッ!? ベートーヴェンの『大公』をやるのッ!?」

ヘイジは部長の宇津木多恵の言葉に驚いた。

「そや。『大公』はベートーヴェンだけやろ?」

文化祭で部の出し物の一つとして、ベートーヴェンのピアノ三重奏曲『大公』をやると言うのだ。

「無理だよッ! あんな難しい曲、とても出来ないよッ!」

そう言って尻込みするヘイジに宇治木多恵は無表情で迫って来る。

「あんたはやれる。今年は凄腕のピアノ奏者もいてるし、私も頑張る。そやからやれる」

難曲で有名な『大公』……一聴するとなんでもない曲に聴こえるが、アンサンブルのとり方は極めて難しく、演奏者の腕が直ぐに分かるもので高校生が演奏する曲ではない。

今年の新人に今受験しても芸大ピアノ科首席合格間違いなしと言われるピアノの天才女子

がいる。そして宇治木多恵のチェロは高校生離れしている。そこまではいい。だがヘイジはごく普通の高校生ヴァイオリン奏者だ。

「無理だよッ！　僕には絶対に無理だッ！」

そのヘイジを宇治木多恵はじっと黙って見詰める。

(何考えてるんだよッ!!)

ヘイジは沼のような宇治木多恵にそう叫びたくなった。その時だった。

宇治木多恵が笑ったのだ。

(ヘッ!?)

ヘイジが初めて見た宇治木多恵の笑顔だった。その笑顔にヘイジは吸い込まれた。

「あんたはやれる。ヘイジ、あんたがいてるから『大公』はやれる。頼むわ」

ヘイジは押し切られた。

そこからは猛練習とダメ出しの日々が続き文化祭当日になった……。だがヘイジはとてもやれる自信はなく逃げ出したかった。

そしてその時が来た。

舞台に出る直前、宇治木多恵はヘイジの耳元で囁いた。

「うちな、あんたのこと好きやで。そやから頑張ってや」

(ヘッ!?)
ヘイジは訳が分からなくなった。
そして演奏は始まった。
ヘイジが弓を弦に落とした瞬間、
(嘘だろッ!?)
自分のヴァイオリンの音色が、信じられないほど艶やかに響いていたのだ。
音楽に心が震えているのを感じる。
(凄いッ! 凄いぞッ!)
自分がヴァイオリンの名手ティボーになったように思える。
音楽の全てをリードしているのは宇治木多恵のチェロだった。
演奏が終了すると割れんばかりの拍手の渦だ。
舞台から降りて宇治木多恵は言った。
「まぁまぁやったな」
ヘイジは笑った。
「それってカーちゃん最高の褒め言葉だったよね?」
宇治木多恵はにこりともしない。

「うちは演奏の前に〝褒め言葉〟を言うといたからな」

ヘイジはあっと思い出した。

「何だいあれは？」

宇治木多恵は首を振った。

「忘れた。もう忘れたわ」

何を考えているのか分からない、沼のような表情しかそこにはなかった。

宇治木多恵とヘイジの関係は同級生で、部長と部員であることから何の変化もなかった。

ヘイジは湯川珠季と付き合っていたし、そのことは周知の事実で誰もがそれを認めていた。

弦楽合奏部の練習も何も変わらず続けられていった。

だがヘイジは時々ふと思い出すのだ。

「あれは何だったんだ？　カーちゃんは一体何が言いたかったんだろう？」

『大公』の舞台に出る直前の、宇治木多恵の言葉がふっと心に浮かんで来る。

「あんたのこと好きやで……」

ヘイジは思うのだった。

「カーちゃんは京女の代表……どこまでも謎だよなぁ」

宇治木多恵はあの時と同じ表情をしていた。

「あのヘイジが東西帝都ＥＦＧ銀行の常務……」

もう一度そう言ってから訊ねた。

「ヘイジ、あんたお腹空いてるか？」

虚を衝くようにそう訊かれて、ヘイジは直ぐに返事が出来なかった。

「食べながら話しよ。ええ店あるから……」

無表情の宇治木多恵はそう言うのだった。

（京都らしい店だな）

ヘイジは入るとそう思った。

寺町通りを京都御所に近いところまで上がったところにある、コンクリート打ちっ放しのモダンなビルの地下にあるジャズバー。

小さなステージがありドラムセットやピアノが置かれている。

コロナの今はライブ演奏はなく、少人数の客に食事を提供するだけだという。客はヘイジたちだけだった。

スピーカーからはエルマー・ブラス・トリオの演奏が軽快に流れていた。

「この店のママは芸大ピアノ科首席卒業、料理の腕はそれ以上なんよ」

二人がテーブルに着くと京野菜のおばんざいが小皿で出された。

万願寺とうがらしの煮浸しを食べて、ヘイジは思わず美味いと口にした。

「ほんと美味いなぁ！　昔からカーちゃんは食べ物には本音を言うよね。それ以外のことにはザ・京都人なのに」

高校時代、夏休みの弦楽合奏部の合宿所で出された夕食のハンバーグに宇治木多恵が「不味ぅ……」と小声で言うのを聞いて少なからず驚いたことを思い出したのだ。

「そうかなぁ……そうやったかいなぁ」

そんなはぐらかしが京都人らしいとヘイジは思いながら、カレー風味の蓮根の酢漬けを口に入れてさらに舌鼓を打った。

「本当に美味しい。ジャズバーで出る料理じゃないよ」

宇治木多恵はグラスビールを一口飲んでから無表情でヘイジに訊ねた。

「ほんで？　東西帝都ＥＦＧ銀行の常務さんがなんの用やの？」

敢えて同調しない宇治木多恵にヘイジは苦笑いしながら言った。

「気になっているだろうから先に言っておくと……御社から出されている緊急の運転資金五千万の融資には満額応じる。それは安心して欲しい」

宇治木多恵はにこりともせず、

「当然やろ。でないとうち潰れんねんで」

そう言ってビールを飲み干した。

ヘイジは、そこからは銀行員の表情と態度で話を続けた。

「今回は融資に応じる。コロナ禍で苦しんでいる取引先の緊急融資要請に応じず倒産させたとなると、レピュテーションリスクに関わる。短期的には御社の資金繰りは問題ない。だが、TEFGがこのまま御社との取引を続けるかどうかは……検討している」

宇治木多恵は相変わらず無表情でヘイジの言葉を聞いていた。

「問題は買収した西陣の織物会社だ。京友禅の方だけであれば……」

ヘイジがそこまで言ったところで宇治木多恵が珍しく語気を強めて遮った。

「そんなこと分かってる。分かっててもやらなあかんことがあるんや」

そしてハイボールを注文してから言った。

「京都で染めと織りの両方やってんのはうちだけや。それは必ず強みになる筈や」

ヘイジはそれに対して厳しい口調で言った。

「だけど現状では織りの商売で不渡りが出た。それが緊急融資の要請理由だったよね？」

宇治木多恵はそうやと頷いた。

「カーちゃんがリーマン・ショックの後で傾いた西陣の会社を助けたのは、染めと織りでシナジーがあると判断してということで尊重する。でも……!?」

ヘイジは驚いた。

宇治木多恵が笑っている。

だがその表情の奥にあるのは途轍もない京都人の意地だった。

「西陣の会社の前の社長から頭下げられたんや。うちなんかよりずっと古い老舗の社長から……絶対に頭下げん京都人に頭下げられたらしゃあないやろ」

それが宇治木多恵の本音であることをヘイジは知った。ヘイジがＴＥＦＧの人間であるから吐露した本音とも言えた。

「そうか……難しいんだね、相変わらず京都の人は……」

そう言ってヘイジはビールを飲んだ。

「カーちゃんが宇治木染織の社長として本音を言ってくれるから、僕も銀行の人間として訊く。ここからの経営をどう考えている？　シナジーは見つかると思うかい？」

宇治木多恵は少し考えてから首を振った。

「正直しんどいわ。数字は見てるやろ？」

ヘイジは頷いた。

「西陣の方はうちがやるようになって昔からの大手取引先が手を引いた。京都ではようある話や。背に腹は替えられんで、ちょっと危ないと思た新興の呉服屋に卸したのが運の尽きや。五千万の不渡りはそこや……」

それはヘイジも資料から知っている。

「その五千万の不渡りは構造的なものでコロナとは関係なかったよね？」

宇治木多恵は正直に頷いた。

そこをＴＥＦＧが指摘し緊急融資の対象外として断る可能性も考えたが、時節柄それはしないと踏んだのだと宇治木多恵は言った。

「カーちゃんはよく銀行を見ているよ。でも舐めてはいけない。我々は当然そこを知っての上で緊急融資に応じる。だからここから先は御社に対してかなり厳しい融資態度になることは覚悟してくれ」

そしてヘイジは「これは極秘の情報だが」と言ってから続けた。

「ＴＥＦＧはコロナの前から抜本的な融資営業構造の改革を考えていた。ここからはＡＩが判断した方針で融資を行うことになる。そして今回ＡＩは御社を切ることを指示して来た。

数字だけの判断だが……我々が理解出来ないほど様々な要素を分析して企業の将来性を判断する。宇治木染織に未来はないと見ている」

宇治木多恵は表情を変えないまま暫く考え、思い出したように言った。

「ヘイジ、あんたグールドの『ゴールドベルク変奏曲』のCD知ってるか？」

クラシック音楽愛好家なら知らない者はいない。天才ピアニスト、グレン・グールドの歴史的名演奏だ。

突然の話題の変化に驚きながらヘイジは答えた。

「新旧共に当然持ってるよ」

一九五五年の録音と一九八一年の再録音のことだ。

「そのグールドのゴールドベルクの最新録音のCDがあるの知ってるか？　確か二〇〇七年に出たと思うけど……」

エッとヘイジは驚いた。

「どういう意味だい？　グールドは一九八二年に死んでる。二〇〇七年に新録音はおかしいじゃないか」

そこから宇治木多恵は説明した。

一九五五年版のモノラル録音からデータを抽出し、コンピューター制御のピアノ・プレーヤーシステムで自動演奏させ、ステレオで収録したのだと言う。

「聴くか？」

そう言って宇治木多恵は勝手知ったる店のＣＤ棚からアルバムを取り出すとプレーヤーに掛けた。

♪

ヘイジは驚いた。

聞きなれた一九五五年のグールドのモノラル録音の演奏が、たった今目の前で演奏されているように聴こえる。

「私な、このＣＤを聴いた時に思たんよ。デジタルの技術、コンピューターの技術はここまで来てる。うちらのようにアナログ技術を伝統としてやってるもんからしたら……分野は違えど恐ろしいと思た。そやから今、ヘイジが言うたようにＡＩが、テクノロジーが、宇治木染織に引導渡そうとしてると聞いても……どこか納得してしまうんやな」

淡々とそう言う宇治木多恵の顔をヘイジはじっと見詰めた。

そこへママが料理を運んで来た。

「どうぞお上がり」

牛肉の網焼きが出された。

ヘイジはビールをお代わりして牛肉を頬張った。美味いが宇治木多恵の心中を思うとそれほど美味さを感じない。

誰もいない店の中、ヘイジと宇治木多恵の二人きりの時間にグールドの、いやグールドの残したデジタル情報による再演が流れる。

だがヘイジはどこか違和感を持った。

（違う……何かが違う）

そう思わずにはいられない。

二人で網焼きを平らげ、締めのハヤシライスまで食べた後でコーヒーが出されると、一口飲んで宇治木多恵が言った。

「他にお客さんいてないから……ヘイジ、やろか？」

ヘイジは怪訝な表情で「何を？」と訊ねた。

宇治木多恵は立ち上がり、店の奥に消えたかと思うと大小二つの楽器ケースを下げてステージに上がった。

「これやろ」

そう言ってヘイジに楽譜を手渡す。

「!?」

それは高校時代に使ったベートーヴェン・ピアノ三重奏曲第七番『大公』の楽譜だ。

宇治木多恵は楽器ケースの一つからヴァイオリンを取り出すとヘイジに手渡した。そして自身はチェロのチューニングを始めた。

「カーちゃん……」

ヘイジは啞然としながらもこれは断ってはいけないと強く思った。

そして自分も調弦を始めた。

どんなに下手でも演奏しなくてはと思った。

ママがピアノの前に坐った。

「第一楽章しか暗譜してないけど？」

ママが言うと宇治木多恵が「上等や」と満足そうに頷いた。

そうして演奏が始まった。

ヘイジは懸命に演奏についていった。

宇治木多恵の為に何か、何かしなくては……ただそう思って弓を動かしていた。

◇

翌日、東西帝都ＥＦＧ銀行大阪支店でヘイジは支店長と話していた。

その日に発表された、日銀によるコロナオペについての説明を聞いていたのだ。

「金融機関から適格担保を日銀に差し入れ、その担保価額内において日銀から資金を調達して貸し付けるというのが大まかな仕組みになります。無担保無利子融資も対象となりますが……こちらは簡単に実行といくわけにはいかないと思います」

当然だなとヘイジは思った。

「コロナオペで借り入れると日銀当座預金の残高に０・１％の付利が発生します。それによりマイナスでの資金調達による裁定機会が増えることになります。利用のデメリットは無いのでかなりの利用になると思われます」

ヘイジは、これで資金繰りに苦しむ企業はかなり助かる筈だと思った。

そこからヘイジは言った。

「循環と構造で今後の融資戦略は考えないといけません。コロナという誰も予想出来なかったことで経済は麻痺し、大小あらゆる産業分野で資金繰りが滞った。これは循環で起きた事故ですが、構造的問題を抱えていた企業が往々にしてこういう状況で一気に危機に陥ってしまう。そんな企業をどう扱うかが銀行にとっての問題になります。当行はコロナ前から抜本的な融資営業の転換を考えて来ていました。それを推進しようとしている。コロナでの難しい状況で木を見て森を見ずとならないように……と言っても難しいですが、ここは本当に目利きが必要になるところです」

支店長は頷いた。

「その通りですね。玉石混淆（ぎょくせきこんこう）となるここからの融資、コロナオペを上手く利用しながらも当行の融資体質の改善を図ることも、しっかりと念頭に置いていかねばならない」

その通りですとヘイジは言った。

「幸い当行はその目利きとしてＡＩを活用出来ると考えています。百パーセントその通り従う訳ではありませんが、人間の目で見落としていたものが浮き彫りにされるのは事実です。そこは謙虚に受け取りながら、コロナが終息した後の日本経済のあり方を考えつつ、銀行としてリーダーシップを取りたいところですが……銀行としての本音は自分たちの生き残りの為にどう身を処すかということです」

支店長は驚いた表情を見せた。

「当行の中枢は、それほど厳しく銀行業の現状を見ているということですか？」

ヘイジは頷いた。

「如何です支店長？　正直、関西圏の状況を見た場合、コロナがなかったとしてその状況を考えた時に銀行の収益構造に楽観的になれますか？」

支店長は首を振った。

「関西でも地銀を中心に高リスク先への低採算貸し付けの増加が続いています。超低金利が続き取引先の資金調達手段が多様化する中で、貸し出しが飽和状態にあった地銀は経済合理性の乏しい行動を取らざるを得ない状況にあります」

ヘイジはそれが理解出来た。

「ある意味、ゾンビ企業が生き延びているのは地方の方が顕著な気がしますね」

その通りだと支店長は頷いた。

「地銀のビヘイビアー（融資態度）の悪化、スーパーメガの傘下になって……それは他府県へ新規開拓する際に現れています。途轍もないサービスレートを提供しています。それも決算書を見ていない先に対して、ということもあるらしいです」

ヘイジは驚いた。

「財務分析も行わずに？」

その通りですと支店長は言う。

「市販の信用データの指標だけでレート提示をしていると聞きます」

ヘイジはゾッとした。

「そうやって新規開拓をすると同時に、昔からその経営の肝を銀行が握っている地場の取引先、絶対に自分たちを切ることのない取引先には逆にレートの引き上げを行うという……本末転倒のようなことも横行しています」

ヘイジはグリーンＴＥＦＧ銀行では口を酸っぱくして地元密着、地元への利益還元の徹底を指導している。しかし、世の中は全く逆に進んでいるのだ。

さらに支店長は言った。

「詐欺まがいと言えるものも散見されています。『Ｍ＆Ａの提案』を新規先に持っていくというんです」

ヘイジには意味が分からない。

「新規先にＭ＆Ａ提案って……全く訳が分からないじゃないですか？　自分たちが熟知した取引先ならいざ知らず」

支店長は何とも言えない表情で続けた。

「決算書も貰っていない企業に飛び込みで訪問して『御社には〇億円の企業価値があると思いますよ』と持ちかけて……Ｍ＆Ａ仲介手数料を狙うんですよ」

ヘイジは呆れた。

「ただ……そんなモラルダウンに拍車を掛けているのが、スーパーメガとなってからの地方での与信管理の簡易化です。採算の低い中小企業に対して個別の与信管理を厳格化すれば人手がかかって与信コストに見合わない為、中小企業グループを一括りにしてポートフォリオとして管理するというものです」

理屈としては納得出来るとヘイジは思った。

「味噌もクソも一緒にする訳です。管理コストというマイナスを全部混ぜこぜにしてデオドラントしてしまう。それによってそれまでは資金使途が複雑で通らなかったものを、運転資金として通すようなことが横行しています。一行単独でない限り一億までは審査部から個別に指摘されるケースはないと聞きます」

本来の銀行がやるべきことではない。

「あと……マル保（信用保証協会貸付）の乱発があります。与信面は保証協会に丸投げですから楽でいい。ひどい場合は保証意思確認などの、本人面前自署が必要なものを代筆しているケースなどもあるようです」

ヘイジは考え込んでしまった。

地銀からスーパー・リージョナル・バンク、そしてスーパーメガへと移行しながら……個別でも全体でも業態としての銀行業は悪化の一途をたどっているのだ。

ヘイジはグリーンＴＥＦＧ銀行の頭取として、自分は地銀の良さを最大限残しながらメガバンクの強みを付与して顧客と共に発展する銀行を目指している。そこに様々な障害があることは勿論承知しているが……日本全国で銀行という業態の事業実態の悪化は思った以上に進んでいるのだ。

（そこへこのコロナだ。ここからの日本が、銀行を通して分かる日本は……さらに大変なものになってしまう）

改めてヘイジは強い危機感を持った。

そして昨夜の京都での宇治木多恵との時間を思った。

（伝統に根差した産業……これまでなんとかやって来ていたものが難しい局面に立たされてしまっている。それをどうすればいいのか……）

経済合理性だけで判断すればＡＩが指示するように切るのが正しい。伝統や文化をどうするか……古くて新しい課題がずっとそこには残り続けている。

（それがコロナで一気に炙り出されて来る……ゾンビ企業と伝統や文化は違う……だが、数字だけを見れば同じように成長を期待出来ない存在だ。銀行から見ればリスクだけ高く成長の望めない先ということになってしまう）

どう纏めれば良いのかと思っている時だった。支店長秘書が入って来た。

「二瓶常務に本店からご連絡です。別室でリモートでお受け下さい」

そうしてヘイジは部屋を移動して大型ディスプレーに向かった。

相手は人事担当の専務だった。

「二瓶君、先日は新入行員への訓示、ありがとう。実は大変な反響でね」

それに対してヘイジも自分のところに百件近いメールが来ていることを専務に話した。

「そうか……二瓶君の言葉が新人たちに響いたようだな」

ヘイジが新人たちのメールには出来る限り返信するつもりだと言うと、専務は意外なことを話しだした。

「実は今回リモートで様々な研修を行っていくうちに、新入行員のネットスキルの高さを知って人事部でも驚いている。そこで業務でのリモートのさらなる利用拡大と並行して、ＩＴに長けた新入行員を旧態依然たる役員たちの意識改革に繋げたいと考えているんだ」

ヘイジには専務が何を言いたいのか分からない。

「具体的にどのようなことをお考えなんですか？　それと今回の私の訓示とがどう関係するのでしょうか？」

専務はそこだと言って説明を始めた。

「エッ!?」

ヘイジはその内容に驚いた。

「新人を役員に付ける!?　業務を何も知らない新人を？」

専務はそれが役員の意識改革と新人教育の両方に繋がると言う。

「具体的には新人十人を一つのグループとして、常務以下の役員付トレーニーということにする。相互に刺激し合って貰おうと思うんだ。二瓶君もいいかね？」

いいも悪いも結果がどうなるか全く見えないと答えた。

「君の訓示への反響がこの試みのきっかけなんだ。先ずは君がトレーニーたちを工夫して使ってくれ。頼んだよ」

ヘイジは唖然とするだけだった。

◇

ヘイジは奈良に向かう電車の中にいた。

緊急事態宣言が発出され朝九時なのに車両には殆ど人が乗っていない。

そんな電車に乗っている自分にヘイジは溜息が出てしまう。

旧三地銀の集合体であるグリーンＴＥＦＧ銀行の頭取を務めながら、ＴＥＦＧ本体の小規模事業者向け融資の抜本的改革まで行わなくてはならないヘイジに、更なる重荷が背負わされたのだ。

右も左も分からない新入行員十人を指導しなくてはならない。

（なんでこんなことに……）

人事担当専務は言った。

「ＡＩに十人を選抜させることも出来るがどうするかね？」

ヘイジは即座に自分で選びたい旨を告げた。自分にメールして来た人間の中から選びたいと思ったからだ。

（まったく……）

ヘイジはそこでも手を抜かない。

どんな内容であろうと仕事は真面目に全力を尽くすのがヘイジだ。その態度、姿勢がヘイジの最強の能力といえる。

だが大変だ。

新入行員のメールをチェックしながら、本来業務もレポートに纏めなくてはならない。

そしてグリーンＴＥＦＧ銀行の全行員に向けてのコロナ禍での対応……短期・中期・長期でのスーパー・リージョナル・バンクとしてのあり方を問題点を整理しながら書き上げていく。コロナ、コロナと書いている裡に何とも不安な気持ちが心の奥底から浮かび、どんどん大きくなっていく。

それは、このコロナが闇の組織によって仕掛けられたものだと知っているヘイジ独自の不安だ。それを思うと恐ろしさで震えが来る。

「いったいどうなるんだ？　ここからの世界や日本、ＴＥＦＧ、そして僕は……」

考えれば考えるほど分からなくなるが……そのヘイジの心を支えるものが新たに生まれたのを感じていた。

カーちゃん、宇治木多恵だ。

ＡＩが炙り出した問題案件の一つ、京都の染織会社・宇治木染織、ヘイジの高校の同級生であり弦楽合奏部の部長であった、宇治木多恵が経営する会社だ。

ヘイジはどうなることかと不安を抱いて宇治木多恵に会った。その後、思いもかけず宇治木多恵と演奏することになった『大公』がヘイジに大きな力をくれたのだ。

京都寺町のジャズバーでの即興合奏……久しぶりにヴァイオリンを手にして臨んだヘイジは、ベートーヴェンの難曲に滅茶苦茶になるだろうと思っていたのが自分でも不思議なくらい音楽になった。

演奏が終わって宇治木多恵は言った。

「良かったよ、ヘイジ。これ本音やで」

ヘイジは「京都人の本当の本音は逆だからなぁ」と笑ったが嬉しかった。気持ち良く三人で演奏出来たのが分かったからだ。

ピアノを弾いたバーのママも「芸大の時以来の『大公』やったけど……上手いこといったな。即興とは思えんかったわ」

そう満足そうに笑った。

「あれがカーちゃんの持つ力なんだろうな」

静かに穏やかに、しかし力強く有無を言わせず皆を統率して纏め上げる。

ＡＩが問題案件とした宇治木染織との取引、それがなんだかこれからのヘイジの大きな問題解決の核になると『大公』の演奏が教えてくれたように思うのだ。

「カーちゃんの力、古くからの京都の強い人間が持っている力……ＡＩなど太刀打ちできない力なんだろうな。合理的には絶対に無理なことでもなんとか出来ると思わせ、やらせてしまう力だ」

ヘイジはそう思っていた。

「状況や環境の難しさ、能力のあるなしは、いつでも、どんな時でもあるものだ。経営者に大事なのはカーちゃんが持っているような態度、雰囲気……そこなんだろうな」

そうは言っても宇治木染織の置かれている状況が難しいのは事実だ。

宇治木染織は日本の伝統的小規模事業者の代表のようなもので、その後ろには同じような企業がごまんとある。そんな企業群を整理して、銀行の収益体質を改善することがヘイジには求められているのだ。

具体的にどうすればいいのか、ヘイジにはまだ分からない。

「ずっと問題だと分かっていて誰も手をつけなかったことを、ＡＩが言ったからやれと言うんだ。僕にどうやれというんだ」

そう呟くと半ばやけになる気持ちも湧いてくる。

古くからの低成長企業群を、ゾンビ企業と一括りにするのは乱暴だし失礼だとヘイジは思っている。企業は千差万別なのだ。

だがＡＩはそれを選別出来るのだと頭取の岩倉や専務の高塔は言う。

「選別はＡＩに任せて、本当に切る時に〝情〟を見せながらスムーズに進めるのが人間の役目になると思ってくれていい」

そこまでヘイジは言われたが納得はしていない。どこまでも企業との取引を続けながら銀行としての収益性を改善させたいと考えている。

「君はＡＩではない。だから人間としてのバイアスを持って当たってくれていいんだ。そこから生まれて来るものに期待をしている。だが、本当にそんなものが生まれるかに大きな期待は掛けていない。それは分かっておいてくれ」

岩倉の言葉は耳に残っている。

ヘイジはごまんとあるＴＥＦＧ銀行の小規模事業者の命運を握っている。

（その上にこれか……）

新入行員へのメールに戻ると溜息が出てしまう。

だがヘイジは全てをポジティブに考えてみようと思った。

「新入行員たちの頭脳、感性……まさにこれが今そのもの。それを問題解決に使うことが出来れば銀行が直面する構造的な問題の解決になるかもしれない」

その場で、ただ坐る。只管打坐の姿勢はヘイジの中で改良と進化を遂げている。

「この世は人間で出来ているんだ。数字は人間が作ったものだ。それなら人間が解決出来ない筈はない。どんなものだって人間が作ったものだ。壊せない筈はない」

そう思うと少し気が軽くなる。

そして新人たちのメールはヘイジを驚かせる。いい加減なものが全くないからだ。

「皆、真剣に銀行で働くこと、たとえそれがステップアップの第一段階だとしても、途轍もなく真剣に捉えている」

ヘイジは、自分が新入行員の時とは比べ物にならないほどの問題意識を持って役員にメールしてくる〝今〟に対して畏敬の念を持つようになってきた。

「だがそれでも……短期志向で計算高い……それには同調出来ないな」

メールと人事部の記録を同時にチェックしながら、ヘイジはやりたいことが明確に分かると思える新人を選ぼうと思った。

「こうやって見ていくと〝やりたいことシンドローム〟だらけだ。言い換えると〝自分探しシンドローム〟……足踏みだけで周りを見回していると思える者は止そう……」

そうして十人を選び、その十人にメールを送った。

【あなたに一つのケーススタディーをやって貰いたいと思います。それはある企業に対する当行の収益性を改善させることです。つまり現状ではお荷物、低採算でかつリスクが高い先です】

そう書いてから宇治木染織の名前を伏せて決算数字と業容、業務のあり方、沿革についての資料を送った。

【この会社とどう取引をすべきか、或いは取引を解消すべきか、あなたに考えて貰いたいと思います。結論ありきではなく、こういう可能性、こういうことも出来る、するべきではないか等、知恵を出して貰いたいです。七十二時間差し上げます。当行所定のレポート用紙（A4）の体裁で五枚以内に纏めて送って下さい】

そう書いて送ってから思った。

「ダメ元だが……新人たちのアイデアで僕自身のブレイン・ストーミングになると思えば良い」

そうしてヘイジは本来業務のほうに戻って端末を操作した時だった。

「？」

プライベートのスマートフォンにSMSが入って来た。

相手は宇治木多恵だった。

《昨日はおおきに。久しぶりにエエ音楽の時間を持てた》

ヘイジは返信した。

《こちらこそ。カーちゃんとの『大公』でエネルギーが湧いた。TEFGは必ず宇治木染織を盛り立てます》

そう送ってから暫く間があった。

そうして戻って来た宇治木多恵のメッセージにヘイジは驚く。

《それが……無理やねん》

どういうことかとヘイジは打った。

《ファンドに会社売却を打診されてて……考えてたとこへ母親が膵臓ガンで余命一年と宣告された。これホンマ、本音やで（笑）》

ヘイジは返信出来ない。

《母親の最期は看取りたいし、それまでの母親との時間を大事にしたい。会社が、仕事が無くなると思たら本音言えるようになったみたいやわ。昨日の『大公』のヴァイオリン、ホンマ良かったで》

ヘイジは厳しい表情でそのメッセージをじっと見詰めた。

第五章　偽りの上昇相場

桂光義は丸の内仲通りにある自分の運用会社、フェニックス・アセット・マネジメント、フェニアムのオフィスに一人でいた。

新型コロナウイルス感染防止でのリモートワークが日常になった中、桂だけがオフィスに出て来るのが常態化していた。

感染が世界中に拡大した三月に暴落した株価が、四月に入ってから急速に戻りを見せていることに桂は違和感を拭えずにいた。

「おかしい……相場の戻りが早すぎる」

多くの経験豊富なファンド・マネージャーたちも桂と同じように感じていた。

「実体経済は一九三〇年代の大恐慌以来の状態になることが必至の中……この戻りは何を意味するんだ？」

桂は自分が運用する株式は、ＡＩの指示によって逸早く先物の売り建てでヘッジを掛けた。

それによって暴落から損失を殆ど被らずに来ていたが……これほど直ぐに株式市場が上昇に転じることは予想出来なかった。

桂は悩んでいた。

「ここからどう動けばいいんだ？」

悩みを深くさせるのは、新型コロナウイルスが闇の組織の仕業であると知ったからだ。

「奴らは自分たちで暴落を演出し既に大きな利益を得た筈だ」

桂は改めてこの相場が〝まともでない〟と仮定したらどうなるかを考えた。

「まともな、常識のある資産運用担当者であれば〝新たな大恐慌〟を予想して株価の更なる下落、長期に亘る下げ相場を予想する。今のような急速な戻りは〝騙し〟だと捉えて逆に売り向かう」

実際、桂も売り建てのポジションを増やしたくて仕方がない。ＡＩも桂の相場観と同じ指示を出している。

「現実に物凄い売り向かいが、ここでもう、そしてこれからも出てくるだろう……」

桂はこの上昇には世界各国の主要なヘッジ・ファンドや投機筋、そして長期投資の機関投資家の多くも〝売り〟を出してくることを考えた。つまり無尽蔵の売り物がここから出てくることを意味する。

「それが今の〝まとも〟な考えだとすれば……」

そう考えて桂はアッとなった。

「も、もし！　奴らがその売りを完全に踏み上げさせるつもりでいたら？　世界各国の政府、中央銀行に途轍もない資金供給を行わせて〝闇のバブル〟を形成させるつもりだとしたら？」

桂はゾッとなった。

「この三月の暴落以上に途轍もない利益を闇の組織は得ることが出来る⁉」

桂はこの急激な戻りを〝騙し〟だとしてはならないと思った。

「奴らの狙いはまだ先にあるんだ。そしてずっと大きいと仮定すれば……誰も想定出来ない〝スーパーバブル〟を創り出し、世界の株式市場を臨界点にまで上昇させることが狙いだとすれば……」

桂はこの見立てと併せてコロナの前の自分の予測……ＡＩ利用の浸透による全産業での大量の潜在失業者の発生、それが原初的蓄積となってマグマが噴き出す形での新たな大恐慌の出現……を考えてみた。

「俺はその新たな大恐慌の引き金にこのコロナがなったと思っていた。しかし、コロナが闇の組織の仕掛けだとしたら……」

桂は別の結論を出した。

「い、今から一九二〇年代のようなバブルをやるということだ……世界中が総悲観となって〝売り〟で供給される無尽蔵の株式を中央銀行が供給するマネーをガソリンにして買いまくり、売り方の踏み上げによって更なる株価の上昇を狙うつもりなんだ！」

桂は直ぐにパソコンに向かった。

そして現在のヘッジ売りを、全て外す指示を出すようにトレーダーに伝えた。

リモートで仕事をしているトレーダーが直ぐに電話をして来た。

「桂さん、今のご指示、失礼ですが間違いですよね？　ＡＩは売り建てを増やすことを指示していますが？」

桂は自分の指示通りに売り建てを外すようにトレーダーに言った。

「本当にいいんですね？」

「やってくれ」

総額で五千億近い大量の買戻しだ。

だがその買戻しもスムーズに実行出来てしまうほど市場に売り物が出て来る。

予想したより早く買戻しは完了した。

トレーダーからの報告を聞いて桂は言った。

「これで暫く様子を見る。ご苦労だった」

電話を切ってから桂は深呼吸した。

桂の心の裡は複雑だった。

「俺はある意味、奴らの戦略に乗らせて貰ったということになる」

そこに忸怩（じくじ）たる思いがないわけではない。

「だがここから〝スーパーバブル〟をやるとすると……想定外の強さになる。まさに狂乱の二〇年代……経済社会の二極化がさらにギャップを広げながら株式市場は暴騰していく」

桂は改めて自分の相場観を整理していった。

「株価は将来利益の先食いだ。では闇の組織が創り出す〝バブル〟の将来とはなんだ？」

桂はじっと虚空を見詰めた。

そこにはあるものが幻視された。

一点の闇だ。

「まさに〝闇〟に利益を生み出させるのかもしれない。人間がいない〝闇〟……社会をＡＩが管理し、経済・金融をＡＩが動かし、国家をＡＩが治める」

桂は十二面あるディスプレー全てを欧米のニュース番組に合わせた。

そこに現れるのは、各国政府が人々の権利を制限し管理を強めていくニュースばかりだ。

「感染症拡大を防ぐ……その為、政治家や官僚がなんでもありをやれる」

それが当たり前となっていく。

「ニューノーマルという言葉が実現される」

国民の貴い生命を守るため……それは戦争を始める時に用いられる国家の目的論理だ。

「管理は、管理を行う国家は、そして官僚組織は……どんどん強くなる。管理が強くなることを国民も認めざるを得ない。認めないと命が危ないと考える」

ディスプレーには欧州で医療従事者に対する感謝を示す為に、多くの人たちが同じ時刻に自宅の窓から音を鳴らす光景が映されている。

「皆、家の中に閉じ込められて動けない。あれだけ自由の謳歌を生きる糧として来た欧米人がこうなる。ここまで人を止めることが出来るのは感染症だけ……戦争やテロも敵わない」

画面には無人の空港や閑散とした駅、人の歩いていない各国の繁華街が次々に映し出されていく。

「地球は止まったまま。人もモノも止まったまま……全てが管理の下にある。こうなると本来的には株式市場は下落を続けなければならない筈だ」

桂には確固たる株価の論理がある。

株価は自由を好み、管理を絶対的に嫌う。

一九二九年の米国株の大暴落は大恐慌の引き金となったが、株価がその後四半世紀も高値を抜けないボックス圏に留められたのはニューディール政策という管理型の経済政策がとられた所為だと桂は考えている。

「経済に管理が導入されると株価は死ぬ。フランクリン・ルーズベルト大統領によって株価は殺された」

そう考える桂の目には今の株価の戻りは途轍もなく不自然に映る。

「コロナが奴らに人為的に仕組まれたものだとして、株価が〝まとも〟でないとすればこの上昇こそが奴らの狙いになる」

桂はそう確信を持った。

そうして桂は、新型コロナウイルス関連の情報をもう一度精緻にチェックしていった。

『海鮮市場と関連した肺炎の患者が多く見つかった。病原体は目下調査中』

二〇一九年の大晦日に中国の武漢市の保健当局がこう発表。そして二〇二〇年一月七日、ウイルスは特定された。

「新型コロナウイルスは蝙蝠のウイルスが人に感染するようになったものとされ、病原体は直ぐに特定された……。しかし、拡散は止められず感染者は増え続けた」

桂はこのウイルスが上手く出来た存在であることに気がついた。

「感染するとあっという間に症状が出るのではなく、無症状のまま活動を続け、それによって感染が広がる。人が知らない間に〝闇〟を抱え、それが次々に拡散し〝闇〟が地球上を覆っていく。〝闇〟は自由な経済・市場にとっての敵である管理を呼び寄せ強化する。しかしそれが日常、当たり前とされる。つまり〝闇〟は表に出て支配が出来るということだ。そして〝闇〟の支配するカネは財政・金融の拡大で膨張を続ける」

そうであれば、本来的には下落を続けなければならない株価が上昇していくことに納得が出来る。

「ここからの上昇相場の主役は〝闇〟だ。だが市場は〝闇〟の先に幻想を見る。それはITやAIが主導する明るい世界……そう思わせていくのが奴らの狙いなのか？」

桂は考え続けた。

ディスプレーには株価が上昇していくチャートと共に日常が止まってしまった世界の様子が映し出されている。

「このギャップ……二極化はさらに拡大する。社会の不満と不安は増大し、真の大恐慌へ向けた原初的蓄積はどんどん進行する」

破滅へ向かう為の株価の上昇……その恐ろしさを悟ったと思った桂が、ここから自分がどう動くべきか思案した時だった。

電話が入って来た。

「いいタイミングだ。こういうタイミングで連絡してくる勘を持っているのが本当の経済記者だ」

相手は中央経済新聞の荻野目（おぎのめ）裕司（ゆうじ）だった。

桂は荻野目をオフィスに呼んだ。

大手町の中央経済新聞本社から歩いて来た荻野目は言った。

「大手町も丸の内もゴーストタウンですね。仲通りですれ違ったのは二人だけでした」

商業施設は全てクローズし大企業は皆リモートワークに移行している。

「日本を代表するオフィス街に人がいない。いや、考え方を変えれば人はビジネスで物理的に集まる必要はないということかもな」

桂の言葉に荻野目は頷いた。

「全てがコロナ一発で止まりましたね。こんな景色を現実世界で見るとは夢にも思わなかったです」

その荻野目をじっと桂は見詰めて言った。

「コロナが……人為的に創り出されたものだと聞いたらどう思う？」

荻野目は笑った。

「アメリカでは……中国が軍事目的で創り出したウイルスが誤って外に出たという……フェイクニュースが流行っているようですが、桂さんもそれを？」

桂は首を振った。

「違う。五条の、死んだとされている五条たち闇の組織の仕業の可能性が高い。実は――」

桂はそこからヘイジから聞いたことを荻野目に話した。

荻野目は驚くと同時に冷静に言った。

「お聞きした内容を記事には出来ないですが……本当だとすれば大変なことだ。世界経済を一発で止めてしまった。桂さんが言うように、彼らはまず株の暴落で莫大な利益を得たのは間違いないでしょうね」

桂は頷いた。

「そしてこの四月に入ってからの株価の急上昇、健全な投資家や良識派を嘲笑うかのような動き……これも一味が演出したもので更なる利益を得ているとしたら、ここからどうなると思う？　奴らは何を考えていると？」

荻野目は暫く考えた。

「世界全体、経済の停止で日本のGDPに匹敵する五百兆円が吹き飛ぶと推定されています。各国で膨大な失業者が生まれアメリカでは夏に20％を超える失業率になると予想されています。各国は社会の混乱を避ける為に全国民に給付金支給を決定、日本政府も一人一律十万円の給付を実施する見込みです。マネーだけがこの状況での命綱……そのマネーと直結する株式市場が三月には大暴落となった。実体経済がどうなるかを考えれば当然の動きですが……この四月の戻りはあまりに早すぎる。単なる買戻し、相場のあや、リズム、というのを超えている。ですがコロナを人為的に創り出し、感染拡大を事前に把握出来る者たちが相場を動かしているとすれば……この戻しは〝違和感〟などを超越した途轍もない上昇相場の入口、〝スーパーバブル〟の序章で、その〝スーパーバブル〟をリードすることで金融や経済を支配しさらに最終的に〝スーパーバブル〟を崩壊させるところまでを狙っていると考えれば……」

桂はそうなんだと言った。

「短期的には経済恐慌回避の為に各国は莫大な財政出動を行う。途轍もない財政赤字が発生しそれを賄う為に国債を乱発することになる。そうして金融市場への資金供給が膨大に行われることになる。途轍もないエネルギーを持つ株式相場が生まれる。金利の上昇が伴わなければ、という条件はあるがな」

その通りですねと荻野目は同意した。

「当面は中央銀行が国債の直接引き受けのような形を取ることで、長期金利の上昇を防ぐでしょう。この状況で最も恐ろしいのはインフレですね。グローバル・サプライチェーンが止まったことでボトルネック（物流の停滞）・インフレが各分野で発生して、それが人々のインフレマインドを創り出してしまうこと。過去数十年、先進各国はインフレを経験していません。同時に金利の上昇も経験していない。機関投資家を見回しても金利上昇を相場の実体験で持っているのは桂さんぐらいでしょう？」

そうだろうなと桂は言った。

そしてそこから桂は、闇の組織がコロナを使ってこの状況を作り出しているとしたら真の狙いは何かを問い、自らの考えを言った。

「闇の組織はある種の官僚組織だ。出自は官僚の裏組織だし、今も深く結びついている可能性が高い。実際に金融庁長官の工藤は闇の組織の一員に間違いない。とすると奴らの動機は官僚的思考に基づいている筈だ。そして恐らく表には絶対に出たくない。裏で動かすことが本当の強さを発揮し、自分たちを維持強化出来ることを知っているからだ。奴らを理解するには官僚的思考、嗜好、志向を一つずつ考える必要があると思っているんだ」

荻野目は、桂さんらしい切り口ですねと言ってから少し考えた。

「官僚が最も恐れるのは……インフレですね。特にハイパー・インフレーションとなると管理が利かなくなる。インフレはマネーの価値を失わせますからね。管理国家にとって最強の武器である通貨の価値を下げてしまうインフレには、ここからも絶対にさせたくないでしょうね」

桂も同意見だ。

「経済官僚たちがデフレに真剣に立ち向かわないのはそこだからな。デフレはマネーの価値を自然と上げてしまう。国家が管理する通貨の価値が上がる。管理する自分たちの価値も上がる。官僚を裏で動かす闇の組織の価値も上がるという訳だ」

そして桂は苦い顔をしてさらに言った。

「日本が長い期間、デフレと言ってよい状況を放置させているのはまさにそういう理屈だ。デフレは管理する官僚にとっては追い風。しかし、インフレは逆風になる。だからこの状況でもインフレで世界を混乱させようとはしないだろうな。そうすればアウト・オブ・コントロール、制御不能、闇の組織もつけ入ることが出来なくなる」

そこで桂はヘイジから聞いた〝魔術師〟が言ったとされる詩のような言葉を荻野目に語った。

地獄の門が開き世界経済は破壊される
〝コロナ〟という言葉と共に
その後に君臨するのが我々死者たちの王国
表も裏もない一つの世界
それが〝コロナ〟の後にやって来る

荻野目はぞくりと胴震いをして言った。

「気味が悪いですね。でもこの通りに今推移しているとしたら……」

桂は「ポイントは『死者たちの王国』と『表も裏もない一つの世界』の意味だ」と言った。

「『死者たちの王国』と言っているということは、自分たちを死んだままにする……つまり五条たちは表には絶対に現れないことを意味していると思う」

荻野目は頷いた。

「その通りですね。奴らの根本的な動機と符合していると感じます」

そこから桂は難しい顔をした。

「分からないのは『表も裏もない一つの世界』という言葉だ。これが何を意味すると荻野目は考える?」

荻野目は暫く宙を睨んだ。

「完全なる管理世界の実現、世界を中国のような権威主義による、監視の下に人々を置く世界ということではないでしょうか？」

桂は直ぐには同意せずに考えてから訊ねた。

「どう思う？　コロナに中国は絡んでいると思うか？」

荻野目は首を振った。

「我々が中国当局とその周辺の深いところから得た情報や感触から言うと、中国政府はコロナに関係していないと思いますね。最初にウイルスをばら撒かれたのが武漢だったとしても、中国政府の慌て方から見て〝シロ〟だと思います」

だが桂は直ぐには納得しない。

「嘗て闇の組織は中国政府の有力者と手を結んでいた……簡単に〝シロ〟とするのはどうかと思うがな」

荻野目はその可能性もあるとして「色々と情報の網を張ってみます」と応じた。

「だが……」

桂は嫌な表情を見せて言った。

「今もし、中国やロシア、その他の権威主義国家が、コロナが闇の組織の仕業だと知ったら、コンタクトしたいだろうな。ウイルス製造と同時にワクチンも造っていると考えるのが普通だ。結びつきを持てればこれほど強いことはないからな」

荻野目は大きく頷いた。

「その通りですね。それが闇の組織の狙いの一つに入っているかもしれませんね。ある意味、闇の組織の掌の上にそういった国々はあるとも言えますよ」

だから嫌なんだよなと桂は吐き捨てるように口にした。

「……この日本で奴らが何をして来るか？　それに備えておかないといけないんだ」

その桂を荻野目は見据えて言った。

「金融庁長官、工藤ですね。そして金融庁が何をここからして来るか……表に出て来るとすればそこですね」

桂はその通りだと言った。

「今のところ金融庁は全くといっていいほど教科書的な動きしかしていません。日銀によるコロナオペが円滑に行われるように銀行を指導するだけで……コロナを機に何か目新しいことは何ひとつしていません」

桂はじっとその荻野目を見据えた。

「だから恐ろしいんだ。今回奴らは本当の勝負を掛けて来ている。必ず、絶対に、途轍もないことをやる。工藤はその先兵だ。荻野目、しっかりと金融庁を見張ってくれよ！」

桂の言葉に荻野目は腹に力を入れて「はい」と言った。

◇

桂光義はその夜、お台場のロイヤル・セブンシーズ・ホテルを訪れた。

「タクシーで来られたらそのまま地下の駐車場に入って下さい。直通エレベーターがあります。それに――」

桂がタクシーを降りると、ベルボーイが検温を行いチェックが済むと手をアルコールで消毒されエレベーターに乗り込んだ。指定された暗証番号を入力するとエレベーターは動き出した。

エレベーターは最上階のスイートルームまで昇っていく。

ドアが開くと部屋付きのサービスマンがマスク姿で待っていた。

「桂さまでございますね。お待ちしておりました。どうぞこちらへ」

そうしてダイニングルームに案内された。

テーブルにはカトラリーが二人分差し向かいに揃えてあり、シャンパンクーラーにはクリュッグが冷やされている。

「……」

大きな窓の外にはレインボーブリッジと夜の海が広がっている。

直ぐにその男は現れた。

「ご無沙汰してます。桂さん」

塚本卓也だった。

香港を拠点に展開する世界的ヘッジ・ファンド、ウルトラ・タイガー・ファンドのファンド・マネージャー、別名エドウィン・タンだ。

二瓶正平や湯川珠季の中学高校時代の同級生で、塚本にとって桂は珠季を巡る恋敵でもある。

「久しぶりだね。塚本くんにはその折は大変お世話になった。改めて礼を言う。そして……ご尊父の逝去について心よりお悔やみ申し上げる」

桂は珠季から、塚本が父の葬儀で日本に帰っていたことを聞いていてそう口にした。

塚本卓也、エドウィン・タン。東西帝都ＥＦＧ銀行が、緊急避難で発行した株式転換型私募債を中国投資銀行に買い占められて窮地に陥った際、桂を助けてくれたメンバーの一人だ。

塚本は微笑んで言った。

「ご丁寧にありがとうございます。あの時は味方になりましたけど、いつか桂さんと勝負さして貰うと言うたんは忘れてませんよね？」

桂は頷いた。

「勿論だ。色んな意味での勝負、だよな？」

珠季のことも指している。

塚本は頷いてからサービスマンにシャンパンを抜くように指示した。

「コロナになってから良い酒を飲んでない。今日は素直に嬉しいよ」

桂は、クリュッグの注がれたバカラのシャンパングラスを受け取るとそう言った。

「ほんま……とんでもないことが起こりますな。世界が止まってしもた」

そうして二人は乾杯した。

「このホテルも最低限の数の従業員で営業してる状態ですわ。料理もいつものメニューの三分の一ぐらいしかおません」

それでも本格的な前菜が出され桂は舌鼓を打った。

「ここのフォアグラのテリーヌは本当に美味いな。キャビアも最高の味だ！」

塚本はシャンパンを飲みながら訊ねた。

「最後に締めの食事は松花堂弁当になります。おかずのメインは鰻かステーキか、或いは両方か？　どうされます？」

桂は笑いながら「当然両方」と健啖家ぶりを示した。

そうして弁当とお吸い物が出され、塚本はサービスマンを「後はやるから」と退出させた。

二人きりとなったところで塚本は本題に入った。

「先ず桂さんは今のマーケットをどう見てます？」

それは、四月に入ってからの株価の戻りの早さを意味していることはプロ通しで分かる。

「気味が悪い。正直途轍もなく嫌な感じを受けている。だが……このコロナに裏があるとすれば、この流れに逆らうと怖い」

その桂の言葉に塚本の目が光った。

「コロナに裏？　桂さんはハド、〝ＨｏＤ〟からコンタクトを受けたんですか？」

桂は首を振った。

「俺は全く知らない。だが……珠季から聞いたが君はその〝ＨｏＤ〟という存在から妙なアプローチをされたとか？」

塚本は頷いた。

「去年の十一月です。突然知らんとこからのメールが入って来たんです。内容は『来年二〇二〇年の初めから世界経済は大変なことになる。ウルトラ・タイガー・ファンドを守りたければ大事な情報を伝える』と……」

塚本はそう言ってから箸を進めた。

桂は相場師特有の性格から緊張すればするほど食欲が増す。ステーキと鰻を交互に勢い良く食べ、貝柱の炊き込みご飯を頬張りじっと塚本の次の言葉を待った。

「僕はただの悪戯やと思て無視しました。それが十二月、武漢で新型コロナウイルスの話が出て驚いた。そしてその直後です。またメールが入ったんです。『これで我々、〝HoD〟のことが分かったでしょう』と……」

桂は吸い物を飲んで塚本に訊ねた。

「〝HoD〟とはどういう意味だ？」

塚本はステーキを腹におさめてから言った。

「訊いたんですよ、僕も。そしたら言うにことかいて……〝Heart of Darkness〟ですと……」

桂は難しい顔をした。

「なるほど……〝Heart of Darkness〟コンラッドの〝闇の奥〟ということか……闇が表に現れたと知らしめたということか……」

塚本は桂に話の意味を訊ねた。

そこから桂は闇の組織について知る限りを塚本に説明していった。

「前金融庁長官の五条が生きてる!? ヘレン・シュナイダーと組んであれだけの仕掛けをした男が!!」

桂は頷いて言った。

「奴は間違いなく生きている。そして過去に死んだとされている財務省のエリート官僚たちが何人も生きて闇の組織を形成している。それは間違いない」

そこから塚本は〝HoD〟が自分に何を言って来たかを語った。

「そこからのメールはとんでもない内容でした。『我々がウイルスを創った。そしてワクチンも持っている』と……」

塚本は証拠を見せるように返信したという。

「その後でした……僕の親父が新型コロナウイルスで重症化したと連絡が入ったんです。それで急遽帰国した。そしたら今度は『特効薬を持っているが?』と連絡して来ました。僕は直ぐに送ってくれとメールしたんです。そしたら『ウルトラ・タイガー・ファンドで世界の株価指数先物を四月に入ったら買い上げることを約束しろ』と言うて来たんです。当然、同意しませんでした。桂さんなら分かると思います。相場に関わるもんがどんな理由があるにせよ、自分のファンドを私情で動かすことなど絶対にでけへん。それで断りました。せやのに……何故か薬は送られて来たんです。ただ……薬が着く前に父親は亡くなりました」

桂は気の毒なことだったなと慰めの言葉を口にした。

塚本は続けた。

「僕は送られて来た薬を念のためにと、高校時代の同級生で京帝大学附属病院の感染症研究所の准教授に送って調べてもろたんです。そしたら……」

桂はじっと塚本を見て言った。

「特効薬だったんだな?」

塚本は断腸の思いの表情で頷いた。

「僕は思いました。間に合わんかったけど、特効薬を送って来た。それにはちゃんと応えならんと……」

それで四月に入ってから株価指数先物を買っているのだと言う。

桂は厳しい顔をしながら、塚本は責められないと思った。自分も同じことをするだろうと考えるからだ。

「闇の組織は恐ろしい……人間心理の奥を突いて来る。塚本の心根の真っ直ぐさを、人間としての良さを、見事に突いている!」

桂は相場師として成功する人間は、そういう精神の清らかさを持っていると信じている。

「だが闇の組織はその清らかさを利用している。それは断じて許さん！」

桂は塚本を見詰めながら言った。

「君の行動は理解出来る。そして相場も急上昇して君のファンドは大きな利益を出しているのだから間違いではない。だがな、もう……」

買いは止めろと言いかけ桂はアッと思った。

（俺もこの相場を〝闇の支配〟と知りながら買っている‼）

そう思った時、ゾッと胴震いを覚えた。

途轍もなく大きなものに自分たちが捕えられていることに気がついたのだ。

（どうする？　どうすればいい？）

桂は生まれて初めて相場に対して嫌な気持ちを持っている自分に気がついた。それまで好きで好きでたまらなかった相場を、受けつけることが出来ない感情が生まれている。

（どうする？　どうすればいい？）

同じ問いが頭の中を巡る。

桂は大きな窓の外の夜景を見た。腹の底から震えが来る。

レインボーブリッジは東京アラートを示す赤色に染まっている。

「あいつら……〝HoD〟は一体なにを？」

塚本がそう呟いた。

その呟きを桂は震えながら聞いていた。

◇

小菅にある東京拘置所、その独房で男は新聞を読んでいた。

死刑囚として収監されて五十年になろうとしている。

昭和五十年代に起こった連続企業爆破事件……大手町や丸の内の大企業の本社ビルが白昼、次々と爆破され、二十八名が死亡、重軽傷者は二百人以上に上った。

逮捕された極左暴力集団の十五名、首謀者として死刑判決を受けた三名のうちの一人が新聞を読む工藤勉だ。

長身痩軀で髪は白銀、精悍な顔つきは老鶴を思わせ半世紀も獄中にいるとは思えないオーラを放っている。

歴代法務大臣は過激派の首魁であった男を思想的英雄、殉教者とさせないために決して死刑執行の印を押さない。

獄中で死を迎えるまで放置するという措置が、不文律として定められているからだ。工藤の他に死刑判決を受けた二人のうち一人は自殺し、もう一人は病死している。

工藤は新型コロナウイルスの世界的蔓延、パンデミックの記事が満載されている新聞を丹念に読んでいた。

壁の向こうにある世界を活字でしか知ることがなくなって半世紀……工藤は自分が現実ではなくフィクションを生きているように感じていた。

「だが現実はフィクションを超えているようだな」

看守がある時からマスク姿になり、独房の周囲でアルコール消毒を行うようになって工藤は異変を知った。

「先生、何が起こっているんです？」

工藤は看守に対して丁寧な言葉遣いをする。

「海外で新しい感染症が見つかったということだ。念のための措置だ」

工藤が読める新聞は検閲もあって一週間遅れになる。

新型コロナウイルスを知ったのはその後だった。

「とうとう疫病か……」

工藤は世界から隔絶された場所にいながら、これまで活字で知って来た天変地異に思いをはせた。

阪神淡路大震災、地下鉄サリン事件、米国の同時多発テロ、東日本大震災、そして数々の大型台風による風水害……。

工藤は熟読を重ねて今や全文暗唱出来るようになった『方丈記』を手に取った。

著者の鴨長明は青年時代に起きた天変地異を克明に描いている。

平安時代末期の安元の大火、大きな辻風、二年にわたる飢饉と疫病の蔓延、そして大地震……そんな天変地異と同時期に社会的変動も起こっていた。

〝平家に非ずんば人に非ず〟権勢を誇った平家の棟梁、平清盛による強引な福原遷都……桓武天皇の御代に京を都と定めて以来、四百年以上経っている都を何故遷すのかと……人々は不安に思っていたと記されている。

「人為と天為……それは結びついているということだ」

工藤は無政府主義者であると共に独自の唯物論者だった。ヒトとモノ、ヒトとコトとは連動していると考えるのだ。

過去の自分のテロ活動も歴史の必然であり、過去・現在・未来と影響を及ぼし続けていると確信している。

工藤は『方丈記』の五【飢渇】の頁を開いた。

——また、養和のころとか、久しくなりて覚えず。二年があひだ、世の中飢渇して、あさましき事侍りき。或は春夏ひでり、或は秋大風、洪水など、よからぬ事どもうちつづきて、五穀ことごとくならず。

——乞食、路のほとりに多く、憂へ悲しむ声耳に満てり。前の年、かくのごとく、からうじて暮れぬ。あくる年は、立ち直るべきかと思ふほどに、あまりさへ、疫癘うちそひて、まさざまに、あとかたなし。

工藤の目の前に映像が浮かぶ。それは、過去と現在とがシンクロしながら一つの流れになっていく光景だ。

「ゆく河の流れは絶えずして、しかももとの水にあらず。よどみに浮かぶうたかたは、かつ消え、かつ結びて、久しくとどまりたるためしなし……全ては破壊を待っている。〝創造的破壊〟などといった賢しらな破壊ではない。全破壊だ。……さて、いよいよ私の出番のようだな」

工藤は昨日届いた手紙を取り出した。

それは死刑反対を唱える人権団体の一つからのものだ。

一読するとごく普通の内容が書かれている。時候のこと世の中のことだが……実は精巧な暗号文になっている。

暗号を解く鍵には『太平記』が使われる。

工藤は看守に悟られないよう原文と『太平記』を交互に読み進め、解読した文章は書き留めずに記憶する。

「!?」

工藤は昨夜、暗号文を解読して驚いた。

「本当にやるつもりなんだな」

工藤勉、Tom Kudo は世界各国のテロリストにとってのレジェンド、カリスマでありヒーローだった。

その著作はテロや暴力革命を起こそうとする、あらゆる者たちの精神的実践的なバイブルとして知られている。

工藤勉著『レオニダス』は、獄中にいながらごく普通の手紙のやり取りに見せかけた暗号文を、協力者と十年以上のやり取りを重ねて一九九九年に完成させたものだ。

それは革命を目指す者やテロリストたちの間で『ゲバラ日記』や『毛沢東語録』以上に読まれるものとなっていた。

古代ギリシアの都市国家スパルタの国王レオニダスから題名は取られている。

ペロポネソス半島南部の小さなポリス（都市国家）のスパルタ、全男子が厳格な軍事訓練を受け、その最強の軍隊は不敗神話を誇り、紀元前五世紀にペロポネソス戦争でアテナイを破ってギリシアの覇権を握る。

その礎を築いたのが国王のレオニダスだ。紀元前六世紀、圧倒的軍勢でギリシアを襲って来たペルシア王クセルクセスを僅か三百人のスパルタ兵が勇猛果敢な戦闘で食い止め、ギリシア防衛を成功させる。テルモピュライの戦いとして名高いその戦いでレオニダスは命を落とすのだ。

工藤はスパルタを巨大な帝国に立ち向かう為の精神と肉体の理想と捉えている。自分自身を殉国の士であるレオニダスに準（なぞら）え、反帝国主義・反権威主義の闘士の為の書として『レオニダス』を著したのだ。

『レオニダス』はアフォリズムを編んだ体裁を取っている。

――我々は戦士である。どこまでも戦士である。一度戦士たる決意を得た者は死ぬまで戦士である。

――我々は常に帝国（覇権主義国・権威主義国）と闘う。帝国とは米国とその属国（日本等）であり、中国とその属国であり、ロシアとその属国であり、似非民主主義国集団としてのユーロ各国である。

──我々は帝国の僕（しもべ）である官僚組織、軍隊を全て破壊する。

──我々の破壊はあらゆる手段を用いる。帝国との闘いにおいて〝卑怯・卑劣〟などない。あらゆる戦術・戦法は正当なものとされる。

──我々の闘いが終われば国家はなくなる。そこには人民だけの世界が出来る。

──我々は階層のない世界に生きることだけを考える。

──我々はあらゆるメシア崇拝、メシア信仰を許さない。絶対的なリーダーなどは我々の世界に存在しない。

──我々は我々であって我々ではない。唯一絶対の〝己一人〟の為に闘いに集結せよ。〝己一人〟を認めぬ全ての敵を葬るために。

──我々の目的は究極の自由である。

──我々は永遠のテロリスト、アナキストなのだ。

工藤は『レオニダス』を暗唱してみた。

「革命の過程においてはリーダーは必要となる。それは仕方がない……」

自分が書いた『レオニダス』によって、世界中のテロリストが鼓舞されていることを知っている工藤はそう呟いた。

「そして大きく世界を動かす際にはリーダーは先頭に立たねばならない」

工藤は新聞を見た。

新型コロナウイルスのパンデミックは世界を変えてしまった。

工藤は手紙に書かれていた暗号を解読し、ここから次に何が起こるのかを知った。

「大したものだ。闇の組織〝HoD〟……」

そうして次にコンラッドの小説『闇の奥』の一節を暗唱した。

「森は厳然として仮面のように動かない……。秘密の知識、気の長い期待、近づき難い沈黙を秘めて……まるで閉ざされた牢獄の扉のように重たげだった」

工藤は独房の扉をじっと見詰めた。

「もう直ぐこの扉が開く。そこを出た私は絞首台に向かうのではなく……自由となる」

そうしてため息を漏らした。

「その時、世界は輝くのだろうか？　それとも私は倦怠を感じるのだろうか？」

工藤は弟の工藤進のことを考えた。

「あいつがこの扉を開ける。戦士たちが待つ世界への扉を……」

◇

緊急事態宣言が出されて後、金融庁は全銀行に対して出したリモートワークを一層努めるよう通達を出した。

「その際、法律や政令で規制となるものは緊急事態宣言中、全て緩和してリモートワークを推進するよう指導をお願いします」

金融庁内のリモート会議で長官の工藤進は全幹部にそう言って会議を終えた。

リモート会議の場合は、会議が終わってから決定事項について個別に本音で意見交換をすることが出来ない。

幹部の一人は画面から退出して呟いた。

「長官がここまで積極的にＩＴを活用してのリモートワークや検査・監督に熱心とは、思いもよらなかった。真の競争時代のあり方を考えてらっしゃればこそなのか……それとも新内閣の意向を忖度してのことか……」

新しく出来た内閣は目玉として日本のＩＴ化・ＤＸの推進を掲げている。

押印廃止を急ぐように各省庁に指示・命令を行ったり、検査や監督など行政指導を出来る限りネットで行うように指示するなど……性急に思えるほどの熱心さを見せている。

「高級官僚が官邸の意向に忖度するのは出世の要諦……」

工藤進は新首相が予(かね)てから唱えていた地方銀行の統合をスーパー・リージョナル・バンクによって成し遂げ、スーパー・メガバンクへと移行させる形で日本の銀行の統合を成し遂げた。

「そして今はＩＴ・ＤＸ……まさに日本の銀行を世界的な競争に耐えうるようにしようとしているのか」

そう考えるのが素直な考え方だった。

しかし、工藤の狙いは思いもしなかったこと、日本の全ての政治家が震えあがるものだとは……誰も気がついていなかった。


「ん？」

在宅勤務の金融庁金融国際審議官の自宅ＰＣにそのメールが入って来たのは、新型コロナウイルス感染拡大を防止する目的で緊急事態宣言が出された翌週だった。

米ニューヨーク州金融監督局（ＤＦＳ）からの極秘情報でＦＢＩとの連名になっている。

「なにッ!?」

審議官は驚き、直ぐに金融庁長官の工藤進に連絡を取った。

工藤は自宅ではなく金融庁の長官室で執務を行っていた。

そして審議官から転送されて来たメールを読んだ。

　審議官は言った。

「これが公表されたら世界の金融市場は大変な事になります。米国も日本側に対して情報の極秘扱いを求めています」

工藤はメールに目を通し落ち着いて言った。

「取り敢えず米国からのさらなる情報を待ちましょう。今この時点では我々としてはどうしようもない。大臣には私から伝えておきます」

そう言って電話を切って、次に金融担当大臣に電話を掛けた。

大臣は自宅にいた。

「今、金融国際審議官から連絡がありました。米国の一部大手銀行で、ハッキングによって顧客データが全て奪われた形跡が見つかったということです。……そうです。顧客名、口座番号、暗証番号……。そう、そうです。米国ではネットバンキングが主流ですからこれでハッカーは何でも出来てしまうことになります。ただ、どの銀行でも口座への不正な侵入はまだ確認されていないとのことです」

大臣は何故そんなことが起こったのかと訊ねた。

「私見ですが……コロナ禍のリモートワークによるシステムの脆弱性を突かれたものと思われます。リモートワークに関しては日本も同じ状況になっておりますので厳重な注意が必要になります。……はい。はい。メガバンク各行のセキュリティーには最高度のシステムが使用されておりますので問題はないとは思いますが……米国の事例は看過出来ません。各行のシステムのチェック並びに更なる強化に向けた対応については迅速に行います。ご安心下さい」

大臣は首相と官房長官には直ぐに伝えておくと言って電話を切った。

その夜、工藤はプライベートのスマートフォンを暗号化し、傍受不可能な状態で会話を交わしていた。

相手は〝魔術師〟だ。

工藤は訊ねた。

「HoDと〝暴力装置〟の関係、これについて教えて頂きたいのですが？」

〝魔術師〟はゆったりとした口調で話し始めた。

「関係は古い……明治の初めに闇の組織が創られた時に遡る。討幕の戦いで重要な役割を担った組織、その組織は維新後に表向き解散させられたが実は闇の暴力装置へと転用された。闇のカネを操る組織と闇の暴力を操る組織が必然的に結びついたということだ」

工藤は訊ねた。

「具体的にはどんな場面で暴力装置は使われて来たんですか？」

そうして語った〝魔術師〟の話に工藤は絶句した。

そこには様々な明治以降の歴史的な出来事、政治的動乱、経済的事件に関係した暴力や〝死〟が語られていたからだ。

テロ、怪死、自殺、事故死、病死……様々に謎とされた〝死〟に暴力装置が関わって来ていたことを知らされたのだ。

「歴史的な株の買い占めや、経済事件、贈収賄事件の際に幕引きのように人が死んでいた……それら全てが暴力装置によるものだったのですね？」

その通りだと〝魔術師〟は言った。

「そして都合よく我々〝ＨｏＤ〟の人間を〝亡き者〟にしてくれるのも彼らだ。お陰で私は〝死者〟として生きることが出来る」

自殺偽装、遺体隠蔽などがそこにある。

ふうとため息をついてから工藤は言った。

「私がこれからやろうとしていることはある意味〝ＨｏＤ〟が新たな、そして桁違いに大きな暴力装置を持つことに繋がります。それが生み出すのは無秩序、カオスです。過去のように〝ＨｏＤ〟が暴力装置を操って来られたのとはわけが違います。本当にそれを許して貰えるのですか？」

〝魔術師〟は笑った。

「工藤君、許すも許さないも……こういう機会を我々は待っていたんだよ。明治の頃から日本は、世界は変わった。我々も変わった。政治の中枢と結びつくことなどもう必要ない。我々自身があらゆるものを動かせるのだからね。しかし工藤君。我々に必ず必要なものがある。それが何か分かるかね？」

工藤は暫く考えたが分かりませんと言った。

すると〝魔術師〟が意外なことを言った。

「自由だよ。工藤君、我々に絶対的に必要なのは自由に動く経済、自由に動く人々、そして自由に動くカネだ」

工藤は意味が分かりませんがとさらに訊ねた。

「自由を求めるから必ず争いが起こる。完全に管理された社会となれば闇は必要なくなる。自由という明るさを求めるから、闇が活きる」

工藤はアッとなった。

〝魔術師〟は続けた。

「我々はコロナという途轍もない武器を使った。戦争でもテロでも止めることの出来なかった世界経済を完全に止めることが出来た。そして我々が動かせる資金量も空前のものとなっている。我々はこの地球上でなんでも行うことが出来るんだよ。工藤君」

そこでようやく工藤が口を開いた。

「新たなエネルギーを世界に与えるということですね？　私がやろうとすることで？」

その通りだと〝魔術師〟は言った。

「エネルギー、さっき君が言ったカオスこそがエネルギーだ。世界的テロの続発こそそのエネルギーとなる。ＩＴの発達で監視技術は強化され、テロが撲滅させられる可能性がある。それを阻止して貰う。我々はそれを支援する」

工藤は言った。

「兄を、世界のテロリストたちがカリスマと崇めている兄を……自由にする手立てを整えて頂きました。このまま進めていいんですね？」

勿論だと〝魔術師〟は言った。

工藤はこれから起こすことを考えると武者震いがする。

〝魔術師〟は言った。

「君はこれが終わると〝死者〟となる。我々と同じになる。まぁ、そうでなくては生きていけないがね」

工藤は笑った。

「この国の政治家を全て凍りつかせるのですから小気味よいですよ。その為に銀行がどんな目にあうか……誰も想像出来ないことがこれから起きる。そして兄は自由の身となる。世界中のテロリストたちの前にヒーローが降臨する。そうなった時、渾沌が生まれる」

〝魔術師〟は笑った。

「すると管理は強まる。権威主義国家は我々に尻尾を振ってやって来る。管理を欲する者たちは我々に従う者たちだ。しかし、我々が求めるのは渾沌と自由。そこから生まれるエネルギーだ。そのエネルギーが生み出す途轍もない循環の中で我々は大きくなる。それは無限の大きさになる。そうやって無限の大きさにした世界を支配するんだ。そこで君は何をするか、何がしたいか……工藤君よく考えておきたまえ」

分かりましたと工藤は強く言った。

第六章　リモートハート

ヘイジの関西圏での、小規模事業者向け融資の実態調査は続いていた。

京都、奈良、和歌山と回り……今は三重にいた。まずは目に見えるものからと小売などの販売や流通、そして飲食、宿泊、旅行関係を重点的に見て回った。

低採算・高リスクの小規模事業者向け融資、その撤退をも検討する行脚だが……個別具体的な問題が多く、整理しようとしても分からなくなってしまう。

「やはりＡＩに判断させる方が良いのか……」

そんな風に気持ちが傾きかけるがそれでは負けだとヘイジは思う。

どこまでも人間主導のあり方で、小規模な融資を新たな成長に繋げることを考えたい。しかし、コロナに襲われた地方経済の無残な現状は悲観的な将来しか見せてくれない。

「観光地はどこもインバウンドの外国人消費狙いにシフトしていたから壊滅状態、従来型の小売業も顧客減少で百貨店や個人商店などは相変わらず厳しい。嘗て賑わいを見せていたアーケード街は殆どがシャッター街……。郊外型量販店だけが一人勝ちという構図はどこも変わらない」

そんな現状は目には見えないネット通販の拡大の裏面とも言える。

目に見える部分での消費や投資の減衰……。

少子高齢化が著しい日本の問題の深刻さが分かるのが地方都市……なんとかその悪い構造を変えることは出来ないのだろうかとヘイジは悩む。

「何をなにから、どこからどうやればいいのだろう？　嫌でも全体が沈んでいく中で何をどうすれば？　銀行だけでこの大きな地盤沈下を止められるのか？」

ヘイジは悩みながらも自分が見たものを一つずつ検証していこうと思った。

外国人観光客からの売り上げを狙った業態はこのままだとあと数ヵ月で潰れるのは必至だ。

地域産業が長期下降傾向を脱せない中、増える外国人観光客で儲けるのは当然だったが、コロナはそれを完全に打ち砕いた。そのインバウンドの回復は全く見えない。

「だけど……日本人客、地元客を大事に丁寧な商売をやって来たところは大丈夫だ」

そういう所ほどネットなどの新販路を使って逆に売り上げを伸ばしたりしている。

「やはり基本だ。地元の要求にしっかりと応えて満足を与えられる商品やサービスを提供すること……なんとかこれを広く大きく出来ないものだろうか。急がば回れなんだろうけど……」

ネット通販は確かにツールの一つで時代に合っているが、ヘイジはそれとは別に銀行が入って何かと結びつけて大きくすることは出来ないものかと考えた。

「だけど……痛しかゆし」

地元の良さは地元だから分かるものも多い。

長く続く飲食店や名産品などは、地元でしか受け入れられない独特のものが多い。

「地域密着の極大化、モノやサービスを通じて心の結びつきを強くすることが必要なんだろうな。そこに企業や産業の再生がある筈だ」

ヘイジは愚直に考え続けた。

そのヘイジの頭から離れないのが京都の宇治木染織だ。

ヘイジの同級生、高校時代の弦楽合奏部の頼れる部長、カーちゃんこと宇治木多恵の会社だ。

宇治木多恵はヘイジと会った後で自分の会社をファンドに売却する考えを伝えて来た。余命宣告された母親の最期の時間に寄り添うためと……告げて来たのだ。

ファンドへの売却は、宇治木染織を問題先としているＴＥＦＧにすれば渡りに船の話になる。売却資金で融資は回収出来る。

「だがそんなことを銀行が許したら銀行の存在意義はない。『我々は無能でした』と言ってるようなものだ」

ヘイジは強くそう思うのだが、会社売却を撤回させる提案が直ぐには考えられずにいた。

ただ、ファンド側もコロナ禍によって動きが止まっている様子だった。

ヘイジには不思議な予感と思いがあった。

宇治木染織をＴＥＦＧの業務改革のモデルケースに出来れば、大きく次に繋がるという予感だ。そこに宇治木多恵の存在がある。

「希望的観測かもしれないけど……カーちゃんは何かを持ってると思えて仕方がない」

ヘイジは京都寺町のジャズバーでの『大公』の演奏を思い出した。

第一楽章だけとはいえ、ベートーヴェンの難曲を即興で弾き終えることが出来た。良い音楽を創り上げられた喜びはまだ残っている。

「東京に戻る前にもう一度、カーちゃんに会おう」

ヘイジはプライベートのスマートフォンからＳＭＳで宇治木多恵に連絡を入れた。そうして明日のランチの約束を取った。

「だけど……手ぶらでカーちゃんと会う訳にいかない」

ヘイジはタブレット端末を出してメールをチェックした。

トレーニーとしてヘイジ付きになる新入行員十人へ課題としたケーススタディー『X染織の事業立て直し案』に、既に回答して来ている者がいないかをチェックしてみたのだ。

「さすがにまだいないか……」

そう思った時だった。

「？」

あるメールにヘイジは釘付けになった。

京都、二条城の近く……御池（おいけ）通りから少し入ったところにその瀟洒（しょうしゃ）な店はある。

老舗洋食店で京都の名立たる料理人やシェフたちも愛好する店だ。

その店の料理には「基本がある」と食べに来た者たちは皆思う。良い材料を基本に忠実に料理して出す。その素朴な味わいに食通や料理のプロたちが虜（とりこ）になるのだ。

ヘイジは店の前で宇治木多恵と待ち合わせていた。

顔を見るなり宇治木多恵は言った。

「ヘイジはちゃんとした店知ってるな。私もここは機会があると食べに来たなる店や」

ヘイジは笑った。

「そう言ってくれると嬉しいね。知る人ぞ知る店。大学の時の友人に連れて来て貰ってから

「……京都に来ると食べに来るようにしてるんだ」

宇治木多恵は相変わらずの無表情だ。

「京都のことは京都の人間よりも外の人間のほうがよう知ってるからな。まぁでもここは京都の奥座敷の一つやで」

それは京都人の褒め言葉だねとヘイジは言った。

店に入り二階のカウンター席に座りオードブル盛り合わせを先ず頼んだ。

「お昼だからノンアルビールでいいよね？」

宇治木多恵は頷いた。

そうしてマリネされたサーモンやラタトゥイユが出されて二人は乾杯した。

「見た目がビールやから、乾杯の時はおかしな感じはせんけど飲むと……な」

宇治木多恵はそう言ってからサーモンを食べると、嬉しそうな表情に変わった。

「やっぱりカーちゃんは食べ物には正直だね。本音が顔に出てるよ」

そうかと宇治木多恵はまた無表情に戻った。

ヘイジにはそんなやり取りが楽しい。

店はコロナで人が少ない。

「日本で最もインバウンドで賑わった京都がリセットされた感じだね。何だか何十年も前の京都にいるような気がする」

宇治木多恵は首を傾げた。

「京都を変えるんはいつの時代も京都の人間とちゃうからな。確かに静かになったのは事実やな。こんなふうに人がおらんで静かなんが京都らしいと外の人間は思うんやろ？」

ヘイジは少し違うと言った。

「静かだけど……やっぱり疫病の蔓延っていう嫌な空気を感じるよね。決して快適な静けさじゃない」

ふうんと宇治木多恵は小さく頷いた。

「まぁ……それも京都人やないからそう思うんやろ。京都はある意味なんでも受け入れる。どんなに新しい珍しいもんでも冷ややかに受け入れる。それが千年の都ちゅうことなんやろな」

ヘイジも頷いた。

「疫病退散の為に祇園祭が始まったんだったよね。今年はどうなるんだろ？」

宇治木多恵は無表情で「今年はないやろ」と呟いた。

「皮肉なもんだね。疫病が流行る時に疫病退散の祭りが出来ないなんて……」

宇治木多恵は面白くなさそうに黙っていた。

次に蟹コロッケが出された。

熱々を美味しく味わってからヘイジが笑顔を作った。

「友達っていいよね。この頃つくづくそう思うんだ。中学高校の時の友達との昔から変わらない付き合いって本当に良い」

宇治木多恵は何も言わない。

「友達って一番大事な人間関係だと思うんだ。どんなことがあっても全肯定出来る存在。それが友達だと思ってる」

コロッケを口にいれて宇治木多恵はゆっくり味わっている。

ヘイジは強い口調になって言った。

「僕はカーちゃんの会社の為に自分の持ってる全てを使う。全力でやる。だから……ファンドへの会社の売却をもう一度考え直して貰いたいんだ」

宇治木多恵は何も言わない。

ヘイジは微笑んでタブレット端末を取り出し宇治木多恵に見せた。

「……」

それをじっと宇治木多恵は見た。

その京都人の心が少し動いたのをヘイジは感じるのだった。

◇

一九九七年に生まれた吉岡優香が、就職先として東西帝都ＥＦＧ銀行を志望した理由は二つあった。

メガバンクが多くのビジネスに関する、膨大な量の情報を持っているということ。それにアクセス出来ることが一つ。そしてステップアップを考えてスキルを身につけた後に、転職し易いということがもう一つ。

「キャリアが一業種や一企業だけでは、井の中の蛙で終わることになる。狭いところではなく大きな海で泳ぎたい。ビジネスの大海の情報と上手く泳ぐスキルを得る最初の職場にメガバンクは最も都合が良い」

そう考える女性だった。

それには訳がある。

吉岡は父親が外交官だった為に、様々な国で育って来たからだ。米国で生まれて後、六歳から十歳まではドバイ、十六歳までロンドン、そしてそこからトルコへ赴任となった家族と別れて単身帰国、慶徳女子高校の帰国子女枠で編入し、寮生活を送りながら勉学に励み大学も慶徳に進んだ。

日本語、英語、アラビア語のトライリンガルで、子供の頃から日本人であることを強く意識して育った。

「日本人の心を知りたい。そして……強くなりたい」

そう考えて高校では剣道部に入った。

〝侍〟への憧れ……外国人から尊敬される〝優美と尊厳〟がそこにあると思ったからだ。

「それがないと生きていけない」

そう考えるようになったのは、十歳から十六歳までのロンドンが大きかった。階級社会を意識させられ、差別されることを通じて白人への強いコンプレックスを持たされたからだ。

「自分は有色人種……なんだ」

現地の学校生活での様々な場面で、嫌でもそれを思い知る対応を受ける。決して彼ら彼女らと心から交わることの出来ない疎外感……それは吉岡の心に滓のように残った。

英国で持たされたコンプレックス、まずはそれを払拭しようと剣道の部活に打ち込み『五輪書』を読んで〝侍の心〟を理解しようと努めた。そうして剣道は二段を有するまでになった。

だが吉岡は新たな疎外感に悩まされる。

それは海外で抱いた疎外感よりも深刻なものだった。慶徳女子高校の空気に馴染めないのだ。

「なんなの？　この気持ちの悪い同調意識は？」

海外では自己表現出来ないと馬鹿にされイジメにあう。しかし日本では自分を出すと、他人と違う意見を言うと、イジメにあう。

吉岡は優れたバランス感覚で〝同調〟を演じイジメられることはなかったが……疎外感は日に日に強まっていった。

「十六の時、家族と別れて日本に戻った日の衝撃……成田空港からリムジンバスで東京駅に着いて駅構内の通路を歩いた時の衝撃。あれは今も忘れることは出来ない」

それは周りを歩く人々が皆黒い髪で同じ肌の色という驚きだった。

「黒い髪の集団に囲まれている！」

日本に生まれ日本で生きている者には絶対に感じることのない〝異様〟な光景に、ある種の恐怖を感じたのだ。

目の前に多様性を感じない社会。

見た目が同じ集団の社会。

そしてそれが見た目だけではないことに、高校に通って分かった。

慶徳女子高のヒエラルキー、厳然と存在する同質への強要……そこへの反発から来る疎外感は、英国で感じたものとは全く違う途轍もなく強く嫌なものだった。

家族もおらず寮生活を送る吉岡には、二十四時間が〝疎外〟の時間となった。

しかし吉岡は合わせた。周囲と周到に合わせることで寮生活、高校生活を生き延びた。

「そう、私は生き延びた。あの環境は自分が生きる場所ではなく、脱出すべき場所、サバイバルゲームの中のようだった」

だがそれが日本での吉岡を鍛え、したたかにした。

「生きることはサバイバルだ。人生とは一人で生き抜くことだ」

そうして迎えた大学生活では、ようやく生きる喜びを得ることが出来た。少なくとも自由な空気と空間を感じられることが出来た。

吉岡にとっての自由は自分を出す、自分を表現することだ。

吉岡は法学部に進んだ。

「世界で生きる術は法を知ること。サバイバルゲーム最強のルールを知ることだ」

そう思ったからだ。

高校時代に、テレビの弁護士ドラマが好きになったことも大きかった。

国際法を学びながら、世界的な環境保護団体が主宰する学生サークルに入った。愛読書である『五輪書』の地・水・火・風・空……人を創る要素である自然、その実態がどうなっているかを知りたかったからだ。

そうして一年生の時にサークルで訪れた福島で衝撃を受ける。東日本大震災と原発事故が、人々や環境に何をもたらしたかを目の当たりにして強く思った。

「自分は無知だった……何も知らないでいた。この世界の本当の姿を何も見て来なかった。こんな自分では何かを表現することなど出来ない！」

そう思った吉岡は、夏休み毎にサークルの仲間たちと発展途上国を回った。

二年生の時はインドに一ヵ月、三年生ではベトナムとカンボジアに一ヵ月、それぞれの地で人々の生活と環境のあり方を見て回った。

ベトナム戦争中に、米軍が化学兵器として使用した枯葉剤の影響で四肢が不自由なまま生まれた人たちの現状を見た時、言葉を失った。

「半世紀前の影響が今も……」

何代にも亘って化学物質の影響は残る。人間が様々な形で環境を破壊し、その破壊が人間をさらに破壊することを知っていく。

そうして吉岡は、最も大事だと思えることを知った。

「環境破壊は天変地異や戦争などでも起きるが……最大の破壊者は経済、ビジネスだ。グローバリゼーションの名の下でのビジネス拡大、マネーが世界中を駆け巡ることで途轍もない環境破壊と人々の分断、貧富の格差をもたらしている！」

同じ途上国内の富裕層と貧困層の信じられない格差、経済面、健康面、安全面での格差。それを知って吉岡はそれまでの考えを変えた。

卒業後は学んで来た国際法と語学力を生かして国連で働こうと考えていたが……それでは本当の意味での環境や人権の保護は行えないと悟ったのだ。

「マネーを、途轍もない金額のマネーを動かすことが出来なければ、この世界を変えることは出来ない！　経済やビジネスの力を持たない限り、世界をより良い方向に変えることは出来ない。世界を破壊したのは経済だが、建て直すのも経済だ。経済の中枢でマネーを扱う存在、そこに入って世界のビジネスの情報を得る。そしてマネーを扱うスキルを磨き、真に環境や人間を守るビジネスを行っていく。格差を創り出すのもマネーなら貧困を救うのもマネーだ。良いマネー、悪いマネー、その違いは私にはまだ分からない。マネーの実態を知り経済や企業の実態を深く知れば、そこから環境や人間をより良くする手段を知ることは出来る筈だ！」

吉岡はサークルのネットワークを通じて世界中の環境や人権保護ＮＰＯ、国連組織に人脈を作り上げ、様々な情報や意見の交換を行うようになっていった。ネット技術はそれを当たり前のようにしてくれることが有難かった。

そうして吉岡は自分が将来行うことを明確に描き、それを実現することを自らのアイデンティティーとしていくことを決めた。

卒業後の就職先としてメガバンクを選び、東西帝都ＥＦＧ銀行に採用が決まった。

四月からは晴れて新入行員となる筈だった。

「エッ!?」

様々なものを世界中で見て来た吉岡にも予想出来なかったことが起こった。

それが新型コロナウイルスのパンデミックだ。

本来行われる筈の集合研修は中止となり、自宅待機を命じられた。

前例のない事態で、世界全部が止まったのだから仕方がないと思うしかなかった。

ようやく研修が始まることになった。

全てリモートによるものだ。

吉岡は学生時代から、様々な国の人々とリモートでのやり取りを行うことに慣れていたが、研修を実施する銀行側は初めてのことで慣れておらず、全てが中途半端で物足りない。

「日本を代表する企業でこんなものか……」

そう吉岡は思っていた。

しかし、リモートで役員訓示を行った常務の話には釘付けになった。

「この人は自分と同じだ!!」

そう思ったのだ。

その役員は言った。

「僕は皆さんのことを知りません。知らないのは当然だろうと思われるでしょうが、皆さんの世代、大学や大学院を出て就職した今の二十代の世代の人たちのことを何も知らないということです」

自分は何も知らないと心から正直に語る役員、常務の二瓶正平には信頼を置けると感じた。

「この人と働きたい!」

吉岡優香は強くそう思ったのだ。

◇

ヘイジは新入行員のトレーニー十人にダメ元で出したケーススタディー、『X染織の事業立て直し案』に回答が来ているかタブレット端末をチェックした。

一本のメールにファイルが添付されている。

名前は吉岡優香となっている。

ヘイジはその名を覚えていた。

──こんな人も銀行にいるのかと正直驚きました。ＴＥＦＧがステップアップの一段目という考えは変わりませんが、常務の言葉を聞いて良い一段目を選んだと、こんな人のいる組織を選んだことは間違いなかったと思いました──

ヘイジの訓示に対して送ってきたその吉岡のメールが印象的だったからだ。

それで吉岡をトレーニーに選んだ経緯がある。

そして今回は『Ｘ染織立て直し案』と題したファイルを誰よりも早く送ってきた。

ヘイジは特段期待せずにファイルを開いた。

指定したＡ４五枚の回答書に加えて、写真や映像ファイルが添付されている。

「なんなんだ？　これは一体……」

ヘイジはその内容を読んでいく裡に、ゾクゾクして来るのを感じた。

「コッ……これは!!」

読み終えると直ぐに吉岡優香の人事ファイルを開いた。

「そうか……吉岡さんはこういう能力とバックグラウンドを持っているから、これだけの回答が短期間で出来たのか……」

それにしても、とヘイジは感心した。

「新人などと侮れない。これはもう立派なビジネス上の回答になっている」

そうしてヘイジは直ぐに吉岡にメールを送った。

《常務の二瓶です。この度はケーススタディーへの回答ありがとうございました。本件、さらに詳しく聞きたいと思います。僕は現在出張中で関西にいます。今夜、宿泊先から電話をしたいですが、大丈夫でしょうか？》

だが吉岡からの返信にヘイジは驚く。

《常務に差し上げた回答案を、具体的に詰める作業を行っております。海外とのやり取りが多く既に先方とアポを入れておりますので、明日以降で常務のご都合の良い時間帯でお願い出来ないでしょうか？》

ヘイジは既に完全な仕事モードでフル回転している吉岡に感心し、明日の朝八時に電話を入れる旨を告げた。

そうしてヘイジはもう一度吉岡からの回答書を読んで思った。

「これは使える！　宇治木染織の立て直し。この線で行けるぞッ！」

京都、二条城の近くの瀟洒な洋食レストランで、ヘイジは宇治木多恵とランチを取りながら話していた。

ヘイジがタブレット端末で見せた写真に宇治木多恵は関心を寄せた。

そこにはエキゾチックで煌びやかな衣装が映っていた。

「これはアラビア半島の女性の民族衣装のアバヤ、その高級なものだそうだ。アラビア半島で一般的に女性が外へ出る時は黒一色のアバヤだが、富裕層はこういう色彩豊かでデザインも優れた豪華なものでおしゃれを楽しむんだそうだ。アラビア半島の裕福な国ではかなりの需要が見込める。どう？　西陣織や京友禅で作れるかい？　製品化出来たら大きいと思うんだけど？」

宇治木多恵はタブレットを手に取り、写真を指で引き伸ばして詳細まで確認しながら見て言った。

「やれると思うわ。色やデザインは幾らでも要望に応じられるしな……」

いつもながらの無表情でそう言う宇治木多恵の顔が、内側から輝いているのをヘイジは感じ取った。

そして続けた。

「アラビア半島での商売は非常に難しい。関係性がものを言う国ばかりだから……良いものだから商売になるというものでもない」

宇治木多恵は頷いた。

「結局はコネということやな。一見さんお断りの京都と一緒ということか？」

ヘイジは笑った。

「まぁ、そういうことだけど……」

そこからがヘイジの今回の収穫の披露になった。

「当行行員にアラビア半島に深いコネを持つ者がいる。その人物を介してビジネスに繋げられる可能性がある。その人物を宇治木染織に紹介したいけど、どう？」

宇治木多恵はまぁええんちゃうと無表情で言った。

「カーちゃんらしい言い方だね。それでその人物を紹介するに当たって条件があるんだ」

難しい話は嫌やでと宇治木多恵は言った。

ヘイジは苦笑しながら言った。

「実は今、世界のビジネスでは環境や人権が大きな問題になっている。例えば何かモノを輸入したい時、製造する会社が環境破壊をしていないか、強制労働や児童労働を行っていないかなど、そういうチェックが厳格に行われるようになってきているんだ。我々銀行も、関連ビジネス向け融資などがチェックに引っかかれば融資出来なくなって来ている」

宇治木多恵は訊ねた。

「それとこれ、どういう関係があるんよ?」

ヘイジはそこだと言った。

「実は当行が駐在員事務所を置いているテヘランで、ビジネスになりそうな輸出代理店がある。そこは欧米に高級絨毯を輸出している。だけど製造業者が長時間労働、強制労働で人権団体から指摘を受けているんだ。それで……これを見て欲しいんだ」

そう言ってヘイジは動画を映し出した。

そこには高級絨毯を織る女性たちの姿が映し出されている。

「カーちゃんに訊きたいんだけど、この手織り機を自動化して品質も変えないように改良出来ると思うかい?」

宇治木多恵はじっと映像を見詰めた。

「パッと見の直感では出来るとは思う……。うちも織りの作業を一部自動化した織機を試作して、特許を取ってる」

ヘイジはそのことはメインバンクとして知っていると言った。

「あと、これを見て欲しい」

そう言ってヘイジは別の映像を見せた。

「……」

見ながら宇治木多恵はなんともいえない顔つきになった。

そこにはインドで織物を織る子供たちの姿があった。

「インドやパキスタンでは、こういった織物業での児童労働が凄く多い。大手輸出企業の下請けで規制の目が届きにくいところで行われ、社会的に深刻な問題になっている。国際人権団体も改善を要請してるんだが、なかなか解消には向かわない。TEFGには国際的な銀行として人権問題解消のリーダーシップを発揮する目的で地元産業に融資を行う見返りに、児童労働を止めさせ、子供たちに教育を受けさせるよう指導するプロジェクトを立ち上げる計画がある。そして教育を受けた子供たちが、大人になって地場の織物産業に就けるように技術研修も行う国際貢献プロジェクトなんだ。そこに宇治木染織の技術や技術者の支援が欲しい。そうやって色んな形でTEFGは御社と新たな未来でパートナーとなりたいんだ」

ヘイジのその言葉に宇治木多恵は黙った。

無表情だが葛藤していることは分かる。

カーちゃんは言った。

「ファンドが提示してる買収金額で借金が返せて、従業員に退職金が出せて、お母ちゃんの最期の面倒を看られる。そやけどホンマにそれでエエんか……と、ずっと迷ってたんは事実や。けど、ヘイジが言うようにやるには新たな設備資金がいるで？」

ヘイジは頷いた。

「我々が用立てる。国際貢献に関わる融資には特別枠が適用されるから大丈夫だ。それと人間も派遣する。アラビア半島への売り込みには最適の人間で一年間、カーちゃんの下で働かせてやって欲しい。インドやパキスタンへの指導の際にも役立つ人材だ。どうだろう？　これでファンドへの会社の売却は考え直して貰えるかな？」

宇治木多恵は頷いた。

「ヘイジには昔からなんや知らんけど押し切られるな。いつの間にかあんたのペースになってる。したたかな京都人の筈が、あんたにはなんか知らんけど丸め込まれる。それは昔から変わらんな」

丸め込まれるはひどいなぁとヘイジは笑って言った。

「高校の時の『大公』もこの前の『大公』もヘイジのヴァイオリンのお陰やった。最初は私がリードしてるつもりやったけど……途中からは完全にあんたの流れになってた。それで見事にベートーヴェンの音楽になった」

ヘイジはありがとうと言った。

「ここからまだコロナで大変だ。御社の中長期の成長を担うプロジェクトと並行して、目先の資金援助の部分もきちんと面倒を見るから安心して欲しい」

宇治木多恵はおおきにと頭を下げた。

そしてヘイジを見詰めて言った。

「あんたはホンマに誠実やな。そういう生の誠実さみたいなんは京都人は馬鹿にするんやけど……あんたのはエエわ」

ヘイジは微笑んだ。

「カーちゃんは凄いよ。京都人の本当の強さをいつも持ってる」

宇治木多恵は無表情のまま「そうか」と言った。

ヘイジは新幹線で東京駅に着いた。

「完全な無人駅……」

プラットフォームに出ると誰もいない。

そのまま丸の内口から出て大手町の東西帝都ＥＦＧ銀行本店まで歩いた。

人だけでなく走るクルマも殆どない。

ふとずっと前に見た写真集を思い出した。

TOKYO NOBODY

東京の繁華街を写したものだが、人は誰も写っていない一瞬をとらえた写真ばかりなのだ。

「あの世界に自分がいる……」

ヘイジはふとパラレルワールドに迷い込んでいるのではないかという錯覚に陥った。

それほど現実感がない。

緊急事態宣言前に回った関西も同じ状況だが、東京に人がいないことには特別な、そして途轍もなく奇妙で奇怪な気味の悪いものを感じる。

人のいない駅前広場を抜け丸の内仲通りを通ってヘイジは銀行に着いた。

銀行は開いているが、ソーシャルディスタンスを取っての来店客は少ない。

窓口業務以外は出来る限りリモート、対面業務も3シフト体制での出勤で行内の人影もまばらだ。

ヘイジが役員フロアーの自分の部屋に入るとマスクとフェイスガードをした秘書がやって来た。

「お疲れ様でございました。関西は如何でございましたか？」

ヘイジは全国どこも大変だよと応じた。

「研修中の新入行員、吉岡さんが既に第一役員応接室で待機しておりますが？」

ヘイジは直ぐに向かうと言って、お土産の京都のお菓子を渡してからタブレット端末を持って応接室に向かった。

役員応接室は対面距離が五メートル近くあるために、話し合いにはそのままソーシャルディスタンスが取れて都合が良い。そう思って秘書に新幹線から伝えておいたが、吉岡との対面は楽しみだった。

ヘイジが応接室に入ると吉岡はサッと立ち上がった。黒のスーツにショートカットの髪、マスク姿で表情は判然としないが理知的な目をしているのが分かった。

「二瓶です。来てくれてありがとう」

ヘイジは丁寧に挨拶した。

「吉岡優香です。常務のお招き嬉しく存じます」

新人らしからぬそつのない受け答えに、ヘイジは改めて吉岡に感心した。

椅子に座るように促してから訊ねた。

「研修はまだ全てリモートなの？」

吉岡は、はいと頷いた。

「コロナで全てリモートになりまして……こうして本店に参りましたのは就活の最終面接の時以来です」

　そしてヘイジは宇治木染織の件ではありがとうと頭を下げた。

「実は、君の助けがなかったら宇治木染織はファンドに身売りするところだった」

　吉岡はほぼ徹夜で、アラビア半島のネットワークを使って様々な情報を纏めヘイジに送っていた。ヘイジが特に有難かったのは、アラビア半島の富裕層へのアクセスルートを吉岡が提示してくれたことだ。その点を言うと吉岡は笑った。

「バーレーン時代の学友の人脈を使いました。社会面では男尊女卑の地域ですから、男性の友人たちに頼んで色んなルートを教えて貰いました。常務に改めて申しておきますが、外交官である父には一切、この件は話をしておりません。当行と外務省との関係もあると思いますので、そこはタッチしないようにしております」

　見事に神経を使っているなとヘイジは思った。

「でも君が富裕層へのアクセスと同時に労働環境問題への対応、そしてそれらに関しての様々な法令や政府支援のあり方までちゃんと調べ上げてくれたのには驚いたよ」

　吉岡は笑った。

「ネットでググれば簡単です」

　ヘイジは拍子抜けする思いがした。

「兎に角、宇治木染織への働きかけが上手く行けば当行の新しいビジネスモデルになる。必ず成功させたい案件だ。宜しく頼む」

ヘイジは昨日、宇治木多恵とランチで会う前にした吉岡との電話でのやり取りを思い出した。

「吉岡さん、常務の二瓶です。今回はケーススタディーへの回答ありがとう」

「二瓶常務、初めてお話し出来て光栄です。常務の訓示に非常に感銘を受けまして是非とも常務の下で働きたいと思っておりました」

「コロナは色んなものを変えてしまった。その中で良い方向に変わったものとして今回の新入行員への研修、役員付きトレーニー、ある意味突飛なものだけれど今回の吉岡さんのケーススタディーへの回答で良い方向にいけると確信した。X染織は実際に存在する会社で京都にある宇治木染織という。そしてファンドへの身売りを考えているところだ。当行の従来の基準では問題取引先に分類されていて……ファンドが買収してくれれば当行は無傷で融資を回収出来て万々歳なんだが……私はそれをやりたくない。絶対にやりたくないんだ」

「常務のお気持ちは分かります。我々新人に向けて話された時、この人は本当に誠実な人だと思いました。単に、ビジネスで割り切るのではない何かを持ってお仕事をされてきている。だからきっと、絶滅危惧種でありながら常務になられたのだと思ったんです。あ、失礼な物言いを致しました。お許し下さい」

「いいんだよ。人事ファイルを見て君が三ヵ国語を話し、環境問題や人権問題に関心を持ってメガバンクに就職したこと、これに僕は心から敬意を表する。本当に素晴らしいし、僕ら役員はこういう気持ちで入行して来た人たちに、ちゃんと酬いる仕事をしなくてはならないと思っている」

「それが宇治木染織でまず実現するということですね」

「その通りだ。君の提案内容は理想と現実が見事にマッチしている。これで今から宇治木染織の社長に話を持って行こうと思っているんだ。君が纏めてくれたアラビア半島のビジネスネットワークの実現可能性は高いと思っていいんだね？」

「大丈夫です。ただ常務、それには条件がありますし、おそらくそうしないとこのプロジェクトは上手くいかないと思います」

「何かな？」

そこからの話にヘイジは驚いたのだ。

吉岡は、自分を宇治木染織に一年間常駐させて欲しいと言って来たのだ。

いきなり新人を取引先に出向させるなど前代未聞だ。

吉岡は強く言う。

「実際に宇治木染織の技術をこの目で見て、場合によってはこの手で習得してみたいんです。それでアラビア半島のネットワークには私が直接連絡をつけます。それによって先方の信頼を得てＴＥＦＧがインターフェースを持つビジネス展開が確実になると思うんです」

ヘイジは感心した。

「分かった。人事担当役員に僕が交渉してみる。新人をトレーニーにつけることにしたんだから強く押せば大丈夫だと思う」

吉岡はさらに言った。

「インド、パキスタンでのモラル改善に向けたプロジェクト……これも確実にやって頂けるんですね？」

「それは約束する。だが、どれも本当に結果が出るかどうか分からないものばかりだ。おまけに今はこのコロナだ。暫くは話だけで前には進まないと思う。それは承知しておいてくれよ」

「分かりました」

役員応接室で実際に会って、改めてヘイジは吉岡という存在をありがたいと思った。そして新たな銀行ビジネスは、こうやって出来てくるのではないかと期待を大きくした。

過去の成功体験やノウハウだけでは地盤沈下は避けられない。しかし全く未知の若者たちが持っているネットワークやコミュニケーションを武器に、銀行という器を使って自分たちの夢を実現する。それこそが新しいビジネスモデルの一つだと思うのだった。

「その実現には小規模事業者の方が可能性がある。手触りや匂いが分かるような仕事、そこから広がりを見つけることが出来る筈だ」

そして、吉岡は吉岡で考えていた。

「この二瓶常務、本当に正直で真っ直ぐにやろうとする人だ。こういう人がいる組織だから、自分はやりたいことを正直に言うことが出来た。まさか初めから自分が思い描く理想の仕事に関われるとは思わなかった。きっと二瓶常務はそれを成功させてくれる」

吉岡と別れてからヘイジは、ＴＥＦＧの小規模事業者向け融資の戦略的見直しに関してのレポートを書き始めた。

そこに宇治木染織のことを記すことが出来るのが嬉しかった。

「やっぱりカーちゃんは何か持ってる。カーちゃんが吉岡さんを引き当てたんだな」

そうしてヘイジはその夜、家に戻った。

「正平さん、お帰りなさい」

ヘイジは驚いた。義母が玄関に迎えに出たからだ。

（まさか!?　舞衣子が!?）

舞衣子の病気の再発を想像し息を呑んだ。

だがその舞衣子が直ぐに笑顔で現れた。

「平ちゃん、お帰り。実は――」

「!?」

ヘイジは我知らず大きな声を出していた。

◇

ヘイジは出張から戻った翌日も銀行に出た。

頭取の岩倉と専務の高塔との定例ミーティングを行うためだ。

ＴＥＦＧはコロナ禍で、窓口以外は役員であっても原則リモートで業務を行うことになっているが、融資業務の抜本的改革を行おうとしている三人は毎週一回、必ず対面での話し合いを持つことになっていた。

ヘイジは関西を回っての報告を行った。

「旧大栄銀行、そして旧名京銀行の融資先が集中する関西の小規模事業者は関西経済圏の長期停滞という構造的問題を抱えながら、コロナで資金繰りの危機を迎える状況になっています。日銀オペを活用しての救済融資は当然ですが、コロナがもたらした需要の消滅が中長期に亘れば壊滅的になる業種も多々あります。例えば……」

ヘイジは、インバウンド需要を売り上げの大半としている取引先の惨状を説明していった。

高塔がヘイジの説明の後で付け加えた。

「海外からの観光客が皆無となり東京オリンピックも延期……関東圏の観光、旅行、宿泊といったインバウンド需要産業も壊滅的な状況です。過去数年の間に巨額の設備投資を行ったところも多い。返済猶予も含めて、ここから少なくとも一年は融資先への対応は非常事態と考えなくてはならないですね」

頭取の岩倉はそれを聞いて頷いた。

「短期の未曽有の危機への対応と中長期の構造的な問題は明確に整理した形で、取引先との関係は考えていこう。だが改めて言っておくが抜本的な融資の構造改革は絶対に行う。コロナ危機は危機として、これで構造的問題も炙り出される取引先も多い。そこをきちんと捉えることを全融資担当者に徹底させよう」

高塔は了解しましたと言った。

「二瓶君の報告にあるように短期的にはインバウンド需要への過剰な傾斜、この修正がどんな形となるか、だね。ヒト、モノ、カネのうち、ヒトの動きが完全に止まった。そのヒトが今後どうなっていくか……可能性別のシナリオを作りながら当行としての対応を考えなくてはならない。場合によっては他行が手を引いた先を火中の栗を拾うことで、後々の大きな収益源となることも考えられる。そこの見極めをしっかりとやらなくてはならないが……AI『霊峰』にはこのようなシミュレーションが出来るのかね？」

訊ねられた高塔は開発担当とその摺り合わせをしているところだと答え、ヘイジはさすがだなと思った。

岩倉は頷いて言った。

「ピンチはチャンスなどと軽々しくは言いたくない。大恐慌以来となる数の失業者が世界中に発生している状況だ。我々自身の生き残りさえ懸かっている。頭が痛いのは帝都グループの状況だ。構造的問題を抱えていた帝都自動車がこのままでは危ない。緊急融資には応じるが……中長期の観点から巨額の不良債権になりかねない。関係を解消することも視野に入れなくてはならないと思っている」

ヘイジは驚いた。

帝都自動車は帝都グループの象徴的な存在だ。メインバンクとしてＴＥＦＧの融資は一兆円を超えている。

そこで高塔が言った。

「まだ公表されていませんが、新政権は政策の目玉として環境問題を前面に打ち出し……二〇五〇年までの温室効果ガス排出ゼロ、ゼロエミッションを目指し、二〇三〇年以降は電気自動車（ＥＶ）以外の新車販売を認めない方針のようです」

噂として流れてはいたが本当なのかと、ヘイジは真剣な表情でその高塔を見た。

「帝都自動車はＥＶで他社に比べ完全に出遅れています。その意味で新政権は帝都自動車を見捨てる可能性があります。自動車メーカーの数が多すぎると首相はかねてから言及していますから……」

それはヘイジも承知している。

岩倉が言った。

「帝都自動車に対し本件で問い合わせを行ったところ……現在、政府への情報確認を行うと共に対処を緊急協議中と回答があった。当行調査部の分析では帝都自動車が二〇三〇年に完全にＥＶに移行させるとなると大規模リストラは必至ということだ。帝都自動車の城下町である神奈川県Ｚ市、帝都自動車本体、部品会社、関連会社、下請けまで含めると就業人口十万人のうち六万が失業する」

ヘイジは驚いた。

「そんなに……」

岩倉の話に高塔が続いた。

「失業の殆どがエンジンやコンプレッサー、内燃機関関連とその周辺です。それがEV、電気自動車になってモーターにとって代わられると全て必要なくなります。エンジン回りに強みを持ち燃費の良さを売り物にして来た帝都自動車の戦略が完全に裏目に出たということです」

そこから岩倉が言った。

「帝都グループに対しての融資戦略見直しの最中に起きたコロナだ。グループの中で最初にメスを入れようと思っていた帝都自動車には、コロナと環境規制というダブルパンチ。我々の抜本的営業戦略改革は、ソフトランディングでやろうとしていたのがこれで御破算だ。だからといって今直ぐハードランディングは出来ない。しかし、帝都グループの問題企業を今のまま生き残らせると五年先には問題債権の山になってしまいTEFGは潰れる。非常に難しい状況に陥っている。だがこれは、この国の全ての銀行にも言えることだがな」

その岩倉の言葉はヘイジにはよく理解出来た。

「今回コロナ禍の中、関西を見て来ましたが、頭取が仰られた通りの状況になっています。

この国には、ITやネットを含めた新しい産業で成長を望めるようなところは本当に少ない。利益を出している企業の大半はインフラ関連で、政府や地方自治体の予算絡みの需要で食べているところが多く、消費関連産業は皆少子高齢化のあおりを受けて縮小均衡の状態です。銀行はそういうところをカネで支えているだけで、本当の意味での成長にはカネを使って来なかったということです」

そのヘイジに岩倉も高塔も頷いた。

「本当に厳しい状況だ。その中で、我々自身が生き残りを懸けての抜本的な営業戦略の見直しになる。だが正直、全てが沈んでいく時にこれは本当にきついな」

岩倉の本音はその通りだなとヘイジは思った。

だがその時、ヘイジは笑顔を作った。

「ですが頭取、以前仰られたようにこのコロナを奇貨と捉えて、真に我々銀行がここから進むべき道を見つけるということ。それを我々は考えるべきなのではないでしょうか。徹底的に前を向く。前を向き成長を考えた上でのリストラの遂行なら、痛みも未来があると思えば耐えられます。そして銀行には我々が思いもしなかった強みがまだまだあります。それを僕は今回の関西への出張で見つけました。これがものになるかならないか……未知数ですが銀行というものがヒト、モノ、カネの要として存在出来る場所はまだまだ大きく広がっていると思います」

そのヘイジの言葉に岩倉も高塔もハッとなった。

「私はこの銀行の最底辺から全てを見て来ました。そこには恨み妬(ねた)みもありました。しかし自分が腐らずにやってこられたのは銀行の可能性、経済そのものであるヒト、モノ、カネの要にいつでもなれる可能性、それがあったからです。カネには情報がついて来る。カネには人がついて来る。悪い意味ではなく良い意味でカネは社会を豊かにし、人を幸福に出来ます。その要としての銀行には可能性が残されています。バブル崩壊以降、日本の停滞の原因の大部分を我々銀行が占めていることを否定はしません。しかし、逆もまた真なり。コロナで世界経済が未曽有の状況の今こそ、銀行が逆転の要になれるのではないでしょうか」

岩倉は頷いた。

「二瓶君、君の言葉で励まされた。僕も高塔君もここからのあまりの険しい道に怯んでしまっていた。初志(しょし)貫徹(かんてつ)で行こう。その為には押すところと引くところを間違えずにいないといけない。我々経営陣にはそこが一番求められるところだ」

それに高塔が加えた。

「我々の未来、そこにＡＩは不可欠です。しかし、それをどこまで人間の幸福に使うかが大事なことですね。ＴＥＦＧは生き残りを図らなくてはならない。しかし、生き残った先の世界がディストピアでは何にもならない。ＴＥＦＧは人間の未来をコロナの後で創った。そういうふうに言われるようにしたいですね」

岩倉もヘイジも大きく頷いた。

ヘイジはミーティングの後で自分の部屋に戻った。

机を前に坐った時、ふとこのコロナが闇の組織によってもたらされたことを思い出し、晴れた気持ちが曇るように思えた。

だが今のヘイジはこれまで以上に前向きだった。

「僕に子供が出来る」

舞衣子が妊娠したのだ。

それを昨日戻った時に聞かされたヘイジは狂喜乱舞した。

舞衣子は四十を超えての初産(ういざん)となる。

「でも大丈夫だ。そう、大丈夫だから大丈夫だ」

禅問答を思わず口にしてヘイジは笑った。

机の上の舞衣子の写真も笑っている。

第七章　史上最大のハッキング

金融庁総合政策局検査監理官は、長官の工藤進から長官室に呼ばれた。

ずっとリモートワークであったが「極秘案件だ」との工藤の言葉で登庁したのだ。

工藤は言った。

「国際審議官が米ニューヨーク州金融監督局（ＤＦＳ）とＦＢＩの連名で極秘情報を受け取った」

それは一部主要銀行のシステムがハッキングを受け、顧客の預金情報が全て奪われた形跡が見つかったというものだ。

監理官は驚いた。

「幸い口座にまだ不正侵入は行われておらず、全米銀には速やかに当局が極秘のシステム検査に入る。当然だが同様の検査を日本のメガバンクでも行う。その為の検査チームを米国から呼び戻す。昨年から米国でハッキング対策研修を行わせていた精鋭十名だ。ＰＣＲ検査は既に済ませていて今週の特別便で米国から戻る」

監理官はそのチームのことは知らない。

「当庁が昨年、中途採用したシステムのプロフェッショナルたち……頼りになる存在だ」

そうして工藤は監理官にメガバンクへの検査を実施するよう指示した。

「内容が内容だ。公になると世界中がパニックになりコロナどころではなくなる。それ故全て極秘で行う。その旨を踏まえてメガバンクに対応してくれ」


緊急事態宣言が発出されて一ヵ月が過ぎ、感染者の拡大に歯止めが掛かったように見えた五月の初め、メガバンクの各頭取は金融庁総合政策局検査監理官から機密情報を伝えるといわれ直接一人ずつ電話を受けた。

「これから申し上げることは政府のごく限られた人間、そして当庁では長官と私しか知らない情報になります。御行では頭取限りでお願い致します」

東西帝都ＥＦＧ銀行の頭取、岩倉は一体何ごとかと思った。

監理官は言った。

「本情報と本件に関連して御行で実施します検査に関して、メール等デジタル情報には一切残さないよう強くお願いします」

随分大仰な話だなと岩倉は思ったが〝検査〟という言葉に緊張した。

「まず申し上げます。米国主要銀行の一部で、ハッキングにより顧客データが全て奪われた形跡が見つかりました。顧客名、口座番号、残高、暗証番号の全てです」

エッと岩倉は声をあげた。

「コロナ禍の米国において、銀行業務がリモートワークに移行したことによるシステムの脆弱性を突かれてのことです」

ＴＥＦＧでも業務のリモート化をかなり進めたことから、岩倉は嫌な汗を流した。

「幸いまだどの銀行でも口座への不正侵入は行われていないということです。米国金融当局はことの重大性に鑑み、情報は一切伏せたまま全銀行に対してシステム検査を実施、脆弱性が見つかった銀行に対しワクチンプログラムを配布したということです。つきましては……」

日本でも同様の検査を極秘裏に全メガバンクで行うという。

「当庁の特別検査チームを御行に派遣しメインシステムの検査を実施します。極秘の実施は情報管理の徹底のためです。本情報が公になればコロナ禍の中、社会的大混乱を招きかねません。事の重大性はお分かり頂けると思います」

岩倉はまさにその通りだと思った。

「先ほど申し上げた通り、本件に関する指示はデジタル化されない形で行います。すべて私から直接、頭取に口頭で指示させて頂きます。御行でも一切メールやデジタル情報を残さないようお願いします。御行のシステム担当役員に『金融庁による極秘の抜き打ち検査』とお伝え頂き、当庁による速やかな検査実施にご協力頂きたいと思います。検査は今から三十一時間後、明後日の金曜日午前零時に全メガバンクで一斉に行います」

岩倉は万事了解致しましたと電話を切った。

暫く考えてからシステム担当専務に電話を掛け〝極秘検査〟の実施を伝えた。

「マスターファイルを収納するメインフレームにアクセスする検査、ということですか？本当に宜しいのですね？」

岩倉は担当専務の言葉に一瞬なんとも嫌な感じを持ったが、「金融庁総合政策局検査監理官からの直々のお達しだ」として検査への全面協力を命じた。

電話を切った後も岩倉は自分が感じた得体の知れない嫌なものを拭えずにいた。

そして暫く考えた後、一人の信頼出来る男に電話を掛けることにした。

「岩倉だ。相談したいことがあるんだ」

そうしてその男が来るのを待った。

木曜日の夜十一時三十分、東西帝都ＥＦＧ銀行の行員通用口の前にダークスーツ姿の二人の男が現れインターフォンを押した。

「はい」

警備員が応対に出た。

「馬喰町（ばくろちょう）支店の山田と田中です」

「少々お待ち下さい」

入口が開くとそこに二人の行員が待っていた。

システムの担当部長と課長だった。

「お待ちしておりました。どうぞこちらへ」

馬喰町支店の山田、田中は事前に伝えられた符丁で、二人は金融庁から派遣された極秘の検査官だった。

通常の検査であれば、検査通知書や身分証明書の提示があるが極秘の為に行われない。

そうして検査官は十階にあるコンピューターフロアーに入った。

検査官はラップトップパソコンを二台取り出し、大型のＵＳＢメモリーをシステム部長に手渡すと言った。

「こちらを、メインフレームのプログラムチェック用のＵＳＢポートに差し込んで頂けますか？　システムの内部チェックはそれで飛ばして我々のＰＣで受けて行いますので……」

システム部長はそれを課長に手渡した。

「時間的にはどのくらい掛かりますか？」

課長が検査官に訊ねた。

「問題なければ約二十分で完了します」

課長は頷いてＵＳＢをメインフレームに差し込んだ。

「？」

数分後、パソコン画面を見ていた検査官が表情を変えた。

「おかしいですね。ちゃんと入ってこない」

すると課長の隣にいた主任が声をあげた。

「すんませ～ん。システムチェックのセットアップがちゃんと済んでなかったようですわ。申し訳おませんけどぉ、五分ほど待って貰えますかぁ？」

癖の強い関西弁の主任はそう言って、自分の持っているＰＣをメインフレームと繋いで操作した。

検査官は面白くなさそうな顔つきで主任の作業を見ていた。

「あ、これでもう大丈夫やと思いますわ。課長、そしたらもういっぺん金融庁さんのＵＳＢ

を差し込んで貰えますか？」

課長は言われた通りにした。

検査官はパソコンの画面を見て頷いた。

「ありがとうございます。ちゃんと検査ソフトが走っています」

部長と課長はほっとした顔つきになった。

しかし主任は、真剣な表情で検査官たちの作業を見つめていた。

そうして二十分が経過した。

「ありがとうございます。チェックした結果、何の問題もありませんでした。検査へのご協力に感謝申し上げます」

そうして二人はパソコンを鞄に仕舞いＵＳＢメモリーを回収すると帰っていった。

その夜、全てのメガバンクで同様に検査が実施され、どの銀行でも問題がないことが判明し関係者は胸をなでおろした。

五月二十五日、七週間ぶりに新型コロナウイルス感染拡大に伴う緊急事態宣言が解除された。

首相は記者会見を終えてほっとした表情を浮かべた。

「なんとか抑え込んだということですね？」

首相は隣の感染症対策の専門家に訊ねた。

「国民が接触を普段の八割減らすというメッセージに応えてくれたのが、大きかったと思います。呼吸器系の感染症の特徴として、暖かくなれば感染力は落ちるとされていますから、当面は深刻な事態は避けられたと言えるでしょう」

専門家の言葉に首相は満足げな表情を見せて頷いた。

「しかし油断はなりません。この新型コロナウイルスは極めて巧妙に潜伏します。それを考えると今年の冬が恐らく勝負になります。ワクチンはまだ間に合いませんし今度はウイルスが潜伏したまま丸々冬を迎えます。それを考えると……今から最悪の事態を想定して検査体制、医療体制の拡充をお願いします」

首相は余裕のある表情を浮かべながら分かりましたと言った。

その時だった。

「総理、官房長官が至急お話ししたいとのことです」

そう連絡が入って首相は官邸の執務室に向かった。

「？」

そこには官房長官と警視庁公安部長が、尋常でない表情で立っていた。

「何かね？　公安がどうして？」

そこからの話で……首相はざっと血の気が引いていくのを感じるのだった。

◇

警視庁公安部長はその日、コロナ対策の一環としてリモートワークを自宅パソコンで行っていた。

「ようやく明日か……」

緊急事態宣言の解除の情報でほっとした時だった。

「？」

プライベート用のスマートフォンに非通知先から電話が入って来た。

公安部長は仕事柄、どんな電話にも出ることにしている。

「もしもし」

「今カラ言ウコトヲ、ヨク聞ケ」

それは合成音声だった。

「オ前ガ敷島近衛銀行霞が関支店ニ持ッテイル普通預金、口座番号２８８４６７９ノ残高ヲ見テミロ」

公安部長は驚いた。

「何だ!?　銀行の自動音声通知か？　失礼な物言いだな」

口座番号が正しい為にそう思い公安部長はネットバンキングで残高を確認した。

「？」

残高が一千万円以上ある。

「おかしい？　決済口座で十万程度しか置いていない筈だが？」

合成音声が言った。

「次ニ同ジ敷島近衛銀行霞が関支店ニアル、オ前ノ定期預金ノ残高ヲ見テミロ」

公安部長は言われた通りチェックした。

「!?」

――本口座は解約されております――

「なんだ？　解約などしていないぞ！」

すると合成音声が信じられないことを言った。

「私ガ解約シ普通預金へ振替エタ。私ハ、オ前ノ全テノ銀行口座ヲ乗ッ取ッタ」

公安部長は一体何が起こっているのか分からない。

「どういうことだ？　これは銀行からの音声通知ではないのか？」

合成音声が笑った。

「何度モ言ワセルナ。私ハオ前ノ銀行口座ヲ乗ッ取ッテ自由ニ動カスコトガ出来ル。今カラ証拠ヲ見セテヤル。普通預金ノ残高ヲ、モウ一度見テミロ」

訳が分からないまま公安部長は再び普通預金の残高をチェックした。

「なにッ!?」

残高が半額の五百万円になっている。

「……」

そして少し経ってまた合成音声は言った。

「モウ一度、残高ヲ、チェックシテミロ」

公安部長は震える手でキーボードをクリックした。

「!?」

残高が……ゼロ。

唖然とする公安部長に合成音声が畳みかけるように言った。

「次ニ、オ前ガやまと銀行吉祥寺支店ニ持ッテイル定期預金ノ残高ヲ調ベテミロ」

こちらはネットバンキングにしていない為に、公安部長は支店に電話をして残高照会を行った。五百万円ある筈だ。

「!?」

——本口座は解約されております——

その回答に公安部長は冷たい汗が流れるのを感じた。

「状況ガ分カッタカ？」

合成音声が冷たくそう訊ねた。

「お前は何者だ？　誰に対してこんなことをしているのか分かっているのか!!」

怒気を孕んで言う公安部長に、合成音声はさらに信じられないことを言った。

「オ前ニハ首相官邸ニ伝エテ貰ワナクテハナラナイコトガアル。私ハ全テノメガバンクノ預金口座ヲ自由ニ動カスコトガ出来ル。マズオ前ニソレヲ知ッテ貰ッタマデダ。金ヲ返シテ欲シケレバ要求通リニシロ」

公安部長は悪い夢を見ていると思った。

首相は官房長官と公安部長から話を聞いていた。

首相は官房長官の説明に驚愕した。

「犯人は衆参両院の全国会議員、各省庁事務次官、その家族、関連企業、政治資金団体がメガバンクに持つ銀行預金、その半分を奪ったと言ったそうです。私と家族の銀行口座を確認しましたが確かに半分……消えています」

首相は直ぐに秘書に電話を入れ確認させた。

「本当かッ⁉」

自分に関連する銀行口座もやられている。だが、そこであることが分かった。

「敷島近衛銀行とやまと銀行の口座は半額になっているが……東西帝都ＥＦＧ銀行は無事だ。君たちもそうか？」

官房長官と公安部長は頷いた。

「ＴＥＦＧの口座は誰も被害を受けていません」

しかし、大変な事態だ。

「金融担当大臣と金融庁長官を直ぐに呼んでくれ。あとメガバンクの頭取もだ！」

官房長官が了解致しましたと答えてから言った。

「総理、先に全国会議員に何が起こっているかを周知させた方が良いと思います。与野党党首、幹事長会談を直ぐに持った方が？」

首相はその通りだとして、犯人が何を要求しているかを公安部長に訊ねた。

「まだ要求は出ておりません。ただ絶対に事態を公表するなと……公表したら残りの半額も奪うと言っています」

首相は「直ぐに全国会議員に口座から金を引き出すよう指示しよう」と提案したが公安部長は首を振った。

「口座から出金取引が行われると、残高全てを犯人の口座へ送金させるプログラムが組み込まれています。送金先はバミューダの匿名口座でどうにもなりません。銀行側にプログラムの変更を依頼しましたが、完全に乗っ取られていてロックを掛けられ……駄目だそうです」

首相は呆然とした。

金融担当大臣は官房長官から話を聞いて驚くと同時に、自分の銀行口座をチェックして顔色を変えた。

「ほ、本当だッ！」

敷島近衛銀行とやまと銀行の定期預金が半額になっている。だが東西帝都ＥＦＧ銀行の預金は無事だ。

慌てて金融庁長官の工藤進に電話を入れた。

金融担当大臣の話を聞いて工藤は落ち着いた口調で言った。

「直ぐにメガバンクに状況確認をさせます。速やかに情報を収集した後で官邸に参ります」

電話を切ってから工藤は苦い顔をした。

「上手の手から水が漏れたか……何故ＴＥＦＧをしくじった。これでは効果は半減だ」

国会議員の金融資産のおよそ半分は、東西帝都ＥＦＧ銀行に置かれている。

「まぁ、半分でも先生たちにとっては大ごとだ。地盤、鞄、看板の〝鞄〟つまりカネは国会議員としての命だからな」

工藤はプライベートのスマートフォンから暗号化通信で電話を掛けた。

相手が出ると工藤は訊ねた。

「分かったか？」

「まだ分かりません。何故ＴＥＦＧのデータが化けたのか……あの場では二億口座を超える預金の関連全情報が正確に我々のＰＣに送信されているのが確認されていました。彼らが、データを圧縮した後に開くと暗号化されるようなプログラムを入れていることはありえません。データ送信の際の電波障害の可能性しか考えられません」

工藤はそれを聞いて面白くなさそうに言った。

「何にせよ、ＴＥＦＧの口座を押さえられなかったのは大きなミスだ」

相手は申し訳ありませんと言った。

「私は寛大だが……ＨｏＤの幹部たちがどうするかな？　ところで君、血液型は何型かね？」

相手はエッと戸惑いながらA型だと答えた。

「そう、僕と同じだ。都合がいい」

そう言って工藤は電話を切った。

「さて、先生方相手に小芝居をしないとな。工藤進、最後の舞台で……」


その日の深夜、首相官邸には首相と官房長官、国家公安委員長、警視庁公安部長、金融担当大臣、財務省事務次官、日銀総裁、金融庁長官と敷島近衛銀行、やまと銀行、東西帝都EFG銀行の頭取が集まっていた。

「事態が深刻であることは皆さんお分かりの筈です。この原因と対策を考えて頂かなくてはなりません」

本来会議はリモートが原則だが、状況の深刻さと早急な対応が求められる為に全員がマスク姿で対面での会議となっている。

首相の言葉に続いて、金融担当大臣が敷島近衛銀行とやまと銀行の頭取に訊ねた。

「二大メガバンク合わせて三億口座のデータが盗まれ、外部から口座の操作が可能になった。原因は何だと考えられます？」

両頭取とも既にシステム関係者から詳しいヒヤリングを済ませている。

やまと銀行の頭取が言った。

「顧客口座を管理するマスターファイルを収納するメインフレームコンピューターは、完全にネット環境からは遮断されていて外部からの侵入は不可能です。そのデータが全て奪われその上にブービートラッププログラムを仕掛けられた……原因は一つしか考えられません」

官房長官がそれは何かと訊ねた。

「金融庁によって実施された極秘検査、それしか考えられません」

首相が首を傾げて訊ねた。

「金融庁の極秘検査？　それはどういうものだったのですか？」

そこで工藤が立ち上がった。

「申し訳ございません。全て私、金融庁長官、工藤進のミスです」

突然の発言に皆が驚いた。

そして、工藤は極秘検査を実施した経緯を詳細に説明してから言った。

「システム検査官は、昨年プロフェッショナルとして全員中途採用した者たちでした。その中にハッカーが紛れ込んでいたものと考えられます。今回のことは全て私の責任です！」

工藤は深々と頭を下げた。

全員が重苦しい空気に浸る中、一人だけ冷静にその工藤を見詰める者がいた。

ヘイジは驚いた。

「敷島近衛銀行とやまと銀行の預金システムがハッキングされた⁉」

頭取の岩倉が頷いて言った。

「ことが公になれば、このコロナ禍の中で日本中がパニックになる。事実を知るのは官邸関係者と全国会議員、そしてメガバンク首脳だけだ」

ヘイジはやはり闇の組織の仕業だと思った。

「それで犯人は何を要求して来たんですか？」

岩倉は首を振った。

「まだ何も言って来ないそうだ。要求があるまでは全てを隠し平然と物事を進めろと……。事実の漏洩が分かれば、国会議員たちの銀行口座はおろか全ての預金者の口座を空にすると言っているそうだ。当行以外のメガバンク、いやスーパー・メガバンクの口座が乗っ取られたということだ」

ヘイジは闇の組織の恐ろしさを知った。

そこでほっとした表情で岩倉は言った。

「あの時、君に相談して本当に良かった。助かったよ」

ヘイジは微笑んで訊ねた。

「検査の際、当行が行ったことは？」

岩倉は首を振った。

「黙っておいた。金融庁長官の工藤がいたからね」

ヘイジは頷いた。

「岩倉だ。相談したいことがあるんだ」

ヘイジが関西出張の報告書を執務室で纏めている時、岩倉からの電話で頭取室に向かったのは水曜日の夜だった。

「極秘のシステム検査？」

話を聞いた瞬間、これはおかしいとヘイジは思った。

岩倉もそうなのだと言う。

「リモートワークに移行してシステムの脆弱性を突かれてのデータ漏洩……コロナの混乱の中で確かにありそうな話だが、どうも嫌な感じがしてね。それで……」

ヘイジは岩倉が言いたいことが分かって微笑んだ。

「信楽（しがらき）君、ですね？」

岩倉はその通りだと頷いた。

信楽満（みつる）。

大阪の出身で京帝大学大学院工学研究科修士課程を修了して帝都銀行に入行、本店事務管理部に配属された。米国ＭＩＴに留学して工学博士号を取得、ＴＥＦＧの筆頭プログラマーとしてシステムの維持開発を主導し、ヘイジが室長を務めたグリーンＴＥＦＧ銀行準備室でも大きな働きをしてくれた。

その後、ＴＥＦＧを退職してシステムコンサルティング会社『ラクーン』を立ち上げていた。

「彼なら最適だと思います。直ぐに連絡を取ります」

「妙な話ですなぁ」

独特の関西弁で信楽はそう言った。

「銀行にとってマスターファイルを収納してるメインフレームにアクセスさせるんは、喉元に出刃包丁突き付けられるんとおんなじことでっせ。下手したらお仕舞いや。アメリカでデータ漏洩が起こったというても……」

その信楽に岩倉は難しい顔をした。

「金融庁の検査監理官から直々の話で断るわけにはいかない。万一を考えて事前に手を打っておくことは出来るかね？」

信楽は、時計を見てニヤリとした。

「二十六時間後に検査ということですな。手は打てんことおませんけど……頭取、高いですで」

岩倉は苦笑いした。

「君には前も同じようなことを言われたが、あの時は当行の行員だったからな。今回は君の言い値で頼む」

信楽が満面の笑みになった。

「さすがはミスターTEFG。白紙の小切手切るちゅうことですな。その太っ腹、天下がとれまっせ！」

岩倉はなんともいえない表情でお世辞はいいよと言った。

信楽は、プロフェッショナルとしてフェアな人物だった。

「料金は事後決定にします。もし検査が正当で問題ないもんやったらコンサルティング料として五百万円頂戴します」

分かったと岩倉は言った。

「そやけど検査が嘘でシステムにおかしなことされんのを防いだら……一億貰います。あと付帯条件として……」

信楽が出した条件を岩倉は全て呑んだ。

「おおきにありがとうございます。商談成立ですわ。ほな、僕は会社に戻って直ぐ準備に掛かります。全部整えて明日の午後七時にコンピューターフロアーに参上します。僕も検査に立ち会いますから……ＴＥＦＧの行員で検査主任としといて下さい」

そうしてＴＥＦＧは金融庁の極秘システム検査を受けたのだった。

大変な事件であることが分かって後、信楽は岩倉とヘイジに再び呼ばれた。

「どえらいことになりましてんな？」

信楽の言葉に岩倉は頷いた。

「君のお陰で当行は助かったが、日本政府は大変なことになった。この国の銀行口座の六割を乗っ取られたんだからな」

ヘイジは信楽に訊いた。

「君はどうやって奴らに悟られずに防いだんだい？」

信楽は不敵な笑みを浮かべた。

「検査プログラムの中にもしデータを飛ばすような細工がしてあったら、一旦メインフレームをフリーズするようにしときましたんや。そしたら案の定そうなってました。ほんで再開するふりして、今度は僕のパソコンへバイパスさせて二億口座のデータを暗号化して送るようにしといたんです。その暗号化も一工夫してあってデータを受け取って開いたら微妙に、そやけど絶対に読み取れんように……データ受信時に電波障害でそうなったようにしといたんです。奴らはそれが暗号化されたもんかどうかは簡単には分からん筈ですわ」

ヘイジはさすが信楽だと思った。

そして信楽は言った。

「あいつら検査の時にパソコンを二台持ち込んでました。一台はデータを受け取る為のもんでもう一台はＴＥＦＧのメインフレームにブービートラッププログラムを送りつけるもんやった筈です。それも全部僕のパソコンへバイパスさせてループ状態にしたりました。相手にはちゃんとプログラムを送り込んでるように見えてた筈ですわ。それでこっちのシステムは無事やったんです。それだけやのうて相手のパソコンにはカウンタープログラムを送ってやりました。万一の為でしてんけど……これが活躍しそうですわ」

岩倉はありがとうと信楽に頭を下げた。

「一億は正直安かったよ」

信楽はその言葉にニンマリと笑顔を見せながら言った。

「頭取、契約の付帯条件。本件で犯罪行為が発覚した際の『ラクーン』への解決依頼のサポート、お忘れやないでしょうな？」

岩倉は頷いた。

「分かっている。というより日本政府は君が必要になる」

ヘイジがその岩倉に続いて言った。

「信楽君はやつらのパソコンにカウンタープログラムを送ったと言っていたね？　それで奴らを見つけ出せるんだね？」

信楽は首を振った。

「そう簡単に追跡は出来ませんねん。奴らがパソコンをネットに繋いでデータを送ろうとしたらプログラムが作動するようになってます。それが作動してくれたらこっちのもんです。それでもし、そのパソコンと今メガバンクを乗っ取ってるシステムが繋がったら逆にこっちが奴らのプログラムを制御出来ますねん」

ヘイジは本当に信楽を頼もしく思った。

だが信楽は顔を曇らせている。

「そやけどもし奴らがパソコンからデータを外付けで抜き取ってたらお手上げですわ。あのパソコンをネットに繋いでデータの送信して貰わん限り、追跡や捕捉は出来ませんねん」

岩倉は厳しい顔をしながらも言った。

「それでもお手柄だ。追跡出来たら君にとっては国や他のメガバンクを救うという、大きなビジネスになるチャンスだ」

信楽は頷いた。

「頭取にそう言うて貰えたら百人力ですわ。その時には全力で事件の解決に協力します。ちゃんと報酬は貰いますけど……」

岩倉は笑った。

「国が相手だ。機密費が唸るほどある筈だ」

その言葉に「嬉しいなぁ」と信楽は笑った。

ヘイジもつられて笑ったが日本は大変な状況だ。

「ここからどうなるんだ？」

◇

首相官邸では、緊急国家安全保障会議が秘密裏に開かれていた。

首相と官房長官だけが官邸にいて、残りのメンバーはリモートでの参加となっている。

「コロナ以上の大変な状況となっています」

首相の発言で皆が改めて緊張を覚えた。

皆、状況は知っている。知っているも何も、自分の銀行預金の半額が消えてしまった者たちが集まっている。

「ここにいる全員が被害者ということです」

官邸が調べたところ全国会議員、霞が関のトップ本人とその家族、関係する団体が二大メガバンクに預けていた金の半分を奪われている。

「何故こんな事態になったのですか？　銀行の預金データとは最も厳重に守られているものじゃないんですか？」

国家公安委員長が金融担当大臣に訊ねた。

「通常であればありえません。しかし、金融庁の検査監理官から極秘検査として頭取にのみ伝えられた為に……外部から完全遮断されているメインフレームへのアクセスを許したということです」

官房長官が補足して言った。

「全てを秘密裏に行うということで無防備にさせられてしまった。犯人に見事に心理を突かれたということです」

国家公安委員長が訊ねた。

「犯人とは誰なんです？　金融庁の内部犯行ですか？」

公安部長が答えた。

「その可能性が濃厚な為に当該検査に関わった金融庁のメンバー……長官、総合政策局検査監理官、金融国際審議官の三名を自宅待機させ監視しています」

官房長官が公安部長に訊ねた。

「金融庁に犯人との内通者がいるということでの措置だね？」

公安部長はその通りだと言った。

「これだけの仕掛けを内部の助けなしに実行するのは不可能だと考えています」

そこから公安部のハッキング対策の専門家が説明した。

「犯人は敷島近衛銀行とやまと銀行の全預金口座約三億口座の口座番号、残高、口座名義人と住所、暗証番号、メールアドレスという……マスターファイルに収納されていた全情報を盗み出しています。その上、預金プログラムに対して外部からアクセスすると、犯人側のプログラムに誘導され完全に口座を乗っ取られる仕組みになっています」

国家公安委員長が訊ねた。

「乗っ取られているのは、全国会議員と霞が関の上級官僚と家族、関係団体の口座だけということなのか？」

専門家は今のところそうだと答えた。

「ですが犯人は全口座を瞬時に同じ状態に出来ると思われます。日本の三分の二の預金口座が完全に乗っ取られている形です」

ことの深刻さを皆は改めて知った。

専門家は続けて言った。

「東西帝都ＥＦＧ銀行は、独自のプロテクトでハッキングを防いだということです。これについてはＴＥＦＧの専門家からヒヤリングを行う事になっています」

首相が公安部長に訊ねた。

「ＴＥＦＧだけでも助かったのは不幸中の幸いだが……。その後、犯人からは？　具体的な要求はあったのかね？」

公安部長は首を振った。

「まだありません。犯人は政府関係者に状況が周知徹底されているか、そして情報統制がなされているかを確認しているようです」

首相がそれを聞いて何とも言えない顔つきで言った。

「カネとは恐ろしいね。普段は口の軽い国会議員たちも自分と家族の預金を奪われ、返して貰えるかどうかの瀬戸際だとなると完全に口を閉ざす」

マスコミに一切洩れていないことを首相はそう皮肉った。

「それにしても……」

国家公安委員長が訊ねた。

「犯人は何を要求してくるのでしょうか？　コロナ禍の中でこれだけのことをやる存在が……」

首相が言った。

「犯人は官邸とのホットラインの設置を要求してきています。有事特別回線を使わせろと。それで要求を伝えると言って来ています。今、回線接続準備をさせているところです」

皆はその言葉に驚いた。有事特別回線は安全保障上から会話傍受や位置特定を行えない回線で、その存在は官邸と霞が関トップしか知らない。その事実で犯人が国家の機密情報に精通している存在だと分かる。

公安部長が言った。

「私の私用スマートフォンに掛かって来ていた、過去の犯人からの通信を分析させたところ、都内を常に移動していることが分かりました」

官房長官が訊ねた。

「これから犯人との交渉に有事特別回線を使うとなると……犯人の居場所の特定は絶対に出来なくなるということだな？」

公安部長が悔し気にその通りですと言った。

「皮肉なものだね」

首相がそう言った。

「安全保障の為に持っている道具を逆に使われる。そして全てが隠蔽されることを前提に犯人はことを進めようとしている。こちらが要求を呑みやすいようにお膳立てをしているようだ」

官房長官が頷いた。

「そう考えると恐ろしいですね。一体何を要求して来るのか……このままだと隠されたクーデターになるような気がして恐ろしいです」

首相はハッキング対策専門家に訊ねた。

「メガバンクがシステムを取り戻すことは出来ないのかね？」

専門家は首を振った。

「そうする為にはまず事実を国民に公表しなければなりません。そうして全システムをシャットダウンし新たなシステムを立ち上げなければ……無理です。しかし公表した直後、犯人は全口座を凍結するでしょう」

首相は語気を強くして訊ねた。

「システムをいきなりシャットダウンしたらどうなのかね？　パソコンだってフリーズしたらそうするじゃないか？」

専門家はなんとも難しい表情になった。

「恐らく……シャットダウンさせると全データを消すようにプログラムされていると思われます。最悪の事態を招くでしょう」

聞いていた全員が項垂(うなだ)れたその時だった。

「有事特別回線がオープンしました。犯人からの通信が入って来ます！」

その声に皆が緊張した。

この回線を通すと声がデジタル変換されて、声紋を掴めず人物特定は絶対に出来ない。

「官邸の皆さん、お揃いのようですね」

その声は無機的に響き男性か女性かも分からない。

「まず、情報統制が出来ていることに敬意を表します。日本政府として私たちと付き合っていくには全てを隠蔽するのが都合が良いと分かる筈です」

首相が訊ねた。

「内閣総理大臣だ。君たちは一体何者かね？」

相手は答えた。

「我々の名はハド、ＨｏＤ、Heart of Darkness 略してハドと申します」

Heart of Darkness と聞いて読書通はコンラッドの小説『闇の奥』が浮かんだ。

「我々は今後、日本政府の〝闇〟として君臨していくことになります。その力があることはよくお分かりだと思います」

首相が言った。

「君たちハドの目的は何かね？」

その質問に相手は口調を変えた。

「鈍い奴だな。我々は日本国に君臨すると言っただろう！　それが目的だ！」

皆がドキリとした。

「私は短気でしてね。馬鹿な質問には答えないからそのつもりでいて下さい」

首相は一気に怖気づいてしまった。

代わって官房長官が訊ねた。

「君たちは我々のカネの半分を押さえた。それをどうやったら返してくれるのかね？」

相手は笑った。

「皆さんそれなりの金額をお持ちだ。今日明日返さなくても大丈夫でしょう？　私としてはコロナ禍で仕事を失った人たちに全額支給しようかと思っているんですが？　如何でしょう？」

全員が押し黙った。

「反対意見がなければそうしますが？　いいんですね？」

国家公安委員長が言った。

「待ってくれ！　我々にも生活がある。ちゃんと返して貰わなくては困る！」

相手は笑った。

「本音ですねぇ。結構です。本音で話すこと大歓迎です。人間はそうでなくてはいけない。おカネは大事。しかしまずは我々に従って頂くことです。我々の要求に従えばおカネはお返しします。従わなければ残りの半額も頂戴する。お互いルールは守りましょう」

首相が気持ちを落ち着かせて訊ねた。

「では要求を聞こう。聞かせてくれ」

相手は少し時間を置いてから言った。

「法務大臣と法務事務次官をこの場に招集して貰おう。話はそれからだ」

そうして直ぐに法務大臣と事務次官もネットで参加した。

「宜しい。我々の最初の要求を言おう――」

◇

ヘイジは桂のマンションを訪れていた。

「メガバンクの預金システムが乗っ取られた!?」

桂は驚愕し改めて闇の組織、ＨｏＤ、ハドの恐ろしさに震えた。

「いったい……奴らは〝五条〟たちは何をするつもりなんだ!?」

ヘイジは頭取の岩倉から極秘と言われたが、桂には伝えたいと了承を貰っていた。

「岩倉頭取は桂さんは〝闇〟と闘える力がある筈だと仰いました」

しかし、桂は何をどう考えて良いか分からない。

「奴らはコロナを創り出して世界を止めた。そして今度は日本の金融を人質に取った。ただ……今回は一つミスをした」

ヘイジは頷いた。

「TEFGという大きな獲物を逃がしたということです」

桂はそれが勝機に繋がると言った。

「メガバンクが全て奴らの手に落ちていたら終わりだったが……TEFGは守られた。金融面で人工呼吸器として機能する。よくやってくれたよ。二瓶君」

ヘイジは嬉しかったがコロナに加えてさらにここから何が起きるのかを考えると恐ろしくなる。

「奴らが何を要求してきたかは分からないんだな？」

ヘイジはそれは分かりませんと言った。

「岩倉頭取の話では、国家安全保障会議が闇の組織と秘密裏に交渉を行っているそうです」

桂も状況は飲み込める。

「闇は、ハドは全てを隠蔽しながら、自分たちの思うようにこの国を、そして世界をも、動かすということか。闇の組織の人間で表に出ている工藤はどうなっている？」

ヘイジは、警視庁公安部が調べる為に自宅待機とされていることを話した。

「ある意味、メガバンク支配に工藤は捨て身の攻撃に出た。公安が奴を調べ上げれば必ず闇の組織との関係を炙り出せる筈だ。そこに期待するしかないな」

ヘイジもその通りですねと頷いてから言った。

「当行のシステムを守ってくれた『ラクーン』の信楽君が奴らのパソコンに仕掛けたプログラム。これが働いてくれれば有難いんですが……」

桂もその話は大いに期待出来ると思った。

そして桂は改めてヘイジの〝力〟を感じていた。

（この男自身には力はないのに……凄い力を持つ者を不思議と引き寄せる。それがこの男の強みだ）

その上で桂はことの重大性を考えてヘイジに訊ねた。

「二瓶君、ＴＥＦＧが『ラクーン』を使って奴らからシステムを防いだ事実は誰が知っている？」

ヘイジは頭取と自分と信楽だけだと言った。

「当行のシステムの部長や課長は、検査が無事に済んだと思っています。他のメガのシステムが乗っ取られたことは極秘ですから当然知りません」

桂はＴＥＦＧ内部に必ず闇の組織のエージェントがいると考えた。

「二瓶君、ＴＥＦＧのシステムを狙ってまた奴らが仕掛けてくる可能性がある。奴らは全てのメガバンクのシステムを押さえたい筈だ。だからＴＥＦＧ内部の人間にも気をつけるんだ。そのことは岩倉にも注意しておいてくれ。俺はな、あるマフィア映画が好きで何度も繰り返し観ている。その中でマフィアが敵対勢力と抗争になった時、最初に手打ちの話をボスに持って来る者が内通者で裏切り者だと語られるシーンがある。この前代未聞のハッキング……知らない筈の誰かが、この話題を振ってきたら、そいつが闇の組織のエージェントだ」

ヘイジは桂の言葉に緊張し、頭取にも伝えておきますと言った。

桂はそのヘイジに自分の知っている全ての情報を話した。

「闇の組織が塚本に!?」

世界有数のヘッジ・ファンドである香港のウルトラ・タイガー・ファンドを動かす、エドウィン・タンこと塚本卓也に株を買い上げさせていることだ。

「奴らはウルトラ・タイガーだけでなく世界の主だったヘッジ・ファンドにも同様に近づいていると思われる。アメリカの株式市場は二月十九日から三月二十三日までの間に37％の下落に見舞われた。失業率は二月の３・５％から四月は14・８％という大恐慌以来となる悪化で二千万人以上の雇用が失われた。第２四半期のＧＤＰは恐らく三割以上のマイナスになるだろう。それにもかかわらず、四月に入ってから株価は急激な戻りを見せている。良識ある投資家たちを嘲笑うような上昇ぶりだ。ここに不自然なものを感じていたが……奴らがその背後にいたんだ」

その桂にヘイジは訊ねた。

「闇の組織は、そんな相場を利用して莫大な利益を得ている訳ですね」

桂は頷いた。

「間違いなくそうだ。しかし、気になるのは今ここで株式市場を持ち上げていることだ。コロナ禍で経済を混乱させるだけなら株価の暴落を放置すればいい筈だが、逆に株を上昇させている。だから恐ろしいんだ……」

どういうことですかとヘイジは訊ねた。

そこで桂は持論の新たな大恐慌の予測について話した。

「ＡＩによる産業構造の大変革が、一九二〇年代の農業革命と同じだと？」

桂は厳しい顔を見せながら頷いた。

「俺はずっとそれを心配していた。そこにこのコロナだ。コロナが俺の考えていた大恐慌の引き金になったと思った。しかし、コロナを創り出し世界経済を止めた闇の組織は暴落させた株を直ぐに上昇に転じさせている。おそらく……ここから途轍もないスーパーバブルを起こすつもりなんだ。実体経済と株式市場を完全に乖離させる。そうなることで世界中に広がった格差はさらに拡大する。失業は非正規労働者や若者が中心だ。経済的弱者の不満は増大し社会不安は途轍もなく高まる。それは今年行われるアメリカの大統領選挙にも影響を与える。歴史上ないくらい社会の分断が進んでいるアメリカの将来を決める大統領選挙……嫌でも米国民が自分の今を考えさせる選挙がやって来る。選挙の結果よりも選挙の過程であの国がどんなことになるか……経済の途轍もない二極化を創り出せば弱者の不満は巨大なマグマのようになって噴き出すだろう……アメリカでこれから数年信じられないようなことが起こる可能性がある」

ヘイジは驚いた。

「アメリカの大統領選挙にも闇の組織は関与しているんですか？」

桂は首を振った。

「ここまで来ると奴らが直接関与しなくても世界の混乱は止まらない。特に自由主義・民主主義を標榜して来たアメリカや欧州各国の混乱は深刻なものになるだろう。我々が過去当たり前だと思っていた世界が終わる可能性がある」

そう言って桂は改めて考えた。

「そんな状況を創り出して奴らは何をするつもりなんだ？　何が目的だ？」

その桂をヘイジはじっと見詰めた。

桂は呟いた。

「闇が表に出ている唯一の存在の工藤。その取調べが上手くいくことを願いたいが……」

警視庁公安部に、任意での取調べに応じた金融庁長官の工藤進がいた。

コロナ対策で換気の良い広い部屋で、アクリル板が取調官との間に置かれている。

「工藤長官、我々は長官のお話を聞く前に、金融庁の金融国際審議官と総合政策局検査監理官から事情聴取を行いました。そこで分かった事実からお話しします」

工藤は黙ってそれを聞いていた。

「メガバンク三行に対して金融庁が実施した極秘検査。その検査目的は米国で発生した主要銀行へのハッキング被害、コロナでリモートワークとなった銀行システムの脆弱性を突いて起こったとされた事件……我々が確認しましたが、そんな事実は米国にはないそうです」

工藤は笑った。

「フェイクニュースを当庁の国際審議官が信じたということですか？　それに私も乗せられたということですか？　愚かなことです」

取調官は言った。

「我々が国際審議官へのメールの発信先を追跡したところ……シンガポールのサーバーを経

由したものでそれ以上の追跡は不可能でした」

工藤はさもありなんという表情で平然としている。

「工藤長官は銀行に対してリモートワークを積極的に推進され、障害となる規制の撤廃や緩和をされましたね？　庁内でもその姿勢は意外の感を持って見られていたとか？」

工藤は笑った。

「まるで私がシステム検査をお膳立てしたような言い方ですが？」

あくまで状況証拠ですと取調官は言った。

「だが、状況証拠とは認めがたいのが金融庁が昨年中途採用したシステムのプロたちです。全員が米国籍で素性は明らかではない。米国で研修を受けさせていると金融庁内にあなたは伝えていたがその事実は摑めない。彼ら全員がメガバンクへのハッキングを行った後に失踪……」

工藤は頭を下げた。

「それに関しては私の完全なミスです。日本にはハッキングを防ぐ本当の意味でのプロフェッショナルが存在していなかったことが、そのような事態に至った理由です。何度も申し上げるが、それは私の痛恨のミスです」

取調官は声を荒らげた。

「金融庁の総合政策局に問い合わせたところ、プロフェッショナル採用に関しては『全て自分に一任するよう』と強く工藤長官の意向が働いたと……。最初からトロイの木馬にするつもりだったんですね？」

工藤は笑った。

「それも状況証拠……どうされます？　これ以上の任意の聴取には応じられません。もしそれでもと仰るなら弁護士に連絡を取らせて頂きますが……」

そう言った時、部屋の中に公安部長が慌てて入って来た。

そして工藤の顔を見るなり近づいて言った。

「全てお前の指示だな？」

工藤は涼しい顔をして言った。

「ソーシャルディスタンスをちゃんと守って下さいよ。何のことです？」

公安部長は一歩下がってから厳しい顔で言った。

「ハドが……要求を出して来た。間違いない！　お前が！　〝砂漠の狐〟が全ての筋書きを書いているんだな？」

工藤は黙ってその公安部長を見詰めていた。

第八章　スーパーバブル

国家安全保障会議……首相官邸では首相と官房長官がリアルで参加し、それ以外のメンバーはネットで参加というコロナ禍の異常事態、そこにさらなる重大事態がもたらされていた。二大メガバンクの預金口座システムを乗っ取った謎の組織、ＨｏＤ、ハドからの要求がもたらされたのだ。

それはゆったりとした口調だった。

「我々の最初の要求を言おう。現在東京拘置所に収監されている死刑囚、工藤勉を七十二時間以内に釈放せよ」

国家安全保障会議の全員がその内容に啞然とした。

(死刑囚……工藤勉？)

その名を知る者は殆どいない。

直ぐに全員の端末に、公安から工藤に関する情報が送られて来た。

「あの企業連続爆破事件の……」

首相と官房長官はまだ中学生だった頃の記憶を呼び戻された。

「ん？」

そのファイルには機密情報が添付されていた。政府の限られた人間だけがアクセス出来る情報でパスワードの入力が必要となる。

皆自分のパスワードでファイルを開いた。

人物紹介、その家族欄の項目に皆の目は釘付けになる。

「!?」

今その事実はあまりにも大きい。

「き、金融庁長官……工藤進の実兄!?」

ハドはさらに要求を付け加えた。

「工藤勉の釈放に関して大事なことがある。釈放を内外に公表すること。以上だ。明日のこの時間にまた連絡する」

首相が「待ってくれッ！」と言ったが回線は切れた。

「……」

重苦しい空気がさらに重くなった。

「法務大臣、可能かね？」

首相の質問に対して、法務大臣は事務次官と短く話し合ってから答えた。

「嘗て航空機ハイジャック犯の要求に対して、超法規的措置として収監した仲間の釈放を行った例はありますが……今回、公表して釈放を実行するとなると恩赦ということになります」

首相と官房長官は顔を見合わせ頷いた。

「分かった……官房長官、恩赦の名目を何か考えてくれ」

官房長官が頷くと内閣調査室長が言った。

「総理、官房長官、工藤勉の最終機密ファイルを見て下さい！」

〝最終機密ファイル〟とは米ＣＩＡから日本政府にもたらされる最高機密情報で、首相と官房長官、外務大臣、内閣調査室長と国家公安委員長だけが閲覧を許されている。

関係者は慌てて専用端末の指紋認証を行ってファイルを開いた。

——工藤勉、対米危険指定人物。危険人物ランク第四位。死刑囚として東京拘置所に収監中。Tom Kudo は世界各国のテロリスト、危険思想家、無政府主義者にとってのレジェンド、カリスマ、ヒーローとされその著書『レオニダス』はテロリストの精神的実践的バイブルとして闇社会で広く知られる。日本政府は工藤を〝英雄死（殉死）〟させない目的で刑の執行を行わず獄死まで収監を続ける方針――

それを読んで官房長官が言った。

「こんな男を釈放したとなるとG7から大変な非難を受けることになります。対米関係はとんでもなく悪化することになりかねません」

首相はその言葉に沈黙した。

何をどう考えて良いのか分からない。

その時、内閣調査室長が言った。

「工藤金融庁長官がハドと繋がっていることに間違いないということです。直ぐに工藤逮捕に向けて動いて下さい」

そうして公安部長に事情が説明され指示が出された。

官房長官が言った。

「工藤の逮捕に動くとハドが反応するのではないでしょうか？　徒(いたずら)に刺激しないほうが？」

じっと考えていた首相が頷いた。

「今、事情聴取の最中だ。その結果を聞いてからどうするかは公安と相談しよう。それより工藤の兄、テロリストたちのヒーローをどうするか……」

ハドは日本を国際社会で追い詰める意図を持っていることが分かった。

首相は内閣調査室長に訊ねた。

「ハドの真の狙いは何か分かるかね？」

室長は少し考えてから言った。

「コロナ禍が広がる中、さらに世界を混乱させる……日本の銀行システムを乗っ取って政府を意のままに動かし、世界中のテロリストたちを鼓舞させる男を解き放ちテロ活動を活発化させる。世界の渾沌化が狙いということは明らかです。それに日本政府は協力することに表向きはなってしまいます。どうされます？　ことここに及んでは……全てを公表されますか？」

首相は首を振った。

「そうすれば日本の金融が止まり経済が破壊される。今はハドの要求に応じる他はない。米国大統領には私から状況を話す」

日本政府が脅迫されている事実を隠蔽していることで決断が早く明確に出来ていると……首相を見て官房長官は思った。根回しに時間の掛かる通常の政府内とは全く違うことに、ある種の絶望的快感を覚える。

「これでハドの要求通りに進んでしまう……しかし、真の目的は何なのだ？」

警視庁公安部で取調べを受けている工藤進は、入って来た公安部長から兄の勉の釈放要求が闇の組織から出されたと聞いた。

工藤は驚いた顔を見せた。

「闇の組織が兄を？　何故そんな……」

公安部長は言った。

「全ては君が絡んでのことなんだろう？　君が全てを指揮して行わせている。君が闇の組織のリーダーではないのか？」

工藤は声をあげて笑った。

「シナリオ捜査にもほどがありますね。一体どこをどうやれば私にそんなことが出来るんです？　先ほども言いましたが、これ以上私を拘束なさるなら弁護士と連絡を取らせて貰います」

公安部長は突然、第一取調室は空いているかと他の取調官を見回して言った。

それは符丁で、可視化されている取調べのカメラと録音を止める指示になっている。

そうして他の取調官が全員部屋の外に出てから、公安部長は語気を強めた。

「超法規的措置が取られようとする事態だ。政府が脅迫されているんだからな。我々にとって犯人の一味は目の前にこうやっているんだ。お前を拷問してでも私が吐かせる」

その公安部長に工藤は微笑んだ。

「面白いですね。では私もその公安部長のシナリオ捜査に乗ってあげましょう。私が闇の組織の首魁だとしましょう。首魁と何時間か連絡が途絶えたら……何かが起こるかもしれませんね？　例えば公安部長とご家族の残りの預金が全て消えてしまうとか……」

公安部長の顔色が変わった。

工藤は時計を見た。

「私が警視庁に入ってから三時間四十五分……もしそれが四時間だったとしたら？」

公安部長はその工藤を睨みつけた。

「？」

次に工藤は公安部長が破顔一笑するのを見た。

「いやいや、冗談。冗談ですよ。工藤長官。どうか今日のところはお引き取り下さい。何かまたお聞きしたいことがありましたらその際には御協力願います」

工藤は能面のような表情で立ち上がって言った。

「お互い安月給の公務員です。おカネは大事にしたいですね。では失礼します」

そう言って出て行った。

官邸は工藤勉の釈放に向け、関係省庁への指示で忙しく動いていた。

「メディアへの対応はどうなっている？」

首相が訊ねると官房長官は策があると言う。

「新型コロナウイルスの特効薬の可能性のある国産薬の発表にぶつけます。それでニュースバリューは落ちる筈です。半世紀近い昔の事件のことは誰も覚えていません。公式には恩赦による釈放とだけ発表し、ネットに関係筋情報として『工藤死刑囚が長年不治の病に苦しんでいることを考慮しての恩赦で釈放後は終末医療に専念させる』と流します」

首相はそれを聞いて分かったと納得した。

「米国大統領と昨夜話した。人道上の措置として釈放後は厳密に行動を監視すると伝えて納得してもらった。まぁ、大統領は今、再選のことしか頭になくて世界的なテロリストのヒーローだと言っても関心のないのが幸いした。外務省にはＮＳＡ（アメリカ国家安全保障局）やＣＩＡから猛烈な抗議があったということだが……前首相が現大統領とツーカーの関係を作っておいてくれて助かったよ」

官房長官はそれは何よりでしたと微笑んだ。

自宅待機という名の軟禁状態の工藤は、兄が明日釈放されることをニュースで知った。

しかし工藤はＴＥＦＧを取り逃がしたことで心から喜べない。

その時、プライベートのスマートフォンに電話が掛かって来た。

「そろそろ〝死ぬ〟準備をして貰う」

相手は乾いた声でそう言った。

「ＴＥＦＧをやり損じたのは大変残念です」

殊勝な口調になった。

「死んでから挽回して貰う」

◇

その日、マスメディアは日本の製薬会社による新型コロナ特効薬の話題に沸いていた。日本が科学立国、技術大国であることを示したとする時代錯誤な自賛論調が多い中、欧米での治験は進んでいないとの懸念も散見された。しかしコロナ不安が広がる中で〝特効薬〟という言葉の響きは国民の関心を一気に集めた。政府の思惑通りにことは進んだ。

同日、東京拘置所から釈放された死刑囚のことはごく短く論評として伝えられただけだった。公共放送は政府の報道抑制の意向を受けていたこと、民間放送は五十年前の連続企業爆破事件をスポンサーへの配慮から長年タブー扱いとして来たことが大きかった。

だが海外のメディアはその男の釈放に注目した。彼らは小菅の東京拘置所から出て来たその男の姿をカメラで捉えた。

工藤勉……七十歳を超えたテロリストのレジェンド。オールバックに整えた長い白髪、長身で痩せた身体つきは老鶴を思わせる。

眼光鋭く海外メディアの群れをゆっくりと見回すと不敵な笑みを見せた。

欧米メディアは映像と共に伝えた。

「テロリスト'Tom Kudo'は長きに亘って病魔に侵されて来たとは思えない生気に満ちた顔つきで迎えのクルマに乗り込み去って行きました」

夕刻、桂光義は自宅マンションで中央経済新聞の経済部長・荻野目裕司と、テレビの大型画面でBBCニュースを見ていた。

桂は工藤勉の精悍な顔つきを見ながら腹の底から震えが来るのを感じた。

「本当に恐ろしいな。これが今から何を意味するかを考えると……」

桂の言葉に荻野目が頷いた。

「桂さんから聞いた二大メガバンクの預金口座システムの乗っ取り……それを完全に隠蔽さ

せながら死刑囚、工藤勉の釈放は世界的に知らしめる。ハドと呼ばれる闇の組織がこれからやろうとしていることを想像するだけで恐ろしいですね」

桂はヘイジから聞いたメガバンクを巡る極秘事件について、荻野目には話していた。

荻野目は国会議員や政府関係者に取材を試みたが、一切情報が取れず信憑性に疑いを抱いていたところ……工藤勉釈放で点と点が繋がった。

「金融庁長官の工藤進、工藤勉の実弟が仕掛けた罠に二大メガバンクが嵌まった。全国会議員や政府関係者の預金が押さえられ脅迫されてのことだとすると……辻褄が合います」

桂は頷いた。

「どんな人間も自分のカネは大事。自分のカネが心配となると誰もが例外なく口を閉ざす。闇の組織、ハドが大胆かつ細心に人間心理を読み切るのには恐れ入る。最も重要なことが隠蔽されることで政府の行動に確実さ速さが生まれる。荻野目が言うように、ここから一体何が起きるのか想像するだけで恐ろしいよ」

二人ともじっと黙って考え込んだ。

「飲むか？」

桂の言葉に荻野目が頷いた。

桂はアイラウィスキーをオンザロックにして荻野目に渡した。

「こういう緊張した時には、キックの利いたシングルモルトが凄く美味く感じますね」

その荻野目に桂は笑った。

「優秀な新聞記者である証だ。緊張状態に置かれると感性が鋭く研ぎ澄まされる。俺も相場では同じだ」

そう言って自分もグラスに口をつけた。

そして桂は訊ねた。

「工藤は？　弟のほうの金融庁長官の工藤はどうなっている？」

荻野目はグラスを置いて言った。

「自宅待機となって公安が二十四時間監視しているようです。リモートワークだと庁内ではされています」

そこでもまた隠蔽かと桂はウィスキーを飲んだ。そしてじっと考えてからなんとも厳しい表情になって言った。

「荻野目……工藤はこれで一仕事終えたのかな？　兄貴を釈放させることが奴のミッションだったのか？」

そう言う桂を荻野目はじっと見詰めた。

桂はなんとも言えない目をしてその荻野目に言った。

「もしそうなら……奴も〝死ぬ〟のか？」

荻野目はその言葉ではっとなった。

「前金融庁長官の五条健司のように!?」

五条は焼身自殺した。

「闇の組織、ハドはそうやってメンバーを〝殺して〟いく。そして闇で再生させる」

ゴクリと唾を飲み込んで荻野目は訊ねた。

「桂さんは〝死んだ〟五条と会ってるんですよね？」

桂は頷いた。

「ニューヨーク、メトロポリタン美術館のマーク・ロスコの絵の前で会っている。しっかりと声を聞いた。あいつは生きている」

そして桂はじっと考えてから言った。

「奴らがコロナを創り出した。そして世界を止めた。止めた世界、リモートになった世界を利用し、日本のメガバンクのシステムを乗っ取り日本政府を脅迫し……工藤勉を釈放させた。荻野目から聞くまで工藤勉が世界中のテロリストのレジェンドだとは俺も知らなかったが……」

桂は荻野目が米国駐在時代に知り合ったアメリカ国家安全保障局、ＮＳＡの人間から極秘で手に入れた工藤勉の著書『レオニダス』英語版『Leonidas』の頁を開き、その前文Preambleを読んだ。

We are the soldiers. We are the forever soldiers. Once decided to be a soldier………

――我々は戦士である。どこまでも戦士である。一度戦士たる決意を得た者は死ぬまで戦士である。

――我々は常に帝国（覇権主義国・権威主義国）と闘う。帝国とは米国とその属国（日本等）であり、中国とその属国であり、ロシアとその属国であり、似非民主主義国集団としてのユーロ各国である。

――我々は帝国の僕である官僚組織、軍隊を全て破壊する。

――我々の破壊はあらゆる手段を用いる。帝国との闘いにおいて〝卑怯・卑劣〟などない。あらゆる戦術・戦法は正当なものとされる。

――我々の闘いが終われば国家はなくなる。そこには人民だけの世界が出来る。

――我々は階層のない世界に生きることだけを考える。

――我々はあらゆるメシア崇拝、メシア信仰を許さない。絶対的なリーダーなどは我々の世界に存在しない。

——我々は我々であって我々ではない。唯一絶対の〝己一人〟の為に闘いに集結せよ。〝己一人〟を認めぬ全ての敵を葬るために。

——我々の目的は究極の自由である。

——我々は永遠のテロリスト、アナキストなのだ。

桂は前文を読み終えると言った。

「途轍もなく強いアフォリズムの連続……確かに世界中のテロリストたちがこれを読むと鼓舞されることが分かるな」

荻野目が頷いた。

「世界各国で〝禁書〟となっています。ネットに内容が出るとあっという間に当局に削除されるようですが……書籍は希少なバイブルとしてアンダーグラウンドマーケットで大変な値がつくとされています」

前文に続き様々なテロ活動のノウハウがハード、ソフト両面から書かれているため世界各国の治安当局はその流布を恐れていた。

「その著者が、レジェンドが、自由の身となった。闇の組織、ハドの力を借りて……。しかしハドと工藤勉……この二つが本当に手を組むのだろうか？　闇の組織の人間はどこまでも官僚で官僚的本質を持っている。官僚は工藤勉が国家の下僕として忌み嫌う存在だ。ここからハドは工藤勉をどうしようとしているんだろうか？」

荻野目は少し考えてから言った。

「餅は餅屋ということかもしれませんね。工藤はテロリスト、それもレジェンドとされる存在です。『レオニダス』を読んでも分かるように途轍もなく優秀です。天才的扇動家、戦略戦術の立案者であり並外れた胆力の持主です。今の時代でも十二分にテロの首謀者として活動出来るのではないでしょうか？」

桂は録画した工藤の映像をもう一度再生してみた。そこには七十歳を超えているとは思えない精悍さが漲っている。

「どう見ても病人ではない。恩赦の理由として〝不治の病〟とされたのだろうが……こうやって工藤勉の映像が配信されることで世界中のテロリストは興奮する。ところで、釈放後に工藤勉はどこへ行ったんだ？」

荻野目はメモを見ながら、長年工藤勉を支援して来た死刑廃止運動ＮＰＯのメンバーに連れられ逗子にあるホスピスに入ったと話した。

桂は考えた。

「餅は餅屋……工藤がテロを行うとするとやはり中東か？　石油施設を狙ってテロを行い

……インフレを起こさせる？　しかし、それは闇の組織にとってアウト・オブ・コントロール（制御不能）になる恐れがある……待てよ？　俺が今考えたように世界中の治安当局者や為政者も考える。そうかッ‼　闇の組織、ハドの狙いはそれだッ‼」

桂が大きな声を出したので荻野目は驚いた。

「荻野目ッ！　今のコロナ禍での金融や財政の途轍もない急拡大、もしそこへインフレを起こされたら……その恐怖に政治家や金融当局は駆られる‼　その不安に乗じておかしなことが財政・金融の世界から出て来る。それがハドの、闇の、真の狙いだ‼」

◇

死刑囚、工藤勉釈放の翌日、国家安全保障会議のメンバーは参集した。

前回と同様、首相と官房長官は官邸におり他のメンバーはリモートでの参加だった。

ＨｏＤ、ハドから連絡が入る時刻になった。

「回線が繋がりました。音声が入ります」

事務官の言葉に首相が頷き音声が流れた。

「総理、要求通り工藤勉を釈放してくれたことに感謝申し上げる」

相手は慇懃にそう言った。

「情報の隠蔽も完全になされている。そこも高く評価したい……と言いたいところだが。単に皆さん先生方も自分のカネは大事ということですね。『それにつけてもカネの欲しさよ』という下の句はこの世では何処へでもついて回るということなんでしょうな」

相手の皮肉に何の反応もせず首相は事務的に言った。

「我々はそちらの要求に従った。約束通り奪った預金は返してくれ」

少し間があってから相手は言った。

「どうぞ、皆さんの預金口座をご確認下さい」

首相と官房長官はそれぞれの秘書から、確かに預金残高が元に戻っていることを教えられホッと胸を撫で下ろした。全国会議員と政府関係者の持っていた敷島近衛銀行とやまと銀行の預金口座は、元の金額に戻っていた。

「我々は約束を守ります。それはお分かりいただけましたね？」

首相はもう全てが終わったような気になって言った。

「我々は大変な要求に従った。これで取引は終わりということだな」

相手は笑った。

「終わり？　総理、我々は長いお付き合いの挨拶を交わしただけなんですよ」

それを聞いたメンバー全員がゾッとした。

首相は落ち着き払った口調を懸命に作って言った。

「我々は要求に従った。今後一切、君たちと関わるつもりはない」

その時だった。

秘書官が伝言のメモを寄こした。

――預金の引出しや他行への送金が出来ません。預金口座はフリーズ状態です――

エッという表情を首相が見せた。

「こちらから説明しなくてもお分かりになったようですね。我々は二十四時間皆さんの預金口座をモニターしています。面白いなぁ……殆どの国会議員の先生方は直ぐに預金の引出しに動いていますね。でもフリーズするでしょう？　通常ベースでの入出金は出来ますが、多額の預金を引き出そうとしたり、他行口座に移そうとしたりすると、フリーズします。我々は完璧に皆さんの入出金パターンを把握しています。ですからイレギュラーな出金は出来ません」

首相は悟った。

「まだお前たちに我々は懐を握られたまま……ということか？」

次の瞬間、相手の口調が変わった。

「そうだ。お前たちのものも含めて我々は三億口座を握っていることを忘れるな。いつでも日本の金融、経済を止めることが出来るということだ。愚かな為政者に任されていた日本国は永久に我々がコントロールする。カネの切れ目が縁の切れ目、我々がお前たちのカネを握っている限り、縁は切れないということだ。また必要があれば連絡する」

そう言って回線は切れた。

首相は項垂れた。

官房長官はその首相を慰めるように言った。

「公安警察が懸命に捜査しています。必ず犯人は逮捕させます。大丈夫です」

首相は首を振った。

「とんでもない相手だ……そう簡単には捕まらないだろう。その間も我々はカネを奴らに握られたままなんだよ」

官房長官は反論した。

「メガバンク二行が奴らの支配下ですが東西帝都ＥＦＧ銀行は無事残っています。最大のメガバンクを使える以上、最悪は避けられます。その間に捜査を進めれば大丈夫です！」

首相はそうだなと小さく言った。

金融庁長官、工藤進の自宅前で監視の為に駐車している覆面パトカー……その中にいる公安警察捜査官が異臭に気がついたのは午前二時過ぎだった。

「焦げ臭くないか?」

同僚捜査官にそう声を掛けた時だった。

「!?」

猛烈な火の手が工藤邸から上がっている。

「消防に連絡しろ!! 俺は中を見て来るッ!!」

そう言ってクルマから飛び出した。

ゴウと熱風が吹きつける。

「これは……もう駄目だッ!」

目の前に猛烈な炎の柱が何本も上がっている。近所から大勢の野次馬が集まり周辺はごった返して来た。

消防隊が到着して消火活動を行っていった。

「公安警察だ。事後の検証は我々が先ず行う」

捜査官の言葉に消防隊長が言った。

「とんでもない火の勢いです。一般家屋の火事ではないですね。化学工場の火災のようです。

特殊な薬品が燃えていると思われます」

　捜査官は唇を噛んだ。

　朝、火災の現場検証が公安警察主導で行われた。

　炭化した遺体の一部が科捜研に持ち込まれ結果が出た。

「DNA鑑定は不可能です。ただ血液型が工藤長官と同じA型であることは判明しました」

　現場の状況と血液型から遺体は工藤進のものと考えるしかなかった。

　金融担当大臣と金融庁の幹部職員は、朝パソコンを立ち上げて工藤からのメールが夜中に送られて来ていたことに気がついた。

　開けてみるとそれは遺書だった。

「……金融庁長官として自らの責任で行った検査が国家的犯罪に加担することになった責任を重く受け止めて参りました……」

　そして兄の工藤勉の釈放に関しても肉親として責任を痛感するとして……その責めを負い自らの命を以て代えさせて頂くと結んでいた。

　公安当局は工藤進の自殺によって工藤と闇の組織、ハドとの関係の追及は不可能となってしまった。

桂光義はオフィスに訪れた中央経済新聞の荻野目から工藤進の〝自殺〟を教えられた。

「やはり……そうなったか」

荻野目は工藤の〝死〟の詳細を語った。

「捜査担当者から内密に聴き取らせたところ、やはり遺体が炭化していてDNAでの本人確認は出来なかったそうです。状況と血液型で本人と〝認定〟されたということです」

桂が何とも言えない気分で言った。

「五条の時と同じだな。特殊な燃料で燃やされた為にDNAまでは検出されない……」

荻野目はこれで工藤は闇に溶け込んだということでしょうかと訊ねた。

「そうだな。工藤は〝砂漠の狐〟と呼ばれていた。霞が関という砂漠を走り回る賢い狐、これで工藤は闇の組織、HoD、ハドの〝狐〟として再生するということだな……」

そして桂は言った。

「荻野目、工藤のこれまでの経歴を詳しく調べてくれないか？　生い立ちから学生時代の交友関係、そして大蔵省に入ってからどんな職歴だったのか、どんな人物と過去に接点があるか……虱潰し（しらみつぶし）に調べて欲しいんだ」

荻野目は承知しましたと返事をした。

「工藤は〝砂漠の狐〟と呼ばれるほど走り回っていた。その息の掛かった〝子狐〟が何匹か霞が関と民間にいる筈だ。〝砂漠の狐〟が表から消えると〝子狐〟が動くと考えられる」

荻野目がその桂に訊ねた。

「桂さんには心当たりがありますか？」

桂は自分が相場師として銀行でも特殊な立場でいた為、霞が関との接点が殆どない。

「俺には工藤との接点は浮かばんがメガバンク関係者には必ず〝子狐〟がいる筈だ。先ずはメガとの接点を重点的に当たった方がいいだろうな」

分かりましたと言ってから荻野目は笑った。

「どうした？」

怪訝な表情の桂に荻野目は言った。

「桂さんに火が点いたのを感じたんですよ。大きな相場をやる時の桂さんが戻って来てますね」

桂は自分ではそうは思っていなかったが、コロナで大変な世界がさらに大変なことに陥る瀬戸際だ。

「そうだな。ある意味ここから大相場だ。この世界を守れるかどうか……コロナは一発で世界を止めた。止まった世界がどう動き始めるか？　そこに奴ら、ハドの足跡が必ず見つけられる筈だ。闇は外に出て来る」

荻野目は頷いた。

桂は急に腹が減っていることに気がついた。

「荻野目、何か食うか？」

荻野目はまた笑った。

「相場師桂光義が帰って来たということですね。大相場に向かう桂光義が！」

桂は頷いた。

「だがな、今の相場そのものに嫌な感じが抜けない。暫くはハドの思惑通りの超強気相場になる。実体経済とは真逆の大相場だ」

荻野目は驚いた。

「今の株価上昇は一時的ではないと？」

桂は頷いた。

「奴らが世界を動かす為に創り出そうとしているのは、スーパーバブルだ」

◇

男は金融庁長官工藤進の家が業火に包まれるのを、騒然とする大勢の野次馬の中で見ていた。

消防隊が到着して消火活動が始まり周囲が騒然として来ると……その場を離れた。

ジョギングの途中だったのかフードのついたスエットスーツ姿。それから夜明け前の東京の街を男は走り始めた。

空が白み新聞配達の単車が追い抜いていく。

「フッ、フッ、ハッ、ハッ、フ……」

規則正しい呼吸を繰り返しながら男は湾岸を目指して走った。

何人かのジョギングをする人とすれ違う。

フードを目深に被って時折シャドーボクシングを交える男のランニング姿は、トレーニング中のボクサーのように見えた。

「ハッ、ハッ、フッ、フッ、……」

早朝ランナーは東京の日常風景だが、マスク姿のランニングはコロナによる新日常だ。

男にはそれは都合のよいことだった。

そうして男は芝浦の倉庫街の一角までやって来たところで走るのを止めた。

「フゥ……フゥ……フゥ」

息を整えながら男は古い倉庫の通用口のドアを開けて中に入った。

建物の内部には多くの荷物が積み上げられている。

その間をゆっくりと歩き、奥にある荷物エレベーターに乗り込んだ。

暗証番号を入力するとエレベーターは動き出し地下へと下りていった。

ドアが開くと明るく広い空間が広がる。

そこはコンピュータールームだった。

大型メインフレームが置かれ九人のオペレーターが既に働いていた。

全員が立ち上がって目礼した。

その中の一人が言った。

「お疲れ様でした」

男は水をくれとスエットスーツを脱ぎマスクを取ってから言った。

そうして渡されたペットボトルの水を飲み干し、ゆっくりと息をしてから訊ねた。

「オペレーションは順調にいっているんだな？」

オペレーターは頷いた。

「やまと銀行並びに敷島近衛銀行の、三億に及ぶ口座の動きはＡＩが常時モニターしていま
す。ターゲットたちも諦めておかしな資金の移動をしようとしていません。あと……既にこ

ちらにいらしています」

それを聞いて男の表情が変わった。

「お会いになりますか？」

男は頷くとオペレーターに案内されて歩き出した。

歩きながらオペレーターが言った。

「吉報です。ミスをしたTEFG担当のPCの解析が量子コンピューターを使って出来そうです。電波障害によるものか暗号化されたものか判明する見通しです」

そうかと男は頷いた。

「量子コンピューターがもう使えるようになったのか？　途轍もない資金力だな」

その通りですとオペレーターは笑った。

「超大国並みのコンピューター設備が用意されています。凄いですよ……ハドは」

そうだろうなと男は自分に言い聞かせるように頷いた。

「これからだ。ここからさらに途轍もなく大きなことが起こる。その為の設備だ。ミスをしないよう頼むよ」

男の目が冷たく光る。

その目にオペレーターは一瞬身構えて言った。

「ミスが死を意味するのは分かっています。その厳しさがハドをここまで大きくしたことも……」

分かっていればいいと男は言った。

そうして磨りガラスのはめ込まれた窓がある部屋のところまでやって来た。

「では、私は……」

オペレーターは背中を向けて戻っていく。

その足取りを見ながら緊張の面持ちになって男はドアを開けた。

そこには夥しい数のディスプレーが設置されていて、スーツ姿の大柄な男が背を向けて映し出されている世界の状況を見ていた。

「いつこちらに？」

スエットスーツの男が訊ねた。

「昨日の夜、羽田にプライベートジェットで着いた。何の問題もなかったよ」

男はさらに訊ねた。

「香港からですか？　もう呉欣平ではないですよね？　ローザンヌのホテル、ボー・リヴァージュ・パレスでお会いした時には改名すると確かおっしゃっていましたね」

スーツの男は笑って言った。

「お互い死んだ身だ。死神どうし通り名で話そう。君は〝フォックス〟、私は〝マジシャン〟……それでいいだろう？」

男は頷いた。

「生前の私は『砂漠の狐』、あなたは『魔術師』……あッ！」

フォックスは気がついた。

「今度は二人とも米国籍の人間になるということですか？」

マジシャンは「ご名答」と言って米国のパスポートをフォックスに渡した。

「名前は……フランク・ワカスギ。日系三世ということですか？」

マジシャンはその通りだと言った。

「私はマイケル・タチバナ。米国籍は一番都合がいい。どの国でも印籠のように使えるからね」

その通りですとフォックスは同意した。

「死んで間もないが……気分はどうかね？」

マジシャンの言葉にフォックスは苦笑した。

じっとマジシャンが見つめる中でフォックスは言った。

「ＴＥＦＧをしくじっています。日本の銀行システムの全てを手に入れる筈が……四割を取り逃がした。これは本当の死に相当するミスだと思っています」

マジシャンはそれを聞いて大きく頷いた。

「その通りだ。でも君なら挽回すると信じている。君のお兄さんも無事釈放させた。TEFGというピースさえ嵌まれば我々のコロナ計画は成功する」

マジシャンの言葉にフォックスは兄の件ありがとうございましたと頭を下げた。

「卑下することはない。君が表で霞が関の実力者でいてくれたから日本の銀行を太らせて数を絞れた。それで狩りがし易くなった。何より君の功績だよ」

都市銀行からメガバンクへ。地銀を統合させてスーパー・リージョナル・バンクを創り出し、それをメガバンクに買収させてスーパー・メガバンクと……日本の銀行の集中を指導してきたことの賛辞だった。

「だが……詰めを誤ってはいけない。TEFGは必ず落として貰わないと困る。そうでないと……ここからやることが無意味になる」

マジシャンの言葉は重かった。

「かなり壮大なマジックのようですね」

フォックスの言葉にマジシャンは何とも言えない笑みを見せる。

その悪魔の笑みに、いつも救われる気がするのがフォックスは不思議だった。

「コロナという武器を手に入れた時から練りに練った計画だ。世界経済を止めるのは戦争でもテロでもなく感染症、ウイルスだと分かってから……この壮大なマジックを思いついた。タネとなるウイルスの作成にはさほどの時間もカネも掛からなかった。それは本当に嬉しい誤算だったよ。どれほどカネを掛けても、力ずくでも絶対に不可能なことを、目に見えないウイルスが可能にしてくれたんだからね。我々がここからあと少しの時間を掛けて行うことは神の所業だ……人類の歴史を根底から覆すもの……闇を表に出してこその新たな世界だ」

フォックスはマジシャンの言葉に興奮を覚えた。

マジシャンは言った。

「我々の闇の組織、ＨｏＤ、ハドが日本の金融界に行わせてきたことがこれで実を結ぶんだ。財務省、日本銀行、メガバンク、証券会社……この国の金融と経済の全てを我々のものにする。それがあと少しの、あとほんの少しの努力で出来るんだよ」

フォックスは言った。

「先ほど量子コンピューターまで用意して下さったと聞きました。やはり途轍もない金額をこの株式市場の暴落と上昇から得られたわけですね」

マジシャンは頷いた。

「そうだ。我々は自由主義国の国家予算並みの資金を得、それは日々増えている。スーパーバブルが出来上がっていく。誰も信じられない実体経済と株式市場の乖離だ！　だが……人々はそれが当たり前だと思う。それが現実の面白いところだ。バブルはバブルの中にいる時、誰もバブルだと思わない。それがスーパーバブルとなっても人間はさらにスーパーフール（超馬鹿）となるだけ。しかし、社会の分断は途轍もなく拡大する。アメリカ大統領選挙は大変なことになるだろう。そこからが我々のステージだ。財政、金融、それを動かすカネ……我々、ハドの、闇の威力はここから発揮されるんだよ！」

フォックスはじっとマジシャンを見詰めた。

「？」

マジシャンがふと我に返ったような顔つきになった。

「何故だ？　あの男の顔がふと浮かんだ」

フォックスは誰のことかと訊ねた。

「桂だ。桂光義……最後の相場師」

桂光義は梅雨入り後の金曜の夜、銀座の街を歩きながら考えていた。

日本の非常事態宣言は解除され、世界各国でも同様にロックダウンが解かれていった。

「経済は酷いものだ」

日本のGDPは二〇二〇年4～6月期に年率換算で29・2%の減少になっている。

米国とドイツは30%を超え、イギリスは60%近い減少……最悪の状況だ。

「日本は去年の消費増税の十月から三期連続のマイナス……だが」

株価は物凄い上昇を続けている。

日経平均は一月につけた高値の二万四千八十三円から三月十九日に一万六千五百五十二円まで暴落を見せた後、二万三千円を超えるまで戻している。

桂自身もこの上昇相場を、闇の組織、ハドの扇動によって創られたものだと分かっていながら……強気で相場を張っている。

「途轍もないスーパーバブルへ世界は向かっている。相場師である限り俺はその市場を追って行かなくてはならない」

桂は忸怩たるものを抱えながら〝強気〟を堅持していた。

昔、ある相場師が明治四十年のバブル相場の時に『相場は狂せり』と新聞に大々的意見広告を出したことがある。その相場師は狂乱相場に売り向かっていて破産寸前だった。その広告の直後から暴落が始まりその相場師は稀代の大儲けをする。

桂は思った。

「俺も言いたい。『相場は狂っている！』と言いたい。しかしその狂い方は途轍もない。人だけでなく国家も相場を上げている。コロナというものを舞台にして闇の組織が創り出す〝超強気相場〟に逆らうことは……今は出来ない」

桂はファンド・マネージャーを辞めようかとも考えていた。

「しかし、そうなると闇の組織に負けたことになる。相場から離れれば負けだ」

そうして銀座並木通りに面したビルの中に入った。

クラブ『環』のドアを開けるのはいつ以来だろうかと桂は思った。

コロナ禍によって休業を余儀なくされていた〝銀座の夜〟が戻っていたのだ。

ドアを開けると独特の香りがする。

香水と酒と甘い吐息が入り混じったものだ。

黒服に「桂さまご無沙汰でございました」と挨拶されチーママの由美が先ず出て来た。

由美がマスク姿で桂は少し驚いたが、自分もマスクをしていることに気がつき外しながら言った。

「やっと会えたね。寂しくて死にそうだったよ。由美ちゃんは元気そうだね。綺麗な顔にマスク姿は玉に瑕（きず）だが……しょうがないか」

由美は深々と頭を下げてから言った。

「私も寂しかったぁ……でもママのお陰でおカネの心配なく休ませて貰えました。マスクはごめんなさいね。出来る限り感染防止ってママの方針で……」

桂が由美のマスクを見るとレースのフリルが付いている。

「お洒落なマスクだな」

由美がそのマスクの下で淫靡な笑いをした。

「これね勝負パンティーで買って取ってあったのをマスクに仕立て直したの……」

桂は驚いた。

「それで妖艶な感じがするのかぁ！　でもちゃんと穿いてるところを見たいなぁ……」

そんなことしたらママに殺されるわと由美が言ったところに、珠季がやって来た。

「いらっしゃい。ありがとう。桂ちゃん」

珠季もマスク姿だ。

「それもパンティーかい？」

珠季も由美も笑った。

「ママのはオートクチュール。ちゃんとレースのお店で仕立てたんだって」

へえと桂は感心した。

そうしていつもの奥の席に向かった。

「お客さんとの間隔は空けさせて貰ってますけど、その分心は近づいてますから……」

上手いなぁと桂は苦笑しながら呟いた。

店の中は盛況に見えたが、やはりいつもの活気からは遠い気がする。

「社用族は会社から飲食の伴う接待は禁止されているから……しょうがないわ」

珠季はそう言った。

席に着くと直ぐに、桂の好きなバーボンのソーダ割りを作ろうとすると桂が言った。

「今日はまず泡でいこう。景気づけだ」

珠季はありがとうと黒服にクリュッグをオーダーした。

そうしてシャンパングラスで二人が乾杯したその時だった。

由美がやって来た。

「塚本さんがいらっしゃいましたけど」

桂と珠季は顔を見合わせた。

「一緒に飲もうと言ってくれ」

桂の言葉で直ぐに塚本は現れた。

「一番乗りやと思たら……桂さんには何でも先越されますなぁ」

意味深長な言葉に桂は少し苦い顔をしながら、まぁ飲もうと言った。

「ちょうどシャンパンを開けたところだ」

そうして三人でまた乾杯した。

他愛もない話を少ししたところで、珠季が別の客の来店で挨拶すると言って立った。

「今日は久々の開店でママは忙しい。塚本君には悪いが……暫く野郎二人でもいいよな？」

桂がそう言うと塚本も同意した。

ごめんなさいねと珠季が席を外れたところで、桂は丁度会いたいと思っていたところだと言った。

「何です？　マーケットのことですか？」

桂は声を落とした。

「この間、死刑囚が釈放されたのを知っているか？」

塚本は頷いた。

「中国メディアも盛んに報道してましたわ。五十年前にそんな事件があったとは……僕も知りませんでした」

桂は死刑囚、工藤勉が世界中のテロリストのレジェンドであり、金融庁長官、工藤進の兄だと塚本に教えた。

「工藤長官って！　こないだ火事で死んだ工藤ですか!?　自殺やと言われてる！」

声が大きいと桂が顔をしかめ塚本はすんませんと小声になった。

「実は……死刑囚の兄を釈放させたのは闇の組織、ハドだ」

塚本は目を剝いた。

「テロリストのレジェンドを野に放った。そして金融庁長官の工藤の自殺も偽装で、生きている。工藤は闇の組織の人間だ」

塚本はそれを聞いて考え込んだ。

「あいつらぁ……一体何を始めようというんや？　コロナを創り出して世界を止めて、次に世界中でテロでもやろうっちゅうんか？」

桂がその塚本を厳しい表情で見つめた。

「奴らはとんでもないカネを手にした筈だ。君も俺も含め、この相場をスーパーバブルに仕立て上げようとしている。恐らく多くの投資家を巻き込んでいる。そして、これは絶対に口外してはならんことなんだが……」

桂は、日本の二大メガバンクの預金口座システムが乗っ取られていることを語った。

塚本は啞然とするだけだ。

「ここからは俺の推測だが、恐らく奴らはこのスーパーバブルを使って世界の金融経済を操ろうとする筈だ。それがどうやって行われるかはまだ分からん。しかし、実体経済は大恐慌以来の酷い状況になる中、各国政府は物凄い財政出動を続けなければならない。世界の債務残高は途轍もなく膨れ上がる。各国はファイナンスをどうつけるか、政府がマネープリントを続けられるかは……」

塚本は頷いた。

「インフレが絶対に起こらん。ということでないとあきませんね？」

その通りだと桂は言った。

「奴らはテロリストのレジェンドを釈放させた。日本人は工藤勉の恐ろしさを知らんが、世界ではテロリストのレジェンドだ。その存在がテロを誘発し、破壊を行い、様々な生産・流通にボトルネックを生じさせて、強烈なインフレを創り出すという恐怖に世界各国の為政者は駆られる。恐らくそれが奴らの狙いだ」

塚本は考えたが分からない。

「それと……日本の銀行システムを支配したこと……どう繋がって来るんですか？」

桂は頭を振った。

「それがまだ分からん。ただこのスーパーバブルをどこまで持ち上げるかが一つのポイントになる。国の膨大な借金と途轍もなく大きくなる株式市場……これを奴らは狙う筈だ」

桂は塚本をじっと見詰めた。

「君は相場師だ。そして、俺も相場師だ。二人ともこのバブルが人為的に創られたものだと分かっていながら強気に乗っている。しかし、どこかで奴らと闘わないといけない。俺にはその覚悟がある。君はどうだ？」

塚本はその桂を見返した。

（……綺麗な目やなぁ）

塚本はそう思った。そしてこんな男だから珠季は惚れるのだと納得させられた。

コロナで萎えていた塚本の心に火が点いた。

「僕もやります！　闘いますでッ！」

その時、珠季が戻って来た。

「!?」

二人の男から蒼白い炎のようなものが揺らめいているのを感じて驚いた。

桂がその珠季に微笑んだ。

「今から兄弟盃をかわす。シャンパンもう一本、開けてくれないか？」

第九章　幻惑のＪＧＣＢ

ヘイジは専務の高塔に呼ばれた。

「思った以上に帝都自動車が良くない。緊急融資には応じたが……このままでは大変な不良債権になりかねない状況だ」

前より事態は深刻化している。

帝都自動車は帝都グループの象徴的な存在でＴＥＦＧの融資額は本体だけで一兆二千億円を超える。

新政権が政策の目玉とする環境問題……二〇五〇年までの温室効果ガス排出ゼロ、ゼロエミッションを目指し二〇三〇年以降は電気自動車（ＥＶ）以外の新車販売を認めない方針が公表となり、他社に比べてＥＶ化が大きく出遅れている帝都自動車はコロナ禍の販売激減の中で経営上の難題を突きつけられた。

「帝都自動車の大規模リストラは必至となった。内々の決定だが……帝自城下町の神奈川県

Z市、帝自本体、子会社、関連会社、下請け含め、就業人口十万人のうち五万が今後三年でリストラになる」

ヘイジは息を呑んだ。

子会社、関連会社から下請けへの融資を合わせると三千億円を超えている。

「帝自本丸と城下町を合わせると一兆五千億以上の融資残高。もしリストラ出来なかったら……全てアウトですか？」

高塔は頷いた。

「リストラの対象は予想通りエンジンやコンプレッサー、内燃機関関連と周辺部品だ。ＥＶ、電気自動車でモーターにとって代わられると全て必要なくなる。高性能エンジンを売り物にして来た帝都自動車はアウトだ」

ヘイジは顔をしかめた。

「高塔専務が開発されているＡＩ『霊峰』は帝都自動車にどんな評価を？」

高塔はなんとも難しい表情をした。

「ＡＩは帝都自動車との取引は五分五分だと出して来た。リストラを前提に五分五分ということだ。リストラなしの五年先シミュレーションでは二兆円が貸し倒れになると予想している」

ヘイジは戦慄を覚えた。

「二兆円の不良債権……当行はもたないですね」

高塔はその通りだと頷いた。

「帝自には私からさらに厳しいリストラプランを要求している。本体のリストラは遂行出来ると思う。だが問題は……」

城下町だ。

「帝自本体からのサポートはないんですか？」

高塔は厳しい顔で首を振った。

「子会社は助けると言っているが、関連会社と下請け……計三万人は何のサポートもないまま職を失うことになる。事業や取引の解消に伴う一時金もごく僅か……」

それが現実だと思うしかないが、ヘイジは何か別の角度から助けられないかと考えてみた。

「環境の為に今一生懸命働いている人たちが、『時代の流れだ』と切り捨てられるというのはあまりにも不条理で酷です。何か、なんとか別の道があるのではないでしょうか？」

ヘイジの言葉に高塔は黙っている。

その時、ふとヘイジは閃いた。

それは自分が新人の吉岡優香の助けを借りたネットワークというものだ。

（ネットワーク……その強みを教えられた。これからのビジネスはネットワークだと思った。未来への可能性もそこにあるのではないのか？　捨てられる技術もネットワークを介したら……）

そう思ってヘイジは高塔に言った。

「どうでしょう？　ＴＥＦＧが中心となって帝都グループの新たなネットワーク作りをするというのは？　ＡＩ『霊峰』に帝都グループ全企業のビジネスデータを集めさせてネットワーク化させ、そこから環境や持続可能経済に繋がるハードとソフトの連携を見つける。そういうことは出来ないでしょうか？」

高塔はハッとなった。

「ＡＩ『霊峰』には銀行側の情報インプットのみで双方向ではない。そうか……帝都グループはグループではあるがネットワークではなかった。それを、帝都を、ネットワーク化すれば何か大きな可能性が生まれるかもしれんな。二瓶君、ありがとう。早速頭取と相談してその方向で帝都グループのトップに提言する。グループではなくネットワーク……これはコペルニクス的転回だ！」

ヘイジはさらに言った。

「実は小規模事業者向け融資関連で結果が出そうな事例に未知のネットワークを使うことが

あります。新入行員に教えられたものがそれでした。専務にはファンドやベンチャーキャピタル、ＮＰＯ、ＮＧＯなども含めた前広のネットワーク作りをお願いしたいと思います」

高塔は分かったと笑顔で言った。

ヘイジは翌日からリモートワークになって家にいた。

舞衣子が妊娠したことで色々と家事をやらなければならない。リモートはそこが有難かった。舞衣子のお腹も目立つようになった。それを見るのがヘイジにはたまらなく嬉しい。

「親になる。それを身近に感じられる。銀行員がリモートワークなんて絶対にありえないと思っていたのに出来ることが分かった。なんでもどんなことでも出来ないことなどない。それをコロナが教えてくれたとすれば前向きになれる」

ヘイジは自宅リビングからノートパソコンで、京都の宇治木染織とネット会議を行った。

画面に社長の宇治木多恵と、ＴＥＦＧから出向中の吉岡優香が並んで映った。

「どうです社長？　うちの吉岡はちゃんとやってますか？」

ヘイジの言葉にいつものように表情を変えず、宇治木多恵は口を開いた。

「まぁ……邪魔にはなってないわ。それより『社長』はやめてんか。ヘイジに『社長』て言われると気持ち悪い」

吉岡は隣で笑っている。

「了解。でも、うちの吉岡……カーちゃんが邪魔になってないと言うのはかなり誉め言葉だね」

宇治木多恵は頷いた。

「この世の中、外国語が出来るちゅうのは大きいな。トライリンガルの優香ちゃんが来てまだふた月やのに……もうアラビア半島からの注文が入りそうなんや」

ヘイジは喜んだ。

「それは凄いな。吉岡さん、流石だよッ！」

吉岡はまだまだこれからと言った。

「バーレーンの友人からは、宇治木染織のアンテナショップを現地に出したらどうかと言われています。日本の織りや染めの技術の高さを改めて評価しているようです」

すると宇治木多恵が言った。

「日本の、やない。京都の、や」

ヘイジと吉岡は笑った。

「それで吉岡さんの織物の技術習得は進んでるの？」

それには宇治木多恵が答えた。

「たいしたもんやで」

ヘイジは苦い顔で「全然駄目ということだな」と笑った。

「京都人は本当に分かり易いよ。全部言葉を逆にとっていけばいいんだからな」

宇治木多恵は無表情で「あんたはいけずやな」と言ったのでヘイジと吉岡はまた笑った。

「兎に角、ビジネスネットワークを世界に広げてくれているのは大きい。これからの小規模事業者向け融資プロジェクトの期待のモデルなんだ。頼むよ」

ぼちぼちやるわと宇治木多恵は言った。

吉岡も楽しそうな表情をしている。

「二瓶常務のお陰で意欲を持って毎日やらせて頂いております。本当にありがとうございます。引き続き頑張っていきます」

そうしてネットでの会議は終わった。

会議の後、ヘイジは買い物に出た。

「今日は鍋にするけど、いいよね？」

出がけに舞衣子に訊ねると「野菜たっぷりにしてね」と言われたので白菜と豚バラ肉のカンタン鍋にしようと決めた。

土鍋に白菜と豚バラ肉をミルフィーユ状にギッシリと詰め込んで火にかけるだけの簡単なもので、ヘイジのところではカンタン鍋と呼んでいる。

「最後の締めのおじやも美味しいんだよな」

そう言いながらヘイジはスーパーで野菜や肉を買ってレジに並んだ。

「人の姿が増えてきてるな」

非常事態宣言が解除され梅雨入りとなったが、街に活気が戻っているように感じる。

誰もがマスク姿だが、慣れて日常のごく当たり前の光景だ。

「このまま感染は終息に向かうのかな……」

経済は戻りを見せていないのをヘイジは数字を見て知っている。

小規模事業者向け融資に、ネットワークによって新たな成長性を見つける道筋はつけたがまだこれからだ。

「経済が立ち直らないと何にもならない」

その経済を表すとされる株価は上昇を続けている。

「桂さんはこれが闇の組織の仕掛けた相場だとしている。この先に何が起こるのかを考えると本当に恐ろしいな」

マスクやソーシャルディスタンスという、新日常の風景を見ながらヘイジは思った。

「？」

ビジネス用のスマートフォンが鳴った。

頭取の岩倉だった。

「二瓶君、申し訳ないが明日銀行に出て来てくれないか？」

ヘイジは了解しましたと返事をした。

「坂藤のことで……財務省のお偉方が話を聞きたいと言ってるんだ」

ヘイジは緊張を覚えた。

◇

東西帝都ＥＦＧ銀行の役員第一応接室でそのミーティングは行われた。

「リモートで、とも考えたのですが……」

財務省からは副大臣と事務次官、大臣官房長の三人が来てＴＥＦＧは頭取の岩倉とヘイジ
……五人でマスクをしながら広い応接室で話が始まった。

「現内閣の経済対策はコロナ禍でのアクセルとブレーキ、メリハリの利いたものというのが総理のお考えです。緊急事態宣言が解除となった今、アクセルを踏むことを考えています。

経済に即効性があり国民の納得も得られるもの。そこで坂藤市で長年実施されている大帝券、D券、地域と期間を限定しての金券、クーポン……その実態を知るため御行のご協力を頂きたいと思いまして……」

それに対して岩倉が訊ねた。

「いわゆるヘリコプターマネーを配るということですか？」

副大臣はそれもあると言った。

「国民一人当たり十万円の特別定額給付金を支給することは決めています。それとは別に、コロナ禍で完全に需要の止まった観光旅行関連、航空・鉄道等の業界を助けると共に地域経済活性化として〝ＧｏＴｏキャンペーン〟という名で打ち出そうとしています。旅行に訪れた先でクーポンが発行され、それを地域と期間限定で使用出来るようにするものです」

ヘイジはそれを聞いて合点がいった。

「確かに坂藤市で使用されているＤ券はそれに類似するものです。グリーンＴＥＦＧ銀行の坂藤本部で対応させて頂きます。御省の調査には全面的にご協力致します」

財務省側の三人はありがとうございますと頭を下げ、副大臣と大臣官房長の二人はヘイジと具体的に話を詰めることになった。

事務次官と岩倉は別の話があると言って皆と別れて頭取室に向かった。

頭取室の応接用の椅子に座ると事務次官の香取智康が溜息をついた。香取と岩倉とは東帝大学の同じゼミ生で旧知の仲だ。

「コロナ禍の異常事態で莫大なカネが掛かる。その中で二大メガバンクのシステムが闇の組織に乗っ取られたという異常な状態だ。岩倉のところが免れてくれたお陰で政府関係のカネの移動はＴＥＦＧが使えるから助かっている」

香取が敷島近衛銀行に置いている個人預金も闇の組織、ＨｏＤ、ハドに押さえられたままだという。

「全国会議員もそうだが、霞が関は全事務次官がハドにカネを握られている。政治も行政も恐喝されている最中なのにその情報は完全に統制されている。というか見事に隠蔽されている。情報が公になればカネは戻ってこないとなるとこうだ。皆本当に自分のカネが大事ということだ。俺も他人のことは言えんがな」

自嘲気味に言う香取に岩倉は訊ねた。

「その後、ハドは動きを見せているのか？」

香取は首を振った。

「音沙汰ないそうだ。それで大丈夫かと思って預金を大きく引き出そうとすると……口座はフリーズする。ずっと監視されていることに変わりがない。だから恐ろしいんだ」

日本の中枢が闇の組織、ハドが次に何をやろうとしているのかを固唾を呑んで見守っている状態だという。

岩倉は自行のシステムを守ってくれた『ラクーン』の信楽に改めて感謝の念を持った。しかしその信楽が、ハドに仕掛けた追跡プログラムの作動は未だ確認出来ず半ば諦めている。

香取は言った。

「二大メガバンクのシステムが乗っ取られた状態も日常になっていく。人は慣れるものなのだろうな。政治家や官僚には隠蔽体質が沁み込んでいる。闇の組織、ハドは敵ながら天晴(あっぱれ)だよ。徐々に自分たちの存在を日本の中枢の日常にしているんだから……」

そんな大変な事態にあることを国民は全く知らない。

香取は話題を変えた。

「兎に角、コロナはカネが掛かる。途轍もない金額が様々な給付金や対策費用で必要になる。それをどう賄うかなんだ」

岩倉が少し考えてから言った。

「財政の拡大はインフレさえなければ幾らでも出来るという……ＭＭＴ、現代貨幣理論が随分とアメリカで喧伝されているじゃないか。過去数十年の日本を引き合いに出して財政赤字が金利上昇に繋がらず中央銀行の量的緩和も機能していると……」

　香取は頷いた。

「そうなんだ。ここから未曽有の量となる国債発行が順調に行えるか、市場をどう納得させるかを考えた時、ＭＭＴ理論は極めて魅力的に映る」

　財務事務次官の言葉は重い。

　岩倉は続けて訊ねた。

「日本だけでなく諸外国も物凄い財政拡大になる。似非理論としてもＭＭＴにすがるしかないんじゃないのか？」

　香取は頷いた。

「だがＭＭＴだけの一本足打法では心もとない。そこに加えるべき新たな理論が欲しいところへ……シカゴ大学の榊(さかき)淳平教授のＮＦＰ、新財政理論が出て来た」

　岩倉も榊の名前は知っている。日本人経済学者として売り出し中の存在だ。

　香取は言った。

「財政で最も怖いのはインフレだ。今もし先進各国でハイパーインフレが起きたらコロナ対策も何もかもが吹き飛び、世界は地獄と化す。そうなったら大恐慌の比ではない。今インフレになっていないのはグローバル・サプライチェーンが安定的に機能しているからだ」

それは岩倉も分かっている。

旅客機は殆ど飛んでいないが貨物機はフル稼働で世界の空を駆け、コンテナ船は満載の荷物で世界中の海を航行している。

そこで香取が難しい表情に変えた。

「もしそのグローバル・サプライチェーンが数ヵ所ピンポイントで破壊されたらどうなるか？　ボトルネックを様々な経済領域で発生させてハイパーインフレを誘発したら……。今、G7の経済金融官僚の間で最も懸念されているのがそれだ。そして必ず出るのがテロリストのレジェンドTom Kudoの名前だ。釈放された死刑囚、工藤勉。自殺した金融庁長官、工藤進の実兄」

岩倉はそう語る香取をじっと見た。

「もし工藤勉が世界中でテロを主導しホルムズ海峡やマラッカ海峡、そしてスエズ運河やパナマ運河……物流の要衝を一時的にでも封鎖に追い込むようなことになれば……ハイパーインフレで先進各国は財政の拡大は不可能になり、コロナ禍の世界は破滅する」

香取の厳しい顔つきを見ながら岩倉は訊ねた。

「世界の為政者や経済金融官僚たちがそこまでのリスクを懸念しながら何故、株価は上昇を続けているんだ？　実体経済との乖離は凄まじい。その上、予想される大変な危険がありながら何故、株価は上がっているんだ？」

それが分からないんだと香取は首を振った。

「我々はコロナの前から各国の株価がバブル領域に入ったと認識していた。そしてコロナによって一気にそれが弾けて暴落、下落は長期間続くと思っていた。しかし、全く逆だ。マーケットのことは本当に分からないが、本来コロナ禍で苦しむ経済を救うための財政支出や金融緩和で創られたカネが……株式市場に流れ込んでいるとしか考えられない。バブルがスーパーバブルになったとしか思えない」

岩倉はそれに対し皮肉めいた口調で言った。

「日銀に株を買わせておいて良かったな。それにある意味、日銀がスーパーバブルの源ともいえるんじゃないのか？　必ず日銀が株式市場を買い支えてくれる。今や日本最大の株主は日銀なんだから……」

岩倉の言葉にまさにその通りだと香取は言った。

「我々財務省はずっと懸念を持っていた。最終的にあれだけ買ったＥＴＦをどう売却していくのか、出口戦略が全く見いだせない中で暴落したらどうなるのか？　このスーパーバブルの後で一番恐ろしいのがそれだ」

それは岩倉も納得する。

「実は榊教授がＮＦＰを応用し、財政拡大と日銀のＥＴＦの解消という一挙両得になるものを日本政府そして米国政府に政策提案している。我々財務省としてはこれに乗ろうと思っている。そしてその際の金融面でのシステムの助けをＴＥＦＧにお願いしたいんだ。他のメガバンクは今は使えないからな」

岩倉は怪訝な顔つきになって訊ねた。

「榊教授の政策とはどんなものなんだ？」

香取はなんともいえない笑みを浮かべた。

「それはＪＧＣＢだ」

岩倉は聞いたことがない。

「ＪＧＣＢ？」

香取は頷いた。

「負債を資本に換える」

エッと岩倉は香取の言葉に驚いた。

「それはマネーの世界で中和作用ともなる。日本国の借金を資本に換えてしまう。そうして財政の拡大を無限に出来るようにするんだ」

香取は何かに幻惑（げんわく）されているようにそう語った。

◇

桂は中央経済新聞の荻野目からその言葉を聞いて驚いた。

「ＪＧＣＢ？」

「日本国債、ＪＧＢ（Japanese Government Bond）ではなくＪＧＣＢ……どういうものだ？」

荻野目は財務省と日銀がＪＧＣＢ発行に向けて動いていることを桂に告げたのだ。

「日本国が発行するＣＢ（Conventible Bond）、転換国債ということです。通常ＣＢは転換社債、一定の条件で株に転換出来る社債のことですが、この場合の転換は日本そのものの〝国株〟ということです」

桂には理解出来ない。

「どういうことだ？」

そこにはシカゴ大学の榊教授のＮＦＰ、新財政理論があるという。

「ＮＦＰ（New Fiscal Policy）はＭＭＴ、新通貨理論に新たな考えを加えたものです。国の実質的な経済力を国債の発行残高と株式市場の時価総額を足したものとして考える。国の借金（マイナス）の額はその国の株式市場の時価総額（プラス）に乗数（過去の相関から算定）を掛けたもので相殺され、国そのものの経済金融安定性は保たれるというものです」

桂もそれは知っている。

「MMTもそうだがNFPも単なるこじつけのように思えてならない。インフレが起こったらそんなもの吹き飛ぶじゃないか？」

荻野目はそこなんですと言った。

「榊教授はそこに目をつけたんです。ご承知の通りコロナ対策で世界各国は未曽有の財政出動を続けています。低インフレのお陰で各国はファイナンスが出来ていますが、もしインフレが起きれば、金利は急騰し国債の発行は出来なくなります。そこで考え出されたのがJGCB、転換国債です。超低金利あるいはゼロ、更にはマイナスクーポンで発行した国債を一定条件で〝国株〟に転換する」

桂には分からない。

「その〝国株〟とは何だ？」

荻野目はそこがNFPによる新しい概念だという。

「日本国がその資本として発行する〝株〟ということです。そしてその発行する〝国株〟の担保に日銀が保有しているETFを拠出するということなんです」

桂はあッと理解した。

「そうかッ!!　日銀が買いまくった株を売却することなく処理するということか!!」

荻野目は頷いた。

「そうすることでインフレが起きたとしても国はＪＧＣＢを使って借金が出来る。そしてＪＧＣＢが発行されれば株は上がると市場は読んで株はさらに買われるということです。現状、コロナによって世界は大恐慌以来の経済の落ち込みだというのに、上がっている株の強さを見れば投資家も納得してＪＧＣＢの購入に動くでしょう」

桂は考えた。

「日銀のＥＴＦ保有残高は約三十五兆円、東証一部時価総額の約６％、今のペースでＥＴＦ購入を続けると二年後には８％を上回り10％も視野に入って来る。俺は株式市場を歪める日銀の株購入が嫌で自分の運用をＡＩに任せて来たが……これで日銀は『出口戦略』を考えずに株が買えるということか！」

その通りなんですと荻野目は言った。

「次の総裁に内定している日銀生え抜きの副総裁団藤眞哉(だんどうしんや)がＪＧＣＢ実現の日銀側の旗振り役ということです。それで次期総裁の座も射止めたとされています」

桂は苦い顔をした。

「団藤は日銀のETF買いを推し進めた張本人だ。『出口戦略』の責任論をこれで消し去れるということか……」

それだけではないと荻野目は言った。

「財務省は金融庁、東京証券取引所と協議し、この〝国株〟の上場を考えています」

桂は啞然とした。

荻野目は続けた。

「ETFを担保とした〝国株〟を上場するということはある意味、究極の株を創りあげることになります。〝国株〟は上場株全てで出来ている。そして発行体が国であるというプレミアムが付く。資本主義、いや市場資本主義の究極の形がそこにあることになるんです」

桂は呟いた。

「莫大な上場益を政府は得ることが出来るということか？　借金を資本に換えられる上に莫大な利益まで得ることが出来る！」

荻野目は頷いた。

「JGCBの組成や上場が成功すれば、膨大な債務に苦しむ各国政府にとっての福音となります。アメリカは財務省長期証券、Tボンド（Treasury Bond）に代わってTCBの発行をJGCBを参考に検討するそうです。その前に日銀と同じように米国株ETFをFRB（連邦準備制度）が購入を始めるということですが……」

そう言って荻野目は桂を見て息を呑んだ。

「!?」

物凄い形相の桂がいてその背後には蒼白い炎のようなものが揺らめいている。

「どうしました!?　桂さん！」

桂は絞り出すように言った。

「こ、これだッ!!　奴らの狙いはこれだッ!!」


その電話会議は完全に暗号化され、盗聴不可能な量子回線を用いられて行われていた。

参加しているのは四人の男だった。

「君に日銀内部を纏めさせ、株を、ＥＴＦ購入を金融政策にさせてから十年……蒔いて来た種が育ち、ようやく実を結ぼうとしている」

それはマジシャンの声だった。

「諸先輩の方針が何一つ間違っていなかった証です。私はただ言われた通りに動いただけですから……」

そう言ったのはセントラルと呼ばれる男だった。

「ＪＧＣＢ発行は政府内で既定路線になったということだね？」

マジシャンの問いにセントラルは官邸と話はついていると答えた。

「莫大なカネの必要な政府としては、藁にもすがりたい中でのＪＧＣＢのアイデアです。榊教授には見事に動いて頂きました」

それに別の人物が続けた。

「全てはマジシャンが描かれた壮大なストーリーとアイデア、そして実行力があったればこそ。私もこれから実演されるマジックが楽しみです。それにしても相変わらず日本の政治家や役人はアメリカの学者に弱い。簡単に政策に取り入れさせることが出来ましたよ」

それはプロフェッサーと呼ばれる男だった。

「タイミングが全てです。カネを欲するタイミングが……。コロナによってマネーの価値は何倍にも高まった。世界のあらゆる国はカネが幾らあっても足りない。どうやってカネを作るか。見回すとそこに日本というユニークなサンプルがある。経済は長期に亘って低成長、財政赤字を拡大しながらもインフレを起こさず経済は安定を保っている。権威主義国家でもないのに度重なる地震や津波、台風などの災害にあっても暴動も略奪も起こらず社会は安定を保ち続けている。コロナ禍でも欧米諸国のような急速な感染拡大に至らない。そんな日本が輝いて見える。ずっと世界のリーダーであった米国は社会の分断が深刻で大統領選挙後もどうなるか不透明。欧州も英国のブレグジットを含め、政治・社会・安全保障の不安要素満載で危機感は高まる一方。日本は相対的に魅力的に映る。そんな日本が行う転換国債という新財政政策……日銀のＥＴＦ買いを批判し続けて来た先進各国も、ことここに及んで日本が見事にＪＧＣＢの発行と上場を成し遂げた暁には……右へ倣えとなるのは必定。そうなることを見通して来られたマジシャンの洞察力には頭が下がります」

そう言ったのはフォックスだ。

マジシャンは言った。

「我々は全ての準備を整えて来ました。我々が全てを手に入れるまであと一歩です。だが上手の手から水が漏れた」

そこでフォックスが謝罪した。

「ＴＥＦＧの件は本当に申し訳ありませんでした。しかし、マジシャンに用意して頂いた量子コンピューターを使っての解析で我々がＴＥＦＧに嵌められていたことが判明しました。ＴＥＦＧのデータは確保しています。暗号化されているだけです。鍵さえ見つければ他のメガバンク同様、ＴＥＦＧを支配出来ます」

そう言ったフォックスにマジシャンが訊ねた。

「次善の策は準備出来たのかね？」

フォックスはそれに自信ありげに答えた。

「子狐を使います。ちょうど良いポジションに子狐を飼っています。TEFGは自分たちはハドの魔手を逃れたと慢心しています。そこを突きます。それには次期日銀総裁にもご協力頂きたい」

セントラルは何なりとお申し付け下さいと答えた。

マジシャンは言った。

「準備に長い時間を掛けて来た壮大なマジックの幕が上がります。その為に我々の持てる力の全てを使う。全ての人材、全てのカネ、全ての武器……。中国やロシア、その他の強権主義国には既にワクチンのサンプルで鼻薬(はなぐすり)を嗅がせてあります。それらの国は既に押さえてある。そうして次に全ての資本主義国を完全支配する。政治も経済も何もかも……誰も思いもつかなかったアイデアによってそれは実現する。そうして、裏が表になるのです。そこに戦争もテロも必要ない。闇が全てを覆うだけです」

東西帝都EFG銀行頭取の岩倉は財務省、日銀との極秘テレビ会議に入っていた。

議題はＪＧＣＢの発行についてだ。

財務事務次官の香取から説明がなされた。

岩倉は事前に香取から聞いていたが、これほど早く実現に動くとは思っていなかった。

「発行額は額面四十兆円、十年債、ゼロクーポン（利札なし）。ＪＧＣＢ市場を安定的に育成する目的から〝国株〟への転換は段階的に行います。抽選によって一年目に二割、二年目三割、三年目に残る五割の全てを強制転換させます。価格激変措置として発行日前日の終値から一ヵ月以内にＴＯＰＩＸ（東証株価指数）が終値で10％以上の上昇または下落となった場合に限り、発行債全て〝国株〟への転換が出来るものとします」

岩倉は訊ねた。

「発行直後に株式市場が急騰・急落した場合には投資家のリスクを限定する意味で〝国株〟に転換して売却出来るということですね？」

香取は頷いた。

「東京証券取引所は転換が決定した翌営業日に〝国株〟の現物市場並びに先物市場を立ち上げ、売却が可能になります」

行き届いた措置だなと岩倉は思った。

香取は続けた。

「額面四十兆円のＪＧＣＢの担保として日銀が現在保有するＥＴＦを全て拠出します。今現在の時価総額の三十五兆円からすると担保掛け目が87・5％……現実には９割前後での発行が出来ると思います」

妥当な担保の量だと岩倉は思った。

そこで日銀の団藤副総裁が言った。

「今回のＪＧＣＢの受託等の金融機関側の業務にあたってはＴＥＦＧグループに独占的にお願いすることになります。理由は……差し控えさせて頂きます」

他のメガバンクのシステムはまだ乗っ取られた状態であるからそれは当然だった。

そして団藤副総裁は、ＴＥＦＧグループを独占的に使用するにあたって是非ともお願いしたいことがあると言った。

「御行が長年に亘って開発に協力されてきているスーパーコンピューター『霊峰』を、今回の事務処理に使って頂きたいのです。世界で初めてとなる〝国株〟の発行となるので内外の注目度も高く、膨大な量の事務処理が必要になることが予想されます。現在処理速度で世界一を誇る『霊峰』が使用されているとなると技術立国日本としての看板ともなります。どうかこの点を強くお願いしたい」

岩倉は『霊峰』への評価に相好を崩した。

「団藤副総裁の信頼にお応えすべく、全力でＪＧＣＢ発行の成功をお支えする所存です。どうかお任せ下さい」

岩倉は会議が終わった後で高塔を呼んだ。

「ＪＧＣＢの具体的なことが決まった」

マスメディアから概略は発表されていたが詳細は高塔も知らない。

「発行日や発行額、その他条件等はまだ機密情報なので君にも言えないが、ＴＥＦＧグループが受託業務を含めＪＧＣＢ関連の全ての業務を独占することになった」

高塔は驚いた。

「何故、うちで独占なんですか？　他のメガバンクと共同が通例だと思いますが？」

岩倉は政府の重要機密であるメガバンクのハッキングについては高塔にも話していない。ＴＥＦＧで知っているのは岩倉とヘイジだけだ。岩倉は高塔を納得させるために上手く事実を曲げた。

「実は財務省と日銀は『霊峰』を使いたいというんだ。それでＴＥＦＧのみということなんだ」

高塔は驚いたが納得の表情を見せた。

岩倉は続けて言った。

「このコロナ禍であっても、日本政府が世界の財務の歴史にもなかった新たなチャレンジを行うということと、日本の卓越した技術力を共に示したいという強い意向なんだ」

高塔は少し考えてから言った。

「基本的には従来の受託のシステムと同じでしょうから……システム面では問題なく対応出来ると思います。処理する情報の量と時間の速さに関しては、世界のどの金融機関が持つシステムも遥かに上回っていますから」

岩倉は満足そうに頷いた。

「では、君に本件を任せる。スーパーコンピューター『霊峰』の応用ということで情報系システムだけでなく、今回は証券系、勘定系のシステムまで関わって貰うことになって大変だが、何とか頼むよ」

その岩倉に高塔は頷いた。

「AI『霊峰』を使っての帝都グループへの営業戦略の見直し、グループのネットワーク化も動き始めました……こちらもきちんと結果を出したいと思います」


ヘイジは高塔とリモートで話し合っていた。

「君から提案を受けて、帝都グループに対してＡＩビジネスネットワーク構築の提案をしたところ反応は上々だ。コロナ禍でどの企業も業績が大変な中、何か、特にＩＴ、ＤＸで何かやらなくてはならないと考えていたところにピタリと嵌まったようだ。タイミングは良かったと思う」

それを聞いてヘイジは嬉しくなった。

「帝都グループの企業は門外不出のビジネス情報をＡＩ『霊峰』に提供してくれるところまで行きそうですか？」

高塔は何か一つでも出来れば流れが出来ると言った。

「人を介さずＡＩに情報を渡すということに抵抗は少ないように感じる。その結果、思いもしなかったビジネスが生まれることは皆大いに歓迎する筈だ」

ヘイジはふと昔見たテレビ番組を思い出した。

「専務、これって子供の頃のテレビ番組『プロポーズ大作戦』の〝フィーリングカップル5vs5〟ですね」

高塔は笑った。

「そうだ！　あの電光掲示板が『霊峰』だな」

それは男性女性がチームに分かれて、五人ずつ登場しての集団お見合いのコーナーだった。

参加者たちは自由に話をした後で、好みの相手の番号を手元のスイッチで押すと大型テーブルの電光掲示板でカップル成立かどうかが分かるというものだ。どんなカップルがいくつ誕生するかを視聴者は楽しみにするのだが、それのビジネス版だと二人は納得した。

「この喩えを各企業の社長にしてみるよ。こういう昔の楽しかった話は効果があるからな」

流石はセンスの良い高塔だとヘイジは思った。早急に方向性を出さなくてはならないのは帝都自動車とその周辺企業だ。

高塔は先ずはそこからと動いているという。

「帝都グループで今一番危機感を持っているのが帝自とその周辺だからな。データ拠出には積極的だ。他のグループ企業もかなり前向きに捉えてくれている。『グループ化からネットワーク化』……君が作ったフレーズが効いている。結果は出そうだよ」

ヘイジは神奈川県Ｚ市、帝都自動車の城下町に来ていた。

帝都自動車の下請け企業であるタチバナ燃焼を訪れる為だった。

タチバナ燃焼は従業員三百人、名前の通りエンジン回りの部品一筋の会社で、ＡＩ『霊峰』が自動車のＥＶ化の流れの中で十年後には確実に倒産するとリストアップした会社だ。

ＴＥＦＧからの借入金は五億、小規模事業者向け融資担当のヘイジにとって小さな額ではない。

　ヘイジはまず社長と面談した。

　三代目である社長の立花幸喜はヘイジと同年代だった。

　コロナ禍での緊急融資として一億円をＴＥＦＧは出していた。

　社長はそのことでまずヘイジに礼を言った。

　そこからヘイジは厳しいことを言いますが、と切り込んだ。

「ＡＩがうちは倒産すると!?」

　ヘイジは先ずそこから正直に話した。

　ＴＥＦＧからの依頼を受け入れてタチバナ燃焼は社長の指示のもと、自社の技術や営業のデータを包み隠さず『霊峰』に送っていた。その結果がこれかと社長は項垂れた。

　その社長にヘイジが言った。

「ですが、そのＡＩがこういう提案もして来ました」

　ヘイジは業務用のタブレット端末を見せた。

「水素エンジンとモーターのハイブリッド？」

　ヘイジは微笑んだ。

「帝国重工の技術と帝国電機の技術、それにベンチャー技術……その三つと御社の技術を合わせると開発が可能ということをＡＩが示して来たんです」

立花の顔がパッと明るくなった。

ヘイジは言った。

「これに帝都アセットマネジメントのエコファンドがカネを出すと言っています。果たしてものになるかは分かりませんが……帝都グループも生き残りを懸けて必死です。タチバナ燃焼さんからは正直に全てのデータを送って頂いた。するとこういう結びつきが出来た。未来は正直者に微笑んでくれるのではないでしょうか？　是非この新規プロジェクトを立ち上げて頂きたいんです」

社長は暫く考えた。

「世界的な環境問題の高まりの中で内燃機関の生き残りは水素しかない。うちもＲ＆Ｄ（研究開発）は進めていましたが……一社では難しいと諦めていました。だが、こうやって希望を持って来て頂けた！　本当に有難いです！」

だがヘイジは同時に厳しいことを言った。

「社長、未来を追うのと同じエネルギーを過去の清算にも使って頂かなくてはなりません。当行から融資を継続する上でお願いするリストラプランは……かなり厳しい内容になると思いますが、こちらもやって頂かなくてはなりません」

社長は分かっていますと頭を下げた。

「希望のない中で後ろ向きのことをやるのと希望があるのとでは全く違います。ＴＥＦＧさんのＡＩ『霊峰』ネットワークに参加出来て感謝しています」

ありがとうございますとヘイジも頭を下げた。

◇

コロナ禍に染まった二〇二〇年が師走に入った。

ヘイジは舞衣子の出産が近くなる中、公私ともに忙しく働いていた。

「横浜の実家に行かず、頑張って平ちゃんと出来るだけ一緒にいて産みたいから……」

舞衣子の強い希望もあってずっと自宅マンションで出産を待っている。

ヘイジは仕事をしながら大きなお腹の舞衣子といた。必要に応じて義母が手伝いに来てくれる。リモートでも長時間仕事をしなくてはならない時や銀行に行かなくてはならない時は助けて貰った。

舞衣子は妊娠してから変わった。

パニック障害から拒食症になって、長期入院したことなど嘘のように強くなっていた。

（子供が育っていくことを自分の体で感じると、母になると日々感じることがこんなに人を強くするのか……）

ヘイジは舞衣子から教わるように思えた。

そしてヘイジは舞衣子に出来る限りのことをした。東西帝都ＥＦＧ銀行の常務として忙しい身で仕事以上に舞衣子への気遣いをした。

その中での心配はやはりコロナだった。

春以降、一旦は収まりを見せたように思えたものが、米国で六月から第二波の流行が始まり欧州でも秋以降大規模な流行が起こっていた。

（感染症の権威が心配していたように今度はコロナ禍の中で冬がやって来た。日本もかなりの拡大になるのを覚悟しないといけないんだろうな）

そうして師走となり舞衣子への感染防止のため、ヘイジの神経の使い方は大変なものになった。

外出から戻った時にはコートは直ぐにビニール袋に入れて仕舞い、バスルームに直行してシャワーを浴びる。そうやって外と家の動線を遮断して感染を防ぐことを心掛けた。

順調に行けば二月初めに出産となる。

ヘイジは待ち遠しくてしかたがない。

コロナ禍の中での新たな命の誕生ということに、自分という人間の運命のあり方の不思議を感じた。

（何から何まで順調ということはありえない。不安はある。大変な状況にまだなるだろう。でもその中に新たな生命は誕生して来る）

そう思うとしっかりと前を向いてやろうと思えて来る。

「子供……家族」

そう呟くと何だか自分のものとは思えない強い幸福感が湧く。

ヘイジはこれまでの舞衣子との生活を振り返ってみた。そこには二十年以上に亘る銀行員としての自分と、銀行の変遷が大きく影響を与えていた。

都市銀行に入行したつもりが合併によって弱小銀行出身者であると思い知らされ、行内での差別にあって来た。それは家族にも及び、舞衣子はそれが原因で精神を病んだ。

（銀行員なんかならなければよかったと……何度思ったかしれない）

それでもヘイジは飄々と、しなやかに生き抜き、望外の出世を遂げた。

それを舞衣子が心から喜んでくれ、今ではヘイジの出世が舞衣子の力にもなっていることがヘイジは嬉しい。

（サラリーマンとして生きがいとなる出世。当たり前に皆が求めるものだが……難しい。でも、今こうあること。〝結果〟こうあることは、自分にとっても組織にとっても大事なことなんだ……それは長くサラリーマンをやってみて分かった。勤め上げる気持ちがあったからそれが分かった）

目の前には大きなお腹の舞衣子がいる。

ヘイジは気がついた。

（結婚もそうだ。山あり谷ありだが、添い遂げる気持ちがある限り、必ずそこに何か大事なものが生まれる。そして今、僕たち夫婦が子供を持って本当の家族になれる。そう思うと……人生は、歳月は、色々なものを与えてくれるものなんだ）

ヘイジはいつも愚直に真面目に何もかもに取り組んできた。自分では決してそんな風には思っていないが、周囲はそのヘイジを見て来ていた。

舞衣子の出産という思いもしなかったことが、ヘイジに新たな喜びを与えていた。

しかし、不安もある。

舞衣子は四十歳を超えての初産だ。

（案ずるより産むが易しという言葉がある通り……夫としてはどんと構えていないと駄目だ。只管打坐、ただそこに坐る。そんな自分でいないと……）

それでもヘイジは出産や育児に関する様々な本を読みネットの検索も怠らない。

「？」

ヘイジのプライベートのスマートフォンに電話が入った。

そこは銀座の古いビルの中の喫茶店だった。

「すまんな。呼び出して……」

塚本が待っていた。

「桂さんから話は聞いてたけど……お父さんがお亡くなりになって日本に戻ってから……ずっといるんだってね？」

塚本は頷いた。

「コロナと香港の政情の変化で……仕事はずっと日本からしてる」

塚本は世界的なヘッジ・ファンド、ウルトラ・タイガー・ファンドのファンド・マネージャーだがヘイジと会う時は中学高校の同級生だ。

「実は子供が出来るんだよ。二月が予定日なんだ」

ヘイジの言葉に塚本が大きな笑顔になった。

「そうかぁ！　ヘイジが父親になるんかぁ……良かったなぁ！」

ありがとうとヘイジは頭を下げた。

「不思議な感じがするよ。来年にはこの僕が父親になる。人の親になるんだからね」

塚本はそのヘイジに嬉しそうに言った。

「ヘイジはエエ親父になるよ。絶対に優しいエエ父親に」

ありがとうとまたヘイジは頭を下げた。

「それで？　今日は何か話かい？」

塚本は少し難しい顔つきになった。

「実は桂さんと一緒に戦争することになりそうなんや」

ヘイジはその言葉で緊張した。

「どういうことだ？」

塚本はそこからＪＧＣＢの話をした。

「ＪＧＣＢって……例の転換国債のことか？」

国会で承認され、来年には発行がなされると報道されている。

「桂さんはＪＧＣＢは闇の組織、ハドが裏で仕掛けたもんやと見てる。日銀が過去十年で買いまくった日本株ＥＴＦを全部手に入れる筈やと」

ヘイジは驚いた。

「まさかッ!?　だって総額四十兆円の転換国債だというじゃないか？　そんな途轍もない額

をハドは持っているというのか？」

塚本は頷いた。

「コロナで最初の暴落を演出し、そこで思いっきり儲けて、直ぐに上昇相場を作って奴らは儲けてる筈なんや。ヘッジ・ファンド仲間に聞いて回っても今まで聞いたことのないファンドが物凄い数、このコロナの暴落と暴騰に絡んで来てる」

ヘイジは考えた。

「ＪＧＣＢは受託業務から事務処理までをＴＥＦＧのグループが一手に引き受けることになっている。国家的な新たな財政プロジェクトにうちの頭取も気合が入っているが……まさか」

ヘイジはまだ信じられない。

だがそこでアッとなった。

二大メガバンクの預金口座システムがハッキング状態にあるということだ。時間が経った為にそのことを忘れていた。

「奴らは一発の買いで日本の株の一割近くを手に入れる算段なんや」

ヘイジはぞっとした。

「日本を乗っ取るつもりなのか……」

塚本は頷いた。

「桂さんから……メガバンクのシステムのハッキングの話は聞いた。お前が桂さんに話したんやてな？」

ヘイジはその通りだと言った。

「全てを隠蔽しながらとんでもないことをやろうとしとるんや……それを一緒に阻止しようと桂さんに言われた」

ヘイジはその桂のことが良く分かった。

「だけど……本当に奴らが一発でＪＧＣＢを買えるだけのカネがあったら……桂さんや塚本でも太刀打ち出来ないだろう？　桁違いのカネを相手は持っているんだろ？」

塚本は難しい顔つきになった。

「その通りなんやが……桂さんに言われた。相場師ならこれは負けられんと。負けたらこの世から相場が消えてしまうと……」

銀行システムを乗っ取り、次に日本株を根こそぎ奪って日本を乗っ取る……。

ヘイジはどうすれば自分もそれを阻止出来るかを考えようとした。

第十章　戦争と平和

桂光義はフェニアムのデスクでその情報を待っていた。

ＪＧＣＢの入札があと数秒で締め切られる。

額面総額四十兆円という未曽有の規模の全く新しい国債、転換国債の入札だ。

「！」

中央経済新聞の荻野目から電話が入った。

「桂さん!!　信じられません！　オーバーパーで全て落札されています!!」

オーバーパーとは額面百円のものを百円以上で買うというものだ。

「株式転換があるとはいえ担保掛け目は九割強、ゼロクーポン（利札なし）のものを……プレミアムをつけるとしてもいくら何でもこれはおかしいですよ!!」

桂はそれを予想していた。

「荻野目、落札は殆ど全て外国籍ファンドだろ？」

数百のファンドが落札しているが名前の知られたファンドはないと荻野目は答えた。

「分散して奴らが落としたんだ。闇の組織、ハドが……」

そうしてＪＧＣＢの発行と払い込みは表向き全て順調に行われた。

「頭取、ＪＧＣＢの事務処理は順調に行きました。スーパーコンピューター『霊峰』での処理作業に全く問題ありません」

高塔からの報告を聞いて岩倉は満足気に頷いた。

「ところで……」

突然、高塔が声を潜めた。

「財務省や日銀とＪＧＣＢシステムの件でやり取りをしている時、妙な話を耳にしまして……」

高塔は二大メガバンクのシステムハッキングについて語った。

「勘定系システムが乗っ取られたままとか、当行だけがそれを阻止したとか……」

岩倉はその高塔をじっと見てから言った。

「国家の機密情報だったから君にも言わなかった。当行では私しか知らない。以前うちのプログラム主任だった信楽君。今は独立してシステム会社『ラクーン』を経営する彼に依頼して撃退して貰った。ハッカーが盗んだ当行のデータは暗号化したもので鍵がなければ使い道にならない。同時に信楽君は勘定系システムへのハッキングも防いでくれた」

高塔は驚いた。

「ハッキングの裏に死んだ金融庁長官、工藤進がいたという噂だ。工藤は『砂漠の狐』と呼ばれていたが……狐が盗んだ宝箱には狸(ラクーン)が鍵を掛けてたということだよ」

笑いながらそう言う岩倉に、高塔は「そうでしたか」と安心の表情で納得した。

システム会社『ラクーン』は人形町にある。

「法善寺横丁に似た感じが好きですねん」

信楽はオフィスを人形町に構えている理由を問われるとそう答える。

コロナ禍の中で基本はリモートで仕事をしているが、その日は大型案件の依頼の為に対面で話を聞くことにした。

相手はシンガポールが本拠地の、新興ヘッジ・ファンドの日本代表だった。

「実は先週、マルウェアによって当社の顧客データを全て暗号化されてしまいまして……。このことは極秘に願いますが、要求された身代金の一億円を払ってデータを取り戻した次第です。当社の信用上、話は表には出せないことでして二度とこのようなことがないように御社に防御をお願いしたいと思いまして……」

信楽は最近よくある話だと言った。

「当社は上場予定のＪＧＣＢを巡って大々的なトレードをやる予定です。その為、構築した複雑なシステムを今直ぐ入れ替えることが出来ないんです。マルウェアによってシステムが脆弱化されている不安があります。そこで御社にプロテクトをお願いしたいんです」

信楽は様々なパターーンの防御の説明をし、相手が最大限の防御を望んでいることを知った。

「報酬は『ラクーン』さんの言い値で結構です。リアルタイムモニターでの完全防御をお願いします」

信楽は相手のシステムデータを見ながら頷いた。

「そんなら当社のメインフレームを経由して、御社のトレーディングシステムをモニター出来るようにしますわ。そしたら万全ですわ」

ありがとうございますと代表は言った。

「ハッカーに一億払うたと言わはりましたなぁ……そしたらうちは二億貰いますわ」

代表は苦い表情で分かりましたと言った。

「あっ！　うち前払いでっさかい、二十四時間以内に当社の口座に振込お願いしますぅ」

代表は無言で頷いた。

「おおきに。ありがとうございましたぁ」

そう言ってヘッジ・ファンドの代表を見送った後で信楽は電話を掛けた。

「……これで儲けさしてもらえまっせぇ」

そこには不穏な空気が流れていた。

桂光義はＪＧＣＢの情報を集めて考えていた。

「四十兆円……途方もない金額をやはり奴らは持っていたということだ。だが日本を乗っ取ることを考えれば、そしてその後でアメリカを、世界を乗っ取ることを考えれば安い！」

アメリカでは大統領選挙の後も世情不安が収まりを見せない。

「新大統領は就任したが……あらゆる政治システムや経済システムが脆弱な状態だ。様々に危機を演出すればクーデターまでやれてしまう」

桂は改めてＪＧＣＢの目論見書を見た。

「一年後に二割が〝国株〟に転換され、二年後に三割、そして三年後には完全に債券から〝国株〟となり日銀がこれまで買い続けた日本株が全て手に入る。そして……」

なんと言っても価格激変措置の項目だ。

「発行日から一週間で上場。そして発行日前日の終値から一ヵ月以内にＴＯＰＩＸが10％以上、上下に振れて引ければその時点で全てを株転出来る……」

闇の組織、ＨｏＤ、ハドはここを突いて来ると桂は見た。

「全てを手に入れるのに三年も待たない筈だ。奴らは一気に来る。株式市場を上げるか下げるか……どちらかで来る」

そうしてまずＪＧＣＢの上場日が来た。

発行から一週間、株式市場は平穏な動きでＴＯＰＩＸは殆ど横ばいだった。転換国債、ＪＧＣＢは額面十億円だけという極少ない売り物が出て初値は九十三円でついた。それは担保のＥＴＦの価格から妥当なものだった。しかし、その後は一切売り物が出ずＪＧＣＢの現物市場は開店休業状態になっている。

先物市場も同時に立てられたがこちらも殆ど動きがない。

「発行額の全てを手に入れているんだから当然だな」

それが嵐の前の静けさだと分かる。

桂はその嵐にどう立ち向かうかをずっと考えていた。

「相場師にやれることは相場だけだ。発行からたったひと月で日銀の株を全て奴らに渡すわけにはいかない」

桂は旧知のファンド・マネージャーに全てを説明し声を掛けていた。

「皆は半信半疑だったが……JGCBの入札結果で分かってくれた。相場は騙せない」

ウルトラ・タイガー・ファンドのエドウィン・タンこと塚本卓也、そしてアメリカの伝説の投資家ジャック・シーザー……。

シーザーはアメリカの状況を深く憂慮している。

「ミツヨシ、もし闇の組織がアメリカ社会の分断をさらに深めるような危機を金融市場で創り出そうとしているなら……私は断固闘う。全精力をその阻止に傾けるつもりだ」

そう言ってくれた老相場師の存在が桂には心強い。シーザーは続けた。

「今の株式市場はおかしい。こんなに実体経済から乖離すること、そしてそれが合理的だとしていることはずっとおかしいと思って来た。そこにそんな裏と策略があるなら私は絶対に許さない。相場は自由なものだ。そして誰もが参加出来るもの。相場は経済の鏡でないといけないものだ。私も日銀のETF買いには反対だったが、それがこんな形で闇に利用されるとは……そして闇が市場を、相場を支配することは絶対に許さない。ミツヨシ、私は断固闘うからな！」

桂はこの闘いの手持ちの資金を計算してみた。

「私と塚本、そしてシーザーを合わせると四兆から五兆円動かすことが出来る。通常であれば相場をリード出来る金額だ。だが……」

相手は四十兆円の転換国債を一声で買っている存在だ。

「あと幾ら奴らが持っているか？　少なくとも五兆から十兆円は動かせる筈だ」

それを三人で食い止めるのは難しい。

「やはり、頼むか……」

桂はそう思って翌日の土曜日出掛けることにした。

その時だった。

オフィスに中央経済新聞の荻野目が現れた。

「何だ？　ＪＧＣＢで新しい情報か？」

荻野目は違うと言う。

「桂さんから言われて自殺した前金融庁長官の工藤進の過去を洗っていてようやく見つけました。個人情報保護がうるさくてなかなか摑めないので時間が掛かったんですが……興味深い人脈を発見しました」

桂の目が光った。

「工藤の東帝大学時代を当たっていたんですが、ゼミやクラスメートには怪しい人間はいませんでした。しかし工藤の所属していた拳闘部に……いました」

桂は驚いた。

「ボクシングか？」

荻野目は頷いた。

「東帝大学拳闘部、工藤が主将を務めた時の大学対抗戦のパンフレットです」

最初にキャプテン工藤の紹介があり次のページを見て桂は驚いた。

「団藤眞哉……！　に、日銀副総裁！」

荻野目は厳しい顔つきで頷いた。

そしてページをめくって桂は声をあげた。

「さ、榊淳平……シカゴ大、NFP理論!!　今回のJGCBを仕組んだ二人が、工藤がキャプテンの時の東帝大拳闘部のメンバーだったということかッ!!」

そう言う桂に荻野目は最後のページを見て下さいと言った。

桂は緊張の面持ちで最後のページを開いた。

「!?

!?」

思いがけない人物の若き日の写真がそこにあった。

「まさか……」

◇

桂は重要な人物とリモートで話していた。

「あの男、ミスター・ゴジョーが……」

桂はその人物に全てを説明していた。

……コロナウイルスによる世界経済の停止、誰も予想しえなかった株価の反転上昇とバブル化、そしてＪＧＣＢの登場……一連の不可解な動きの背後に五条とその組織が関与していることを語っていった。

「私はあなたがこの策略には関与していないと信じてこうして連絡しています。あなたを真の理想の国家を求めるアメリカ人だと思っているからです」

相手は暫く考えてから言った。

「今のアメリカ社会のあり方は私の理想としているものとは全く違います。社会の分断をコロナは加速させた。それにあの男が関わっているとしたら絶対に許しません」

その人物に桂は訊ねた。

「あなたは死んだとされている五条と会っていますね？」

相手はイエスと言った。

「彼とは死んだ後でも中国投資銀行とのディールでタッグを組みました。その時の彼は呉欣平、中国人を装っていました」

よく正直に話して下さったと桂は頭を下げた。

「ミスター・カツラに私は二度敗れた。ずっとリベンジを考えていたのは事実です。しかし今あなたからゴジョーが何をしているかを聞かされ……気持ちは変わって来ています」

桂はありがとうと言った。

「五条はコロナウイルスを武器に世界を支配するつもりでいます。五条の組織は五十兆円近い資金を得ていると考えられます。先進国一国の予算に匹敵するカネを武器に……世界を支配するつもりです。しかし支配しようとするその世界は暗黒の世界だ」

その桂にヘレンは頷いた。

「ようやくアメリカの大統領が替わりました。私は前大統領を全面的に否定しています。インサイダートレードをやったお前が何を言うと思われるかもしれませんが、私は服役を終えてから、人生で自分の良心に恥じることはもう絶対にしまいと考えています。そして嘘はもう絶対につかないと決心しました。『嘘を許さない』は一般的アメリカ人の良心の最大公約数です。七〇年代に弾劾を受けて失脚した大統領がいましたが、国民が彼を許さなかったのは『大統領が嘘をついていた』ことが分かったからです。しかし前大統領は平気で嘘をつき続けた。そしてアメリカの政治的正しさである『人種差別は絶対に許さない』とする態度を彼は示さなかった。大統領のその態度がパンドラの箱を開けた。それが南北戦争以来となる分断をこの国に生んでしまった。そしてコロナはまさにそのアメリカにつけ込むように広がった。世界で最大の死者数を出すなど恥じ入ることです。だがそのコロナを操り、市場を操り、政治や経済を支配しようとゴジョーがしているのなら私は絶対に許しません！」

桂はそのヘレンに満足げな表情を見せた。

「勇気を持ってあなたに連絡して良かった。やはりあなたは信じられる真のアメリカ人でした」

そう言って桂はその前日のことを思い出していた。

桂はクルマを飛ばして北鎌倉の慈暁寺(じぎょうじ)を訪れた。

尼僧修行中の佐川瑤子(さがわようこ)と会う為だった。

寺の小間で桂は瑤子と話が出来た。

「そうだったんですか……」

仏門に入って世事から遠くなっているがコロナの影響は尼寺も例外ではない。二人ともマスク姿での会話だった。

桂は全てを瑤子に話した。

「五条とその組織はこの世界をとんでもないものにしようとしている。奴らは見事なほどツボを押さえている。あらゆる者たちの心……政治、金融、財政にたずさわる者たちの心理を読み切って行動を起こしている。そして日本を支配し、次に世界を支配しようと考えている」

瑤子はその桂に何故そんなことを話しに来たのかと訊ねた。

桂はＪＧＣＢの説明をし、その株転を阻止することを話した。

「私と仲間たちで株転を阻止する。だが相手は莫大な資金力で向かってくる。その為にはあらゆる力が欲しい。ヘレン・シュナイダーの頭脳を味方につけたい」

瑤子は驚いた。

「ヘレンを!?」

桂はじっとその瑤子を見てゆっくり頷いた。

「ひょっとしたらヘレンはまだ五条と繋がっているかもしれない。それならお終いだが……ヘレンが今のような闇に支配され続ける世界を許す人間かどうか……君に教えて貰おうと思ったんだ。ヘレンを信じることが出来るかどうか……ヘレンを一番知る君にそれを教えて貰おうと思って来たんだ」

　瑤子はその桂の言葉で目を閉じた。

　そしてかっと目を見開いた表情に桂は気圧された。

「ヘレンはアメリカ人です。私が知る限り真のアメリカ人の良心を持つ女性です。闇となった世界を支配する者と仲間になることは絶対にありません。もしそうであれば……私は自らの命を絶ちます！」


「ヨーコがそんなことを……」

　ヘレン・シュナイダーは桂の言葉に驚いた。

「彼女はヘレン・シュナイダーは絶対に信じられると、必ず味方になって闘う人間だと断言しました。ヘレン、私の仲間になって貰えますか？」

　ヘレンは瑤子のことを思い出して涙が浮かんだ。最愛の恋人であった瑤子、今もずっと心の中にいる瑤子を……。

「ミスター・カツラ、やりましょう。ダン！」

　桂は大きく頷いた。

芝浦の倉庫街の一角、その地下にあるコンピューターフロアーでは入念な打ち合わせが行われていた。

「ＪＧＣＢの発行から一月となる来週の金曜日まで残すところ五営業日となった。ここまではまさに凪（なぎ）の状態……そんな相場を我々は作り出して来た。誰も株式市場が今から一割以上も動くとは想像もしないだろう」

ＪＧＣＢに関する価格激変措置……発行から一ヵ月以内にＴＯＰＩＸが10％上昇或いは下落した場合に債券は全て〝国株〟に転換出来る。

「十年かけて日銀に買わせて来た莫大な日本株……それを一瞬で手に入れるんだ。そこから起こること、そこから出来ることを思うと……ただただ愉快だ」

そう言ったのはフォックスだった。

「その通りですね。マジシャンが壮大な計画を描かれ、フォックスがそれを実現に導かれた。コロナウイルスという存在を無限のレバレッジとして用いて、国家予算規模となる資金を手に入れた。これでまずは日本、次にアメリカと手に入れるわけですからね」

オペレーターの一人が興奮気味に言った。

「ＴＥＦＧでしくじった時はどうなるかと思ったが……ＪＧＣＢで一気に解決だな」

フォックスの言葉にその場のオペレーター全員が頷いた。

「財務省、日銀が国家の威信をかけての転換国債の発行……その受託と資金の取り扱いに万全を期すためTEFGは全力で当たった。スーパーコンピューター『霊峰』をその処理に使用させることまでフォックスが手を打ってらっしゃったことには頭が下がります」

フォックスは笑った。

「そこは子狐のお陰だ。組織というものは皆の暗黙知あってのもの。闇の組織、HoD、ハドはそれが完璧だということだ」

そしてフォックスは別のオペレーターに訊ねた。

「量子コンピューターを使っての解析は進んでいるんだろうね？」

オペレーターは大丈夫ですと言った。

「TEFGのデータの暗号鍵への到達経路はあと少しで判明します。鍵を開けた瞬間、TEFGの勘定系システムがハッキング出来ます。オセロゲームの最後で全て黒になるということです」

その時電話が掛かって来た。

「あ〜、うちのシステムとのリンク手順ですけどぉ……今からメールで送りまっさかいに」

フロアーに響く関西弁に皆が笑った。

「いいねぇ……盛大な狸踊りがこれから見られる」

◇

ヘイジはその日、銀行に出て頭取の岩倉、専務の高塔と頭取室で定例の打ち合わせを行っていた。

「懸案であった帝都自動車と子会社、関連会社、下請け含めた企業群と当行との取引のあり方。そこにAI『霊峰』を使ってのネットワーク化で大きな希望が見られました」

高塔が説明を行っていった。

そこでまず語られたのはヘイジが担当したタチバナ燃焼の話だった。

「水素エンジンとモーターによるハイブリッド、グリーンエンジンによる商用車製造に道筋がつきそうです。帝都重工と帝都電機が開示してくれた技術情報をAI『霊峰』がディープラーニングした結果、タチバナ燃焼の内燃機関製造技術をミックスすれば、これまで考えられていたよりも遥かに安価に水素ハイブリッドエンジン製造が可能だということです」

高塔の話にヘイジが続いた。

「タチバナ燃焼の立花社長は当行から示したリストラ案に合意して貰いました。希望があれば痛みに耐えられると仰いました。時代の流れの厳しい状況の中でも銀行が前向きな役割を果たせることが証明されたと思います」

岩倉は満足げに頷いた。

高塔は続けた。

「さらに朗報があります。帝都重工がこれまでのような大型ロケットだけでなく、小型ロケット市場にも参入する決定をしました。そこにも先ほどと同じＡＩ『霊峰』によるグループビジネス情報のネットワーク化が奏功しています。帝都自動車の内燃関連企業が小型ロケットのエンジン量産に関わることが出来るということです」

岩倉が笑顔で言った。

「ロケットを飛ばすにはモーターでは不可能だからな。餅は餅屋、大きな餅も小さな餅を作っているから可能ということだね。帝都グループから帝都ネットワークへの変化がこうやってビジネスで実を結ぶということは本当に喜ばしい」

高塔がさらに言った。

「帝都商事に今回のグリーンエンジンの話を持っていったところ、彼らのビジネス情報もＡＩ『霊峰』に全面開示を検討すると言ってくれました。そうなると帝都ネットワークでのビジネス創造が本格化する可能性があります」

その言葉に岩倉もヘイジも頷いた。

「帝都グループは日本のＧＤＰの一割を占める巨大な存在だ。グループが持つあらゆる情報をネットワーク化出来れば……新たな世界が生まれるということだ。だが……」

岩倉はそう言ってから顔を曇らせた。

「もしそのネットワークをハッキングされたら……帝都グループは乗っ取られるということだね？」

高塔は笑った。

「頭取、ご心配に及びません。当行のシステム防御は万全ですから……」

岩倉はその言葉に難しい顔をした。

「ＪＧＣＢの処理システムは大丈夫だろうね。どうも気になってね」

ヘイジも岩倉の言葉に同意して頷いた。

「ＡＩ『霊峰』が監視しています。ある意味、我々にはＩＴの〝神〟がついています。どうかご安心下さい」

それならいいがと岩倉は呟くように言った。

そうしてミーティングは終わり、ヘイジと高塔はそれぞれの執務室に戻っていった。

岩倉が誰もいない筈の頭取室で声を出した。

「……出てきて大丈夫だ」

そう声を掛けるとその人物はパーティションの向こうから現れた。

「全て……黒ということなんだな？」

男は頷いた。

「では……進めよう」

不穏な空気が立ち込めていた。


桂光義は土曜日の早朝、リモートで作戦会議に入っていた。

ディスプレーの画面には三人が映っている。

エドウィン・タン……香港のウルトラ・タイガー・ファンドのファンド・マネージャー。

ジャック・シーザー……アメリカの伝説的投資家。

そしてヘレン・シュナイダー……世界最高のＩＴトレーダーだ。

「週明けの月曜から金曜までの五営業日で全てが決まります。金曜日の東京市場の大引けまでに株価を10％以上上昇ないし下落させたら敵の勝ちです。その時点で世界で初めての〝国株〟が生まれる。いや〝国株〟を支配し、国を動かす闇が、現れる。地獄の門が開くということです。我々の目的はそれを阻止することです」

桂が言い終えるとシーザーが訊ねた。

「奴らの資金力はどの位かね？」

桂は約十兆円だろうと答えた。

「東京証券取引所の売買代金が一日約三兆円。奴らは恐らく二日乃至一日で勝負をつけようとすると考えられます」

エドウィン・タンこと塚本が訊いた。

「株価を上げるつもりでしょうか？　それとも下げる？」

それは分からないと桂は言った。

「ＪＧＣＢの発行以来、ずっと相場を凪の状態にしておいて、どっちに持っていく方が相場に勢いが出来るか？　人の勘に頼るかＡＩに分析させるか、ですが……」

ヘレンがそれに答えた。

「私のアービトラージ・プログラムでは下落させた方の勝率が53・3％と高いですね。敵がプログラムトレードを仕掛けて来るとすれば……暴落を狙うでしょう」

シーザーが首を傾げた。

「しかし何だか……私の勘ではむしろ上げられた方が怖い気がする。今の市場はバブルの崩壊よりも更なるバブルの熱狂に持っていかれるように思えてならない」

それには桂も同意した。

「敵がどちらに動くかの決め打ちはしないでおきましょう。兎に角、10％に0・01％でも届かなければ我々の勝ちです。資金力を考えれば敵に売り向かったり買い向かったりのパワープレーは最後の数分になるでしょう。しかし、最後の最後に敵は全力で来ます」

そういう桂に皆は真剣な表情で頷いた。

ヘレンが言った。

「私の方で、TOPIXの動きを止めるカウンタープログラム売買を先物やオプションで用意します。ミスター・シーザーやミスター・カツラにはTOPIXへの寄与度の高い大型株の直接売買を行って貰い、エドウィンには私のプログラム売買に同調して貰うのが最も効率良く闘える筈です」

そこで桂が訊ねた。

「相手は十兆円で攻めて来る。最後の数分での闘いとなった時、我々に幾らあれば勝てるか分かるかな？」

ヘレンは首を振った。

「相手のプログラムが解析出来れば、最後の三分での勝敗が秒単位で必要金額と共に計算出来るんですが……」

桂はそのヘレンに不敵な笑みを浮かべた。

「相手の売買データがリアルタイムで手に入ればそれは可能ということかな？」

ヘレンはそれなら完璧に出来ると言う。

「私の方程式を使えば、相手の直近五分の売買データが入手出来れば、プログラムの解析は瞬時に出来ます」

売買は一秒間に数千回行われる。

超高速での殴り合いを制するには、相手の動きを数万分の一秒で見切ることだ。

「ヘレン、直近五分でのデータということは東京時間の金曜日十四時五十分から五分ということでいいんだな？」

ヘレンは頷いた。

「そういうことですが……そんなこと可能なんですか？」

桂は笑って言った。

「分からんが……無手勝流を我がものにしている男がいてね。その男が動くと何かが変わる。不可能が可能になる」

シーザーが無手勝流という言葉に反応した。

「ミツヨシ、それは孫子の兵法か？」

桂は首を振った。

「兵法を超えたものと言えるかもしれません。彼を知り己を知れば百戦殆(ひゃくせんあやう)からず……それが孫子の兵法の最も知られているものですが、無手勝流は闘わずして勝つものです」

　シーザーは首を傾げた。

「闘わずして勝つ？」

　桂は頷いた。

「最初から勝ちも負けもなく取り組む。ただただそこにあるようにしてある。欲も得もなく愚直に、その場の空気に惑わされずただ一心に前を向いて進む。そうすると相手はいつの間にか負けているというものです」

　シーザーは笑った。

「ミツヨシ、それは禅だな」

　桂は頷いた。

「その通りです。その男の口癖は只管打坐、ただただその場に坐る。それによって道が見えて来る。そして道が開けて来るということなのです」

　ヘレンはそれを聞いて瑤子を思い出した。

　塚本は只管打坐の言葉で桂が誰のことを言っているのか分かった。

「そうか……あいつもいてるんか」

すると不思議と自信が湧いて来た。

「あいつが味方やと思うと……なんや不思議に勝てそうな気がして来る」

桂は言った。

「禅の言葉に九山八海（くせんはっかい）というものがあります。意味するところは『一人の悟りが世界を悟らせる』というものです。我々はある意味、世界を、闇という世界を相手に闘います。この相場を取るには一人一人の悟り、覚悟が必要だと強く思っています。皆、覚悟のほど宜しくお願いします」

その言葉で全員の腹に力が入った。

横浜港に停泊中の大型クルーズ船。

一年前、乗客の新型コロナウイルス感染で毎日のように報道が繰り返されたその船は、今はまるで幽霊船のようだった。

誰もいない筈のその船のラウンジに深夜、大勢の人間が集まっていた。

蠟燭（ろうそく）だけが灯されて薄暗く……集まった者たちが誰なのか分からず表情もうかがい知るこ

とは出来ない。

皆シャンパングラスを持って歓談し、くつろいだ様子ではあるが……ただならぬ気配、霊気のようなものが漂っている。

チン!

一人の男がシャンパングラスを指で弾いた。

皆は歓談を止め、その男を見た。

男は口を開いた。

「こうして皆で集まることが出来たことを嬉しく思います。我々死者たちがここにいること、それは新たな世界の始まりを意味します」

そう言ったのはマジシャンだった。

「我々は人であって人ではない。明治の初めに創設され連綿と存在を続けて来たのは闇であって人ではない。歳月に人は抗えませんが闇は永遠です。そして我々は死んでいる。だがその死者が蘇る時が来たのです」

皆はその言葉をじっと聞いていた。

蠟燭の揺らめく炎が、男たちの影をラウンジ内に大きく小さく映し出す。

「コロナウイルスは世界を止めました。世界中の国家は非常事態の中で財政を途方もなく拡大しマネーを刷り続けた。債務は膨張し二〇二〇年末の債務残高は二百七十七兆ドル（約二京九千兆円）……僅か一年で二十兆ドル（二千兆円超）増えたことになります。ＧＤＰに対する割合は３６５％……経済対財政金融、実物対マネーとの関係は既に限界を超えるところまで来ています」

皆は静かに頷いた。

「我々は『侵略すること闇の如し』と教えられて来ました。決して表に出てはならない。そして我々闇の持つ力とは……マネー、通貨であったわけです。コロナによってその力は世界史上、最強になった。闇の力、マネーが、世界を覆い尽くしたというわけです。だがそれに誰も気がついていない」

ラウンジの中に静かな興奮がふつふつと沸き上がるのが感じられた。

「闇に覆い尽くされた世界、そこに我々は蘇ります。転換国債という最終兵器、無限にマネーを渇望する飢えた国家に〝国株〟を発行させ……それを握っていく。今週それが先ず日本で実現します。我々はコロナを創り出し、株式市場の暴落とそれに続くスーパーバブルを演出することで五十兆円を超えるマネーを手に入れた。既に日本政府が発行した転換国債・ＪＧＣＢ額面四十兆円全額を購入しました。それを今週中に株転させせます。株式市場を転換価格まで急変動させ〝日本国株〟とする。我々は日本国のオーナーとなるのです」

そこで拍手が起こった。

「我々の先人たち……明治、大正、昭和、平成と組織を創り成長させて来た先人たちにその報告をしたいと思います」

ラウンジのステージの大画面に次々と写真が映し出されていく。

明治新政府の要人から始まり……歴史に名を遺した著名な政治家や官僚の姿もある。

「多くの先人たちは我々と同様、〝死者〟となった後に活躍をされました。闇の中で生きられた。どこまでも闇を尊重し、闇を十二分に使われた。『侵略すること闇の如し』それは百数十年守られて来た我々の組織の掟であったのです。しかし私はここで申し上げたい。日本国を手に入れ我々は次に米国そして欧州各国と……資本主義・民主主義の国々を手に入れていきます。ここにおられる方々の尽力で既に我々は権威主義国の中枢を押さえていることは御承知の通りです。自由や人権がなく、汚職・賄賂というものが日常である権威主義国は少量のマネーで操ることが出来る。元々、闇が深いお陰で我々は簡単に入り込める」

皆の間から笑いが漏れた。

「我々は日本国で生まれながら敗戦後その存在を控えめにして来ました。時の権力者を操っては来ましたが……それも全て我々の闇の力、マネーを蓄えるためでした。我々は様々な手法を生み出した。そして遂に転換国債という最終兵器を手にすることが出来たのです」

マジシャンはそこで暫く間を取った。

「今週、いよいよその時がやって来ます。日本国債〝債券〟ではなく〝日本国株〟日本の〝資本〟が遂に手に入るのです。これは資本主義の革命です。早晩、アメリカ連邦準備制度理事会は日本銀行と同様に株式ＥＴＦを購入し、財務省は順次、転換国債を発行することになります。究極の財政、無限の財政拡大を可能にする転換国債は各国の株価をさらに上昇させます。皆はスーパーバブルに浮かれる。世界はとんでもない花見酒に酔うのです」

そこからマジシャンは声のトーンを変えた。

「世界が酔いつぶれた時、我々は蘇ります。真の世界の支配者として蘇る。その為の準備は着々と進んでいます。蘇りの為の使徒を解き放ちました。先ずは皆さまご存知の通り世界中のテロリストのレジェンドである工藤勉……彼にはこれから本当の意味での革命を起こして貰う。我々は彼を、暴力の核を、解き放った。スーパーバブルは世界の分断を途轍もないものにします。もはや国家では制御不可能……その次に現れる世界、それこそが我々が表に出る世界なのです」

そうしてマジシャンは言った。

「さて、我々は今日この船で日本を離れます。我々全員、また新たな人間として生まれ変わることになります。これから起こる世界史上類を見ない混乱と渾沌、そしてその後にやって来る世界……そこで我々は闇から蘇るのです。おそらくその時、我々は〝神〟と呼ばれることでしょう」

歓声と拍手が起こった。

その日の午後、クルーズ船は錨をあげた。

横浜港を離れ静かに太平洋に向けて進んでいくのだった。

逗子の披露山(ひろやま)にあるホスピス。

恩赦となった死刑囚、工藤勉はそこで〝最期〟の日々を過ごしていた。

〝最期〟を装うのは公安当局だった。

日本政府として恩赦を内外に正当化するには、工藤が不治の病で余命幾許(いくばく)もないことを〝事実〟として知らしめたい。

早期の工藤の死、それが欲しいのだ。

工藤の死。それ以外にその存在の危険性を消すことは出来ないからだ。

「海外に逃亡されでもしたら……目も当てられない」

公安は威信を掛けて工藤を見張っていた。

看護師の中にも公安の人間を送り込んである。しかし、天才テロリストの工藤はその感性で見破っていた。

「人間が放つ臭気、それは出自を隠せない」

工藤には全てがお見通しだった。

そして工藤は見えないところで徹底的に体を鍛えていた。夜中、自室でのウェートトレーニングやヨガは拘置所にいた時と同じ様に続けていた。痩せて老鶴のように見えるのは病ではなく肉体を鍛えることで贅肉を極限までそぎ落としているからだ。

だが工藤はわざと昼間は車椅子に乗り看護師に押して貰う生活を続けた。

はた目には死を待つ老人にしか見えない。

図書室で工藤は静かに聖書を読む。

そして説教にやってくる牧師の話を聞いて質問した。

「神は私を受け入れて下さるでしょうか？」

牧師は洗礼を受けることを勧めた。

「分かりました。是非お願いします」

公安当局は工藤の受洗の話に驚いた。

そして洗礼が行われる前日だった。

昼下がり。工藤は車椅子を押して貰いながら、眼下に相模湾が広がる展望台のところにまで来た。

「良い天気ですね」

若い女性看護師は車椅子を押しながら工藤に声を掛けた。

工藤は彼女が公安だと気がついている。

「明日、洗礼を受けられるんですね？」

工藤は頷いた。

「私はこれで生まれ変わります。ここから真の自分になろうと思います」

その言葉に看護師は、工藤が悔い改めて本心からそう言っていると思った。

「あっ！」

看護師が何かに気がつき海を指さした。

「クルーズ船が行きますね。確かあれは……コロナの感染者を出した船ですよ」

工藤は「そうですか」と呟いてから奇妙なことを口にした。

「夜が明けましたね」

看護師は笑った。

「とっくにお昼を過ぎていますよ、工藤さん」

そう言いながら看護師は工藤が呆けて来たのかと少し安心した。

「そう？　でも私には夜明けに思える。ちょっと……寒いな。ブランケットを取って来て貰えますか？」

そう言われ看護師は施設まで取りに走った。

五分ほどで戻って来ると工藤の姿がない。

「？」

車椅子だけが……崖のふちに横倒しで放置されていた。

◇

夜が明けた。

様々な人間にとって特別な日がやって来た。

ヘイジの妻、舞衣子にとってはいつ陣痛が来てもおかしくない日だった。

金曜日のその日、ヘイジはどうしても仕事で出かけなくてはならない。舞衣子は一人で何とか出来ると言ったが、ヘイジは義母を呼ぶことを提案して来て貰っていた。

「じゃあ、行って来ます！」

舞衣子は横になっていた。

出掛けるヘイジの後ろ姿に義母は声を掛けた。

「常務さん。頑張ってね！」

ヘイジは止して下さいと照れ笑いをしながらマンションを出た。

「正念場だな」

迎えのハイヤーに乗り込むとヘイジはそう呟いた。

ヘイジを乗せたクルマが首都高速に入ってから向かうのは、都心の東西帝都ＥＦＧ銀行本店ではなく郊外だった。

「大きなことが起こる……それがどんな結末を迎えるのかは分からないが……多くの人間にとって大きなことが……」

ヘイジは緊張で目を閉じた。

「只管打坐、只管打坐……」

そう呟いて自分を落ち着かせた。


桂光義は金曜日の早朝、丸の内仲通りの自分の会社、フェニアムのデスクについていた。

スタッフ全員、今週ずっと集まっている。

ＪＧＣＢの発行から一ヵ月となる最終日だ。

桂はその週の月曜日から臨戦態勢に入っていたが株式市場に大きな動きはない。一月前と比べるとＴＯＰＩＸは前日終値で２％弱の下落水準となっている。桂は闇の組織、ＨｏＤ、ハドが転換国債の早期株転はしないのではないかと……思い始めていた。

「いや、やはり奴らはやる筈だ。たった一日で力ずくでマーケットを持って行き、日本の国株を全て手に入れようとする！」

それは桂の体が言うことだった。

「俺の中に流れている相場師の血が言っている。今日が勝負だ！」

桂はアメリカ西海岸サンディエゴにいる伝説の投資家ジャック・シーザーに画面を繋いだ。

「ミスター・シーザー、いよいよ最終日になりました。ここまでありがとうございます」

シーザーは笑った。

「ミツヨシ、今週ここまで敵が動かなかったことで逆に敵の恐ろしさが分かった。敵は今日一日に、一点に絞って突破して来る。私は全身でそう感じる」

流石はシーザーだと桂は思った。

「私も同じです。兎に角、今日一日、運命の一日、よろしくお願いします！」

そう言って頭を下げた。

そして次にニューヨークのヘレン・シュナイダーと繋いだ。

ヘレンはいつものように様々な市場の数字を分析した結果をまず桂に報告した。

「敵はボラティリティを落とすことでエネルギーを溜めています。ミスター・カツラ、今日は大変な一日になりますよ」

桂は頷いた。

「ヘレンの頭脳に期待している。とんでもない攻撃にさらされるだろうが、あらゆる方法で阻止しよう。君のプログラムの分析と修正の能力に全て懸かっている。頼んだよ!!」

ヘレンは笑った。

「ミスター・カツラというラスト・サムライ、ミスター・シーザーというグレート・ソルジャー……力で押すお二人に頭脳の武器弾薬は幾らでも供給します。任せて下さい」

そこに別の声がした。

「おいおい、俺を忘れんなよ。現代の劉備玄徳(りゅうびげんとく)、エドウィン・タンを!」

塚本の声に皆が笑った。

同じ頃、芝浦の倉庫街の一角。

地下にあるコンピューターフロアーにはフォックスの声が響いていた。

「さぁ諸君、今日がやって来た。我々は今日、日本国株を手に入れる。誰もが驚愕するような一日にする。そして同時に東西帝都EFG銀行のシステムを支配する。これで日本の銀行システムを全て手に入れることになる。日本という国の完全支配だ。抜かりはないね？」

フォックスの言葉に、九人のオペレーターがそれぞれ自分の担当セクションをチェックして読み上げていく。

「全証券会社とのリアルタイムトレードシステム、チェック完了しています。ゴーです」

「アービトラージプログラム修正、完了しています。ゴーです」

「先物、オプションの売買プログラム、セッティング完了しています。ゴーです」

……　……

「TEFGのシステムへの侵入プログラム、セッティング完了しています。コネクト済みの『ラクーン』メインフレーム内の〝鍵〟を開けた瞬間に全てが作動します。AI『霊峰』を経由しての全銀行システム制御が可能になります。ゴーです」

それを聞いてフォックスは言った。

「全てはラスト十分、十四時五十分から十五時の大引けまでに懸かっている。あらゆる妨害を想定して対処してくれ。今日の東京株式市場は空前の激しさになる。誰もついて来られないように振り切る。十兆円をつぎ込んで東証上場全株式を思い切り振り回してくれ！」

オペレーターたちは頷いた。

『ラクーン』の信楽満はシンガポールのヘッジ・ファンドの日本代表からの電話を受けた。

「本日、当社はＪＧＣＢを使って大きくアービトラージ取引を行うつもりです。御社のメインフレームを経由しての当社のプログラムのプロテクト、万全にお願いします。絶対にハッキングを防いで下さい」

信楽は妙だなと思って言った。

「今日は確かにＪＧＣＢ株転の最終基準日ですけど……どう考えても株価がそんなに動くとは思えまへんで？　ＪＧＣＢは上場以降全く売りもんは出てないし……」

代表はそれは分かっていると言う。

「兎に角、何が起こるか分からないのがマーケットです。ＪＧＣＢの、ＴＥＦＧのシステムを使っての売買回線のモニターを万全にお願いします」

信楽はそれは大丈夫だと言った。

「うちのメインフレームを使うてのプロテクトでっさかい、どんなハッキングでも防いでみせます。今日は直接僕がトレードの最後までちゃんとモニターしてますからご心配なく。高いおカネもろてるだけのことはちゃんとやりますよって……」

代表は頼みますと電話を切った。

トレードが始まった。

前日終値からあと8％強TOPIXが下落すれば転換価格に到達する。

取引開始十分前になった。

「!?」

大手証券会社のトレーディングルームは騒然となった。

「なッ、なんだ!?　これはッ!?」

強烈な売り注文が現物、先物に入って来る。

全て海外ファンドからだ。

「うちだけで一兆円近い売り注文……」

それを見た証券会社のトレーダー、ヘッジ・ファンド・マネージャー、内外の機関投資家は一斉に売りを出した。

「や、やはりバブルが破裂する時が来たんだ！　それが今日だ!!」

コロナ禍の中、実体経済が大恐慌以来の酷い状態になる中、株価だけが上がっていくことに違和感を覚えながらも「相場は相場に聞け！」とばかりに目をつぶって買いに乗っていただけに大勢がそう思ったのだ。

「売りだッ!! 売れるだけ売れッ!!」

あらゆる投資家がそう感じて売りを出していた。

桂光義はじっと株価を映し出すディスプレーを見ていた。

「やはり……売りで来たか」

だがしっくりと来ない。

「ミツヨシ、どう思う?」

ジャック・シーザーがそう声を掛けて来た。

「巨額資金があるが故の横綱相撲で一気に押し切ろうとしているのか? ですが奴らがここでバブルつぶしを演出するとは思えないんです。これは……罠では?」

シーザーは頷いた。

「私もそう思う。世界中のファンド・マネージャーやトレーダーに売らせておいて売りのエネルギーを溜めに溜めてそこから思い切り買いを入れて踏み上げる。そう見た!」

桂も同意した。

そこにヘレンが言った。

「先物やオプション、アービトラージを含めての売りエネルギーがマックスになるのは株価が昨日の終値を3％下回ったところです。転換価格までラスト5％のところになります」

塚本が訊ねた。

「どうします？　そこまで動きませんか？」

桂は少し考えてからヘレンに訊ねた。

「どうだい？　そこから5％落とすのと……逆にそこから15％上げるのと……十兆円の資金を使った場合、勝敗シミュレーションが出来るかね？」

ヘレンは直ぐに計算した。

その結果を見てヘレンは驚いた。

「この調子で世界中から売り物を引き寄せておいて……売りエネルギーをマックスにした段階で十兆円を使って逆に買いに転じたら……上昇での転換確率は61・8％!!　売り方を踏み上げてのレバレッジを使った方が勝てると出ます!!」

桂たち全員が頷いた。

「奴らの作戦が見えた！　これでギリギリまでこちらは武器弾薬を使わずに済む！」

そこから東京株式市場は猛烈な売り物に押されていく。

そうして前場が引けた。

前日終値から４・８％の下落となっていた。

「これまで色んな暴落を経験したが……こんな勢いの下げは初めてだ……」

各社のトレーディングフロアーではベテランたちのそんな声が広がっていた。

桂はディスプレー上の数字を見ながら、デリバリーで頼んだニッポン屋のスパゲティーナポリタンの大盛りに食らいついていた。

大相場の時のルーティンだ。

ラードのしつこい味わいが相場のエネルギーに飢えた桂の食欲をそそる。

「奴らは後場の寄り付き直後から逆の動きを仕掛けて来る筈だ」

桂はスパゲティーを頬張りながら、トレーダーから売買注文の状況を細かく見ていた。

芝浦の倉庫街の地下にあるコンピューターフロアーにフォックスの声が響いた。

「さぁ、いよいよだ。我々の勝ち戦をとっくりと見せてくれ。絶対的な勝ちを……」

オペレーターたちは、それぞれの端末からトレーディングの指示を出していった。

「？」

東西帝都ＥＦＧ銀行のＪＧＣＢ売買システムの担当者は、昼食から戻って驚いた。

上場以来、殆ど全く売買がなされなかったＪＧＣＢのシステムが注文入力によって点滅しているのだ。

「⁉」

担当者は目を疑った。

「こ、これ……た、単位間違いじゃないだろうな？」

そこには時価総額で十兆円を超えるＪＧＣＢの現物成行売り、そして同額の先物成行売りの注文が入っているのだ。

桂は目を疑った。

「な、なにッ⁉」

後場の寄り付き直後から猛烈な買いの注文が入ると読んでいたのが……逆どころではない。

「ＪＧＣＢの現物と先物を売り……十兆円ずつの売り⁉」

それを知った時、桂もシーザーもヘレンも塚本も凍った。

「う、売りで勝負ということか⁉」

ヘレンは冷静に計算を行った。

「ミスター・カツラ、ＪＧＣＢの現物の売りと先物の売り双方で二十兆円……売りの圧力が想定の倍になります。これで一気にTOPIXが基準日から10％下げの転換水準、ノックダウン価格まで下がります。ノックダウンまで後場オープンから約十五分！」

それは終わりを意味した。桂たちがどんなに頑張ってもその下落を阻止することは不可能だ。

「奴らは肉を切らせて骨を断つ作戦だったのか……四十兆円で全額確保したJGCB……そのうちの半分は市場にくれてやる覚悟ということか……そうすれば……JGCBは市場商品として機能を始める。それが分かれば……さらなるJGCBの発行も可能になる」

桂は自分が甘かったと思った。

「これで奴らは少なくとも日本国株の大半を握る。それだけあれば全てを握ったのも同じだ。そして〝国株〟市場をコントロール出来る。今日が奴らの本当の上場日だったんだ‼」

桂は完敗だと思った。

「負けた……こんな完璧な負けは……相場師人生で初めてだ」

その言葉を聞いたシーザーもヘレンもそして塚本も皆、目を瞑り唇を嚙むだけだった。

芝浦のコンピューターフロアーにオペレーターの声が響いた。

「JGCB株式転換オペレーションはロックオンしました。ノックダウンは後場オープンから十四分五十八秒後です」

全員が拍手した。

「あとはTEFGのシステムハッキングです。JGCBのトレードが始まり次第、侵入済みの『ラクーン』のシステム内の〝鍵〟のURLに入ります」

そう言ったオペレーターの横で、東西帝都EFG銀行への極秘検査に持ち込んだパソコンがメインフレームと繋がれて置かれていた。

そうしてオペレーターが電話を掛けた。

相手が出ると言った。

「信楽さん。ちゃんとJGCBのトレードが始まりましたでしょう？　当社もこれからアービトラージ取引に入ります。御社のシステムとのコネクトとモニターを宜しくお願いします。絶対にハッキングされないように……」

信楽は言った。

「あーっ、代表。ちゃんと今、コネクトしてモニター出来てますわ。大丈夫でっさかい、大船に乗った気持ちで儲けて下さいやぁ」

オペレーターは笑った。

「ええ、『ラクーン』にお支払いした金額の何千倍、何万倍と儲けさせてもらいますから」

「そらええわぁ！」

信楽は笑った。

だが、次の瞬間、

「エッ!?　なんやこれ？」

信楽の慌てた声が、芝浦のコンピューターフロアーのスピーカーから響いた。

「あれッ!?　おかしいッ!!　ハ、ハッキングされてるッ!?　シ、システムがロックされてるッ！　だ、代表ッ！　そっちはどないなってます？」

オペレーターは冷たく言った。

「大船ではなく泥船だったようですね。『ラクーン』で狸踊りが始まったということですか？」

そう言って電話は切られた。

後場が始まった。

桂はニッポン屋のスパゲティーを生まれて初めて食べ残していた。

「……」

頭の中で「……甘かった。……甘かった」という言葉だけが繰り返される。

ふと珠季の顔が浮かんだ。

「負け相場の最中に惚れた女の顔が浮かぶとは……相場師としてどうなんだ？」

十分が過ぎた。

ノックダウン価格まであと五分を切った時だった。

桂のスマートフォンに電話が入った。

「！」

その着信画面を見て……桂は何故だか勝てるかもしれないと思った。

相模原にある工業科学研究院、工科研。そこにスーパーコンピューター『霊峰』があり東西帝都ＥＦＧ銀行のシステム出張所が置かれている。

専務の高塔はＡＩ『霊峰』の運用責任者としてその日そこにいた。

「？」

高塔は驚いた。

午後になって頭取の岩倉が姿を見せたからだ。そんな予定は全く聞いていない。

「頭取!?　どうされました？　こんなところまで？」

岩倉は少し微笑んで言った。

「ＪＧＣＢのシステムが真っ当に動いているか……見てみたくなってね」

その言い回しに高塔は怪訝な顔つきをした。

「真っ当というのはどういう意味でしょうか？　今、ＪＧＣＢに初めて大量の売り物が出てようやく本格的な売買となりそうです。システムは万全に稼働しています」

そう言った時、モニターを見ていたシステムの管理者が声をあげた。

「きっ、消えました!?　ＪＧＣＢに出ていた売り物全て。総額二十兆円が消えています!!」

エッと驚愕した高塔の顔を岩倉はじっと見て訊ねた。

「どうしたのかね？」

高塔はそう訊ねた岩倉の後ろに見知った男が立っているのに気がついた。

「な、何故君が!?」

そしてさらに別の男が現れた。

「おッ、お前は!?」

その男は言った。

「専務、えらいご無沙汰しとりましたぁ」

高塔は瞠目(どうもく)した。

芝浦のコンピューターフロアーにフォックスの怒号が響いていた。

「何だッ!? 何をしているッ!!」

オペレーターたちは顔色を失った。

「なッ、なんだ？ 何故……こんな？」

総額十兆円の売り注文が取り消されているのだ。

「システムチェックだ！ 直ぐにTEFGの売買システムとのリンクをチェックしろ！」

次の瞬間、別のオペレーターが叫んだ。

「だ、駄目です!! JGCBのシステムがフリーズしています！ 原因究明には時間が掛かりそうです!!」

それを聞いたチーフオペレーターがフォックスに訊ねた。

「どう致しましょう？ ストラテジーBに変更しますか？ JGCB以外の売買は可能です。幸い市場の売りのエネルギーはマックスになっています。ここでリバースを掛けて手持ちの十兆円で買いに出れば……世界中の売り方を踏み上げられます。市場がパニック的に買い一色になるのは必定。計算では大引けで転換価格まで持ち上げられます。JGCB全て〝国株〟に転換可能です！」

フォックスの笑い声が響いた。

「血は流すが絶対確実なストラテジーAではなく、ストラテジーBでも行けるということか……何があろうと我々の勝ちだ。よしッ！　買って買って買いまくれッ!!」

オペレーター全員が端末に向かった。

桂はその男からの電話を聞いてメンバー全員に叫んだ。

「JGCBの売り物が消えるぞッ!!」

次の瞬間、皆が目を疑った。

総額二十兆円の転換国債の売り物があとかたもなく、ディスプレー上からなくなっている。

桂はヘレンに訊ねた。

「ヘレン！　どっちだ？　上か？　下か？」

敵が下げで勝負するか上げで勝負するか、コンピューターでの確率だ。

「上げです!!　ミスター・カツラ！　上昇での大引けに転換価格まで持っていける確率が57・8％です！」

桂は鬼神のようになった。

「よしッ!!　これで勝負出来るぞッ!!」

次の瞬間、売り一色だった株式市場が様相を一変させた。

「かっ、買いに変わったぁ!?」

世界中のトレーディングルームが大混乱に陥った。

「まずいッ!!　直ぐに買い戻しだッ!!」

みるみるうちに相場は上昇していく。

「さぁ来いッ!!　最後の最後で勝負だッ!!」

桂は棒状に上がっていく株価チャートを見ながら言った。

「これで予定通りの勝負になる。十四時五十分から大引けまでの十分に全勢力を傾ける。そこで転換を阻止するッ！」

フォックスは株価ディスプレーを見ながらほくそ笑んでいた。

「どうあがいても力のあるものが勝つ。我々は相場を手に入れるのではない。世界を手に入れる勝負をしているのだ。長期に亘る計画、圧倒的な資金力……絶対に負けることはないんだよ」

そうしてオペレーターの声が響いた。

「あと十分で大引けです。現在、ノックダウン価格まであと1%を切りました。これで大引けまで確実に……」

そこで言葉が止まった。

「な、なんだッ!?」

急速に現物、先物の価格が下がっていく。

「凄い売り物が突然出ましたッ!!」

フォックスは驚いた。

「どの位の規模だ?」

オペレーターの声が震えた。

「現物、先物、オプションを合わせて……二兆円、いや三兆円近い売り物です!!」

フォックスは直ぐに計算しろと叫んだ。

「勝てるか?　まだ買い上げられる余力はあるだろう!」

オペレーターは頷いた。

「プログラム上はいけます!　大丈夫です!」

だが次の瞬間、

「な、なんだ!?　我々の買いプログラムがカウンタープログラムでの攻撃を受けています!!

し、信じられない！　こんなことが出来る奴がいるなんて!?」

そして別のオペレーターが叫んだ。

「東証の大型株にさらに膨大な売りが入りました。キャッシュで一兆円!!」

その時、フォックスにある男の顔が浮かんだ。

「あいつか……桂、桂光義か？」

その時だった。

「!?」

コンピューターフロアーに大勢の人間がなだれ込んで来た。

東京証券取引所はその日、史上空前の変動を見せてマーケットを閉じた。

桂は大引けのＴＯＰＩＸの数字をじっと見詰めていた。

「ノックダウンまであと０・２％で止めた……やった!!」

ジャック・シーザー、ヘレン・シュナイダー、そしてエドウィン・タンこと塚本卓也がガッツポーズをしていた。

「みんなありがとう!!　勝った！　この相場、取ったぞ!!」

皆ただ満足な笑みを浮かべていた。

ＪＧＣＢの〝国株〟への転換は阻止された。

日本国の乗っ取りは防げたのだ。

工業科学研究院、工科研のスーパーコンピューター『霊峰』の前で四人の男が対峙していた。

東西帝都ＥＦＧ銀行のエリートであり、ＡＩを使っての営業戦略の抜本的改革を主導して来た専務の高塔次郎。

その東西帝都ＥＦＧ銀行頭取の岩倉琢磨。

その横には同じく常務の二瓶翔平。

そして嘗て東西帝都ＥＦＧ銀行のシステム開発を主導していた信楽満だ。

「な、何故君たちがいるんだ？」

高塔はヘイジと信楽を見て言った。

その高塔になんともいえない表情で岩倉が言った。

「残念だよ……高塔君。君が我々を裏切っていたとは……本当に残念だ」

高塔はエッという表情を見せた。

「君が……ＪＧＣＢのシステム担当になった直後、二大メガバンクのシステムハッキングの話をしたろう？　うちがそれを防いだことも……。そこで初めて君を疑った。疑ったが信じてはいなかった。しかし……君は我々が仕掛けた罠に嵌まった」

そこからは信楽が言った。

「専務が頭取にハッキングの話をされた直後に頭取から僕に連絡があったんですわ。そしたら翌週、僕の会社にシンガポールのヘッジ・ファンドからコンサルの依頼が来た。特別厳重にハッキングから守って欲しいと……僕はこれを待ってたんですわ。ヘッジ・ファンドを名乗ってる奴は二大メガバンクのシステムをハッキングした連中やと確信しました。案の定奴らは餌に食いついた。ほんで奴らに『ラクーン』のメインフレームにハッキングさせてTFGから盗み出した暗号化データの〝鍵〟への経路が分かるようにさせたんですわ。ほんで奴らは極秘検査に使うたパソコンを自分らのメインフレームと繋いで……〝鍵〟のURLを開いた。そしたら……逆にこっちが奴らのシステムを乗っ取って追跡出来るプログラムも作動するようになってたんですわ。〝鍵〟ちゅうのは狸が化かした毒饅頭やったというわけですわ」

高塔は瞠目した。

信楽は続けた。

「あと……頭取に頼まれて秘密裏に『霊峰』のプログラムを調べました。見事ですなぁ。T

ＥＦＧのシステムを乗っ取った後で帝都グループの全ての情報も乗っ取り、二大メガバンクのシステムと含めて……この国のあらゆる経済、金融のシステムを動かせるようになってましたわ。当然全部修正させて貰いましたけど……」

高塔は顔色を失った。

岩倉が言った。

「当局から今連絡があった。闇の組織の芝浦のオペレーションセンターに公安警察が踏み込んで、その場の全員の身柄を確保しコンピューターは全て押さえたそうだ。二大メガバンクのシステムも解放された。君たちの野望は潰されたよ」

ヘイジが悲し気に高塔に言った。

「専務、本当に残念です。専務と進めて来た帝都グループのビジネスネットワーク化……その裏にそんなことがあったとは……本当に残念です」

高塔はただ黙っていた。

フロアーに公安警察が現れ高塔は連れて行かれた。

岩倉はその後ろ姿を見ながら言った。

「あれだけの男が何故？　いや、あれだけの男だから……とんでもない組織と繋がっていたということなのかな？」

ヘイジも人は本当に分かりませんねと呟いた。

「僕も桂さんから専務の大学時代のことを聞いていなかったら、専務を疑うことはなかったと思います」

信楽が訊ねた。

「なんですの？　専務の大学時代って？」

ヘイジが答えた。

「高塔専務は東帝大学時代に拳闘部に所属してボクシングをやっていたんだ。その時のキャプテンが前金融庁長官の工藤進だった」

信楽は驚いた。

「同時期に拳闘部にいたのが……日銀副総裁の団藤眞哉、シカゴ大学教授の榊淳平……JGCBの生みの親たちだったんだ」

信楽は驚きながらも納得の表情を見せた。

岩倉は言った。

「これで闇の組織を壊滅出来たわけではない。ただ〝国株〟を支配されるのを、日本が乗っ取られるのを防いだだけだ。奴らは殆ど無傷のままでいる。それを考えると……恐ろしいよ」

その言葉にヘイジと信楽は緊張した。

「？」

ヘイジのプライベートのスマートフォンに電話が入った。

「!!」

電話に出て表情の変わったヘイジを何事かと岩倉と信楽は心配げに見た。

「女の子です!!」

ヘイジの言葉に岩倉と信楽は「はぁ？」という表情になった。

「生まれたんです。女の子が!!　僕の子供です!!」

あぁ……とそこで二人は気がつき「おめでとう！」と声を掛けた。

「直ぐに奥さんのところへ行ってあげなさい」

岩倉に言われてヘイジは飛び出していった。

その後ろ姿を見ながら岩倉が呟いた。

「新たな命の誕生か……良いものだな。そういうことがあるというのは」

信楽はそうですねと頷いた。

「それにしても……」

岩倉は苦笑いを浮かべながら信楽に言った。

「君の〝騙されたふり〟の芝居は見事だったなぁ。隣で聞いていてほとほと感心したよ」

信楽は満面の笑みになった。

「アカデミー賞もんの演技やったでしょ？　あれで時間を稼いで向こうのシステムを完全にハッキングしたんですから……」

そう笑った次の瞬間、信楽はなんともいえない表情になった。

「頭取ぃ〜その演技料も含めて今回のコンサルティング料……かなりの高額請求になりますけどぉ……宜しいですな？」

岩倉は顔をしかめた。

「二大メガバンクのシステムを解放したんだ。国会議員と政府関係者の財布が元にもどった。ちゃんと政府に請求してがっぽり貰ってくれ。その分こちらは勉強してくれよ」

信楽は「勉強しまっせぇ！　毎度おおきにぃ！」と笑った。

桂はオフィスで中央経済新聞の荻野目と話していた。

「危ないところだったが……なんとか阻止したよ」

そう言う桂に荻野目は首を振った。

「凄い話なのに記事に出来るのはとんでもない変動のあった市場のことだけ。後は全て闇に葬られるんですから……ブンヤとしてはやってられませんよ」

二大メガバンクのシステムのハッキングやJGCBを巡る真実は隠蔽されている。

「しょうがないさ。世間を大混乱させる訳にはいかない。コロナだけで十分だよ。また緊急事態宣言が出されたんだからな」

荻野目は頷いた。

「そのコロナだって闇の組織が絡んでいる。あぁ……本当にイライラしますよ！」

桂は荻野目の肩を叩いた。

「いつかきっと大スクープをものにさせてやる。それまでは……今やっているような連載で奴らをけん制しておいてくれ」

それは中央経済新聞が載せている『JGCBは天使か？　悪魔か？』というタイトルの連載社説記事のことだ。そこでは財政の拡大を債券から資本に転換することの危険性……財政赤字の本質を隠すことで国の真の姿を見えなくさせてしまうことや、国が乗っ取られる危険性について論述を進めていた。

「ですが……一旦生まれてしまうとどんどん既成事実化するのがこの国の特徴ですね。日銀のETF購入と転換国債発行の並列を〝財政革命〟と喧伝する輩も多い。コロナ禍がまだまだ続く中で各国政府も財政のさらなる拡大を余儀なくされ、転換国債のポジティブ面だけに焦点が当てられています。アメリカでもFRBのETF購入と財務省のトレジャリーCBの発行を真剣に検討していますから……」

桂は難しい顔をした。

「芝浦の拠点を押さえてどうなったか……分かったか？」

荻野目は首を振った。

「公安案件ですので……なかなか情報が取れないのが正直なところです。身柄を確保されたのは〝金融庁の極秘検査〟に関わって失踪していた米国籍の人間たちだったというところまでは分かっています」

桂は訊ねた。

「そこに死んだ筈の工藤はいなかったのか？」

荻野目は力なく首を振るだけだ。

「工藤は最初からそこにはいなかったようです。別に身柄を確保されたTEFG専務の高塔は取調べに対して黙秘を続けているそうです。そしてこれは極秘情報ですが……工藤勉がホスピスから消えたそうです」

桂は驚いた。

「世界中のテロリストのレジェンドが……野に放たれたということか？」

荻野目は頷いた。

「そうか……この次の激変にはテロもまた大きな要素になるということか」

桂は呟いてからキッと前を向いた。

「奴らはＪＧＣＢを全て手に入れた。三年後には全て〝国株〟に転換される。そうなると更なる強大な力を発揮することになる。それまでに絶対に奴らを潰さないといけない。俺はとことん闘うぞ。コロナによって世界を変え、それを乗っ取ることなど絶対に許さん」

そう言った桂に荻野目は言った。

「とんでもない力を持つ相手です。コロナを創り出し、テロリストも動かし、国に株を発行させてそれを買い占めることまで考え、実現させる連中です。本当に勝てるのでしょうか？　世界は大丈夫でしょうか？」

桂は笑った。

「分からん。大丈夫かどうかなど、誰にも分からん。兎に角、闘うだけだ。目の前に奴らが現れたら闘う！　それだけだ！」

その夜、桂は銀座のクラブ『環』を訪れた。

ママの珠季がハイボールを作りながら言った。

「緊急事態宣言が解除になって直ぐはどうかと思ったけど……働いている子たちの気持ちを考えると……開けないとしょうがないのよ」

珠季の言葉に桂は頷いた。

「女の子もスタッフも三交代、お客様は予約制で通常の三分の一に絞ってやっている。いえ、やらせて貰っている。そうしないと銀座から永久に灯が消えてしまうもの」

桂はそうだなと言った。

「コロナ禍……ワクチン接種が始まれば劇的に変わるだろうが……一度変わった世界が元に戻るのは難しいな」

珠季は頷いた。

その珠季に桂は言った。

「実はな……この間の大相場で俺は完全に負けたと思った瞬間があったんだ。相場師人生で初めての完敗の瞬間だった。その後、奇跡を起こしてくれた男がいて……助かったんだが完膚なきまで打ちのめされた瞬間に浮かんだのが君の、テレサの顔だった」

珠季は驚いた。

「桂ちゃんが相場でやられた時に私を思い出してたの？」

桂は頷いた。

「あぁ、俺も焼きが回ったと思ったよ」

その桂に珠季はなんとも言えない嬉しそうな表情になった。

「相場師の中の相場師が……負けたと思った時に思い出してくれるというのは……女の勲章ね」

桂は笑った。

「俺は心底自分が弱いと分かった時にテレサの顔を思い出した。君は本当に俺にとって大事な女だよ。理屈ではない。相場の、それも途轍もない相場の中でそう思った」

珠季は桂の胸に顔を埋めた。

「嬉しい。桂ちゃん」

週末、ヘイジは産院を訪れた。

これで我が子に対面するのは三度目だ。

感染予防の為に母子ともに直接面会は出来ない。ガラス越しに我が子の顔を見、そして妻の舞衣子の顔を見る。

理屈抜きに可愛いとヘイジは我が子を見て思う。そして心の底から舞衣子への感謝の念が湧いてくる。

「舞衣ちゃん、本当にありがとう！　何度も何度も言わせて貰うよ。本当にありがとう！」

舞衣子はもういいよと笑う。

「本当に平ちゃんは感激屋なんだから……。これから子育てが大変だよ。平ちゃんの仕事のことなんか気にしないで私はこの子の世話をお願いするよ」

ヘイジは嬉しそうに頷く。

「大丈夫！　お任せ下さい！　東西帝都ＥＦＧ銀行で初めて役員の育休取得者になるんだ。楽しみにしててよ！」

舞衣子はよろしくねと笑いながらも涙ぐんでいた。

ヘイジは娘の顔を見ながら思った。

「人生は色んなことがある。コロナなんて想像もしなかったことも起こる。そして東西帝都ＥＦＧ銀行も大変だった。でも……何とかなる。そう、頑張れば、しっかり前を向いて逃げずに頑張ればなんとかなる！」

赤ん坊の顔を見ていると新たに関わった色んな人間の顔が浮かぶ。

京都の宇治木多恵、吉岡優香、そして大勢の新入行員……。

「人生はどんなことがあっても生きていれば明日は来る。新しい日が来る。それを明るくするも暗くするも自分次第だ」

そしてヘイジはもう一度自分の子供の顔を見た。

「必ずこの子が笑って暮らせる世の中にしてみせる。父である自分が、そして母である舞衣子がそう思って毎日頑張れば、必ずそんな人生をこの子にあげられる。楽しみにしててくれよ！」

そう言うとヘイジは我が子が笑ったような気がした。

解説

米倉誠一郎

高画質スペクタクル

上質な空間で、細部のしっかりした金融サスペンスを観終わったような感覚に襲われる。繰り広げられるストーリーでは、日本で強力に推し進められてきた金融統合（いわゆる「スーパーメガバンク」や「メガリージョナルバンク」の成立）に、２０２０年突然世界に蔓延した新型コロナウイルスまでも絡み合う。コロナ禍によって著しく悪化した日本や世界経済につけ込もうとする組織も登場し、究極の目的である「カネ」を巡って闘いが繰り広げられていく。そこでこの壮大な野望を阻むために、伝説の相場師４人が立ち上がる、というのが大きな筋書きである。

この物語の裏側には、銀行のコンピュータ・システムに入り込むハッカーたちとの攻防、高度なAIを利用した銀行業務の革命的変貌、メガバンクと地銀をベースとしたメガリージョナルバンクのあり方、グローバルな新入社員の活躍、学生時代の恋や友情、国際テロリストなどが並走して描かれていく。まさに、現在進行形のさまざまな要素がちりばめられた一大スペクタクルである。

ただし、フリーメイソンリーを彷彿とさせる闇の組織や出来すぎたハッキング、強大なAI、そして伝説的相場師などは逆にリアリティーを阻害していると映るかもしれない。しかし、この非現実性をフィクションという視点からではなく、現代の問題点として読み替えていくと背筋が凍る。グローバルな経済環境の中で生き残るためには必要不可欠として進められた金融統合・メガバンクの成立だが、結局は収益性も企業価値も向上せず銀行本来の役割も見失っただけだ。さらにいうと数が絞られた分きわめて脆弱なエンティティになり、ハッキングやAI支配のターゲットに簡単になりうるのである。そうか、これは「規模という幻想」に振り回されたメディアの罠だったのだと読み替えられる。かつて自動車産業で年産規模が400万台なければ生き残れないという言説に振り回された事例と同じである。結局そんな数字には何の根拠もなかった。

また、敢えて「闇の組織」と表現される荒唐無稽な存在も、その本質が「増殖と存続」の自己目的化であることに注目すれば、現存する官僚組織そのものである。闇の組織は意図的だが、日本の官僚組織は意図を欠いている分だけ始末が悪い。政治家の大衆迎合に矜持を失い、忖度の中で劣化し、まさに日本円・日本株を紙屑にしようとしている。その意味では、まさに「闇の組織」と読み替えられるのである。

資本主義への信頼と希望

一方本書の真髄は、作者波多野聖の資本主義市場への洞察と、絶望の中に希望をちりばめる人間愛が通奏低音のように流れていることである。作者は、主要登場人物の一人である桂光義に、日銀による「味噌もクソも一緒に」したようなETF買いを痛烈に批判させ、次のように語らせる。

「株式市場は、不特定多数の市場参加者が膨大な情報をもとにして〝売り〟と〝買い〟を行う。その〝売り〟と〝買い〟がぶつかって値がつくことで情報が処理される。この世に存在する膨大な情報を処理する能力……それこそが資本主義という制度の中で株式市場が持つ最も重要な役割だ。それ故、株式市場は誰も侵すことの出来ない神聖なものなのだ」と。

資本主義・株式市場には問題も多く、数々の批判がある。しかし、この情報処理機能こそ人類が生み出した最高叡智の一つなのである。チャーチルではないが、民主主義と並んで資本主義は最悪のシステムかもしれない。しかし、現存するシステムの中では最良のものなのである。したがって、市場を歪める闇の組織に立ち向かう柱たちは機械的なファンド・マネージャーという存在ではなく、あくまでも聖域を守る「相場師たち」なのである。

もう一つは、希望を繋ぐ脇役の中に見える日本の未来である。主人公二瓶正平の勤務するメガバンクの新入行員吉岡優香。彼女はメガバンク就職に対する過大な期待など一切もたない帰国子女である。外交官の父の転勤から日本語、英語、アラビア語を操る。二瓶は彼女をいきなり抜擢し、京都の老舗工芸企業の再生にあたらせる。彼女は自身のグローバル・ネットワークを通じて、伝統工芸と中東市場を繋げていくのである。このくだりは日本企業の組織再生の道筋に実に明るい光を照らしている。日本が30年にわたる停滞を続けているのは、ほとんど同質的な教育や経験の中で育った中高年男性だけが長らく経営意思決定の中枢に居座り続けてきた結果である。まさに多様性を欠いた企業組織の「集団浅慮（グループ・シンク）」の結果なのだ。一方、優香の姿にはこれからの日本を背負う多様でグローバルな人材像が見え、その指向性には日本の強みである製造業とグローバルな金融業の新たな融合の姿が見えるのである。

また、優香が見せたネットワークの力にヒントを得た主人公二瓶正平の事業再生プランも素晴らしい。彼が最強AI『霊峰』を使ってバラバラであった帝都グループ（二瓶の勤めるスーパーメガバンクをメインバンクとする企業グループ）の未来の方向性を見つけるシーンには思わず膝を打った。AIに膨大なビジネスデータを集約し、その解析力からグループ間の新たなシナジーや補完性を見出す方法にこそ日本再生の道筋があるのではないか。30年間眠り続けたとはいえ、戦後日本の経済発展を担ってきた日本企業にはそれなりに十分な潜在能力があるはずだ。それをいかに顕在化させるかが今後の課題なのである。

われわれはビッグデータとAI解析をGAFAに代表されるプラットフォーマーたちの専横事項と思い込んでいた。しかし、ビッグデータは消費者行動だけでなく企業行動からも大量に生まれ、その解析から生成される戦略的チョイスは大きなビジネスチャンスに溢れている。BtoBではなくBtoCのプラットフォームこそ日本企業に残されたGAFA対抗の手段ではないのか！

ハードボイルドの気品

後味の良いハードボイルド小説には必ずや、しかしうまく言い表すことのできない「気品」がある。どんなに男臭いセリフやシーンでもホロッとする、あるいはニヤッとしてしまうウィットや蘊蓄がある。レイモンド・チャンドラーやイアン・フレミングなどの描く世界は食、酒、服、絵、小物などのディーテイルが秀逸である。それが作家の素養を映し出しているからである。波多野聖が描く世界には、こうしたディーテイルに加えて古今東西の文学や音楽の知識が溢れている。闇の組織（Heart of Darkness）はジョゼフ・コンラッドの同名小説から、学生時代と現代を繋ぐ「大公」はベートーベンのピアノ三重奏から、何気なく使われる現代美術マーク・ロスコの絵、道元の只管打坐、スパルタの英雄レオニダス一世などなどだ。やや、ペダンティック過ぎるところもあるのだが、本書には解説者（米倉）程度の教養ではとても見抜けない深い意味や符牒が秘められているのだろう。ただし、そうした謎解き（否、宝探しというべきかもしれない）をすることがこの解説の目的でもないし、またできることでもない。

　むしろ最後に書き留めておきたいことは、表立って見えない知識と教養がこの金融スペクタクル作品に何とも言えない気品を漂わしている事実だ。

――法政大学大学院教授・一橋大学名誉教授

この作品は書き下ろしです。原稿枚数715枚（400字詰め）。